名家散文自选集

散文就是同亲人谈心

响水在溪

徐 迅/著

民主与建设出版社

响水在溪

第1辑·雪原无边

第2辑·荞麦枕头

第3辑·响水在溪

第4辑·零碎时间

第1辑 · 雪原无边

染绿的声音

　　山居的日子，是在山中一座精巧的石头房里度过的。那天天，我都被一种巨大的宁静震慑着。经过许多尘嚣侵扰的心灵，陡然回归到这旷古未有的宁静之中，而又知道周围全是绿色的森林，心里似乎也注满了一汪清涟之水，轻盈盈的，如半山塘里绽放着的一朵睡莲。

　　也有声音，在白天的山峦，偶尔也有人语喧哗，幽谷回鸣。空山不见人，倒使人感觉到大森林的真切和人世的烟火之气。更多的是鸟声，从黎明的晨噪到傍晚的暮啼，耳闻着那密密松林里传出的啾啾鸟鸣，还可以看见那墨点般的小鸟，如大森林的音符跳荡着、栖落着。鸟鸣常常使大森林归于虚静，它天生就是一种虚幻的精灵。鸟声让人着迷地听，这时听出的就是一阵阵染绿的声音。

　　当然有许多声音是有颜色的。如皑皑白雪，潺潺流泉，响动的就是一大片白；如春花秋菊的凋谢，细心的人也会听出它的艳红和鹅黄的色调。在大森林里，此时激动我的不是这种颜色的声音，而是满山攒动着的森林——那浓绿浓绿的声音了。满山密密的松林、枫树、珍珠黄杨、翠竹……树丛间刮过的风也是绿的，绿将大森林融为碧绿的一体，分不清树颜色的浓淡深浅。那声音自然也不用侧耳倾听，触目皆是——大森林的宁静固然会使人坠入前无古人，后无来者的孤独和虚空当中，但这染了绿的声音，却让人感到一种生命的快意和心灵的悸动。黎明的时候，"山路原无雨，空翠湿人衣"，森林里露珠"噗噗"滴落的声音，在我听出的是一种轻柔而凝重的绿色；森林静静肃立，枝叶交柯，在我听出的是一种茁壮生长的蓬勃的绿色；狂风呼啸，排山倒海咆哮着的松涛，在我听出的是一种悲壮和磅礴的绿色；阳光拂动滔滔无边的绿海，阳光掠去又显出一江春水，在我听出的是一种恬淡而平和的绿色……山居无事的时候，只要静静地穿行在这无边的大森林之中，我满心的尘垢，便一下子就被荡涤得无影无踪，只觉得身心惬意和愉悦，心中陡然就有层斑驳驳的绿爬上心壁，盈注着生命清凉的绿意来。

听惯了这种声音，在夜里我常常睡不着觉。拥被而坐，此时周遭那染了绿的声音已渐渐无声无息，看很白的月光，慢慢浮上窗棂，月光里的绿色冷冷如春水荡漾着，使人感觉到那绿色的声音一定是被浓浓的月光所消融，隐翳在莽莽苍苍的大森林之中了。但这时这刻，我思想的羽翅还翩翩起伏着，希冀那染了绿色的声音出现。有风的夜晚，我看窗外的大山果然是混沌未开的一团绿色，那染了绿的松涛之声，铺天盖地的就在我石屋周围如狂飙般的春潮，惊涛拍岸，振聋发聩，让我激动得恨不得长啸了……这些年，我知道我常常谛听水声，谛听鸟声，不仅是因为我对尘嚣之声异常的厌倦和唾弃，更多的是在寻找清纯的自然和人生的大自在。那是我生活须臾不可缺少的思想的源泉……若能轻轻地裹在这染了绿的声音里，心就会轻灵得像一朵绿荷。即便泊在波涛里滚动，那梦也常常染了绿呢！

鸟 声

那是好几年前的事了。朋友邀我到他的一位朋友家去玩，夜里就宿在那位朋友的家里。

我躺在一张老式的雕花床上，主人新换了一床洗得干干净净的被褥，鼻间是一股棉花和老布的温馨的气息，上床不久，我就睡着了。大概五更时分，我突然被屋外的一阵鸟声弄醒了。我睁开眼，发觉天依然是白亮亮的月的光芒。那些鸟声穿窗而过，似乎清脆地落在我的枕边，十分的悦耳。我的头脑也异常得清晰，依稀看到屋后的绿竹林里有无数白色、黑色、绿色的鸟儿在栖息着，跳跃着，鸟声的音符随着绿竹叶上滚动的露珠滴落，或啁啁啾啾，短促而明快；或唧唧喳喳，粗糙而凝重；或吱吱扭扭，柔弱而婉转；或鸣啼百啭，清脆而悠扬……鸟声由远而近，此起彼伏，仿佛是在一种哨音的引奏下，为着早晨的到来而抒情歌唱。那是活泼泼的鸟们真正的歌喉。听到这些声音，我恍惚觉得竹林里林噪叶飘，露珠滚落。百凤朝阳，一个小竹笛手就能演奏的场面，在这里剔除了所有的矫情和浮奢。我睁大眼睛，屏声息气地听着这些鸟鸣，心里便因一种温暖和爱抚而激动起来。

清晨起床，我就朝那片竹林跑去。这时，太阳已经挂在竹林梢上了，竹林里没有鸟，一只也没有。我有些失望，就沿着屋后的大沙河河堤走，大沙河两旁生长着绿茵茵的水竹，河水远远地流来又流去，那白色的带子似乎就漂荡在竹林的上方。四周静寂寂的，我听到自己很潮湿的脚步声。河里还有一排竹筏，影影绰绰地从绿杨荫里划过，有筏工咿咿艾艾的号子声。竹林里氤氲着一层绿雾，一滴露珠突然冰凉冰凉地落在我的脖子上，我回转了身，愣愣地望着那片已让太阳照得斑驳陆离的绿竹林，突然犯疑了：那一个个小生命是曾真切地在这里存在过，还是我做了一个梦呢？

事情已过去多少年了，我的朋友也早已娶回了那人家的一位水灵灵的姑娘，并有了一个可爱的小女孩。这当然用不着奇怪。可奇怪的是那些鸟儿不知飞到哪去了，我竟没有发现任何一只鸟，只是那个有鸟的早晨，那些鸟们动人盈耳的声音，像一道清泉曾经倏而流过我的心田，像是洒落的音符陡地种在我思想的罅地上。

水 声

　　头顶上不知名的晨鸟的叫声，融落在乳白色的雾里。那雾慢慢洇渍翡翠的山峦，真像人们常描摹的中国水墨画景致。环绕山峦流动的两条河，袅娜地撕扯着两片白色，河岸的石磴上，远看有一粒鲜红在花样般的颤动。细看，却是不断舞动棒槌捣衣的村姑——但我分明听不到那啪啪的捣衣声了。河水汩汩涌动作万古长流的幽情，泼绿绿地晃在眼前，我静静从水上走过，踏着一种生命的涌动，仿佛置身于湿漉漉的雨季。

　　响动的是水声，脚底下平缓涌动的水声。

　　难怪浑然难觉的雨意袭上了我的心头。这滩河水在这湾翠绿的山峦滞留了几个世纪，曾惹得唐人款款吟诵着"春潮带雨晚来急"的诗句，有许多文人雅士手执青烟一缕，缠绵于苍凉的茅舍，静静地赏玩着案几上一杯碧绿的中国茶，品味着面前那万古不衰的山水画轴；也曾陶醉手捏棋子，戎战在黑山白水间的清士隐客，凝听青山夜雨竹潇潇，做一份决战时胜败无谓，怡然自得的闲情……只有这水声，这种水声亘古不变。倘若不仔细听辨，眼睛只汪在翠绿绿的山峦上，便会真的感觉雨已肆意地从黛色的山峦急遽赶来，密集地洒落在这条山脉上——如当作雨，只能算是一种晴空雨了……

河水汩汩涌动，在清明的晨际如一匹绿绸飘动着，醒目地在我眼皮底下蜿蜒滑溜。我怕是永远不解这晴空雨发生的所在了。生命真是布满了奇迹！在脚下这片平静四涌的躯体里，竟然发出这种灵魂走动的声音。我这样想着，转过视线，屏声息气地寻索，这时候便沐浴在这种晴空雨里了！雨来了，急雨弄乱了人们的方寸：孤旅的行人会让这阵雨驱赶得狼狈如兽，钻到躲雨亭里浑身无措；农民们断然没有那手执青烟或棋子的闲适，他们得匆匆收捡晾在屋外的衣物，披着蓑衣，扛着锄头去田畈看看水势，看看满田野的庄稼……这水声恰似急雨短敲的鼓声，不紧不慢的调子，起伏有致的节奏，咚咚咚地敲响，宛如一面无形的中国巨鼓，太阳便是铜锣，那月亮便是小钹，人生真是一个大舞台啊！鼓声耳熟了一方水土一方人，人们长年累月置身于这块舞台，吟伴着这自然音响，舞蹈般的劳作，一代又一代，忙忙碌碌，生生息息，在鸡犬之声相闻的村舍繁衍绵延。此时，自然的水声在这轴古墨画里，像是饱蘸着生命之水而有声有色的红红印鉴，钤印着他们的勤劳和智慧……

太阳从翠绿的山峦冉冉升起，日子不知不觉在晨风中复活，纷纷扬扬的喧嚣声很快遮蔽了水声。面前的河水荡涤着尘俗，露出清凌凌之气向不可知的远处流去。河水潺潺，如歌如舞，如泣如诉，大自然用它自己的语言呢喃独语，或许在诉说着它不幸的家世，或许在咏叹着一支奔向光明和欢乐之歌？这是一条扼杀不断的歌者之喉吗？当我们从夜半突然醒来，从心灵深处，听到悠然的歌声，那正是潺湲的水声组成了一组编钟，宫音之高亢、商音之流畅、角音之激越、徵音之深沉、羽音之悠扬……可倾听这片空灵灵水声的，怕只有两岸青山，一缕烟岚了。那河岸上错落有致生长的一株株绿竹、蒿草和红蓼，在阳光里闪动着一抹红晕，再近处，便是红红白白点缀的村舍。我知道，这种平易的水声会让人忽视的。我站在水上，看见河边上那捣衣的村姑也起了身，胡乱地动作了两下，拎起一个小竹篮，袅袅婷婷地走进一所村舍。而在她的身后，那匹悠长悠长的绿绸温柔地晾晒在我的面前，我的眼睛从这匹绿绸上缓缓滑过，也开始挪动了脚步……

听　蝉

是在老家的屋里，躺在床上突然听到悠扬的蝉鸣的。透过窗户，看浓绿的树叶丛里，天空奇异般的清澈明亮。而此时蝉声就水一般地漫进了我的耳里。悠然地听着这夏天最后的一阵蝉鸣，我陡然感到一种自然的亲切和温暖。久违的乡村蝉声，便是我那久违的乡音……

我寄住的小城，夏天的蝉鸣其实也是昼夜起伏的。那声音嘶嘶的，充满了无望的韧性。但奇怪的是，我的心灵从未产生过真正的激动。城市的飞扬浮躁，蒸腾的阳光将一切有生机的东西似乎都驱除干净了。蝉嘶嘶鸣唱的声调变成的是"知了！知了！""死热！死热！"如小商贩般有节奏的叫卖声，与城市固有的喧嚣搅杂在一起，声音抑扬顿挫，也回响在清丽的城市上空。但听到这种声音，我除了感觉蝉是夏天奄奄一息的小动物外，更多的还是异常的烦躁。城市的蝉鸣不像此时的蝉声，能够唤起我关于乡土、关于心灵的滋润之至的亲切来。此蝉非彼蝉，抑或此心情非彼心情？身子骨里流露的乡土气息和对家园的依恋，真的冥顽不化到拒绝城市的一声蝉鸣？

在城市的蝉鸣声中，感觉到不安的还有一大群天真的孩子们。他们或许是城市里对蝉最有兴趣，而又最能谛听蝉声的人了。他们一个个围绕着蝉的声音转悠，然后就小心翼翼地爬上树，慢慢地捉那嘶声哑气的蝉，居然都会捉到一两只。蝉们老老实实地成为他们的囊中之物。看来这里的蝉，身手也是很笨的。记得小时候，我在乡下捕蝉就没有这么容易，往往一走到有蝉叫的树下，蝉就哧溜一声箭一般飞去。后来，还是大人们教我们些捕蝉的方法。用柴耙子巧妙地搅上蜘蛛网，然后轻轻地踱到有蝉的树下，屏声息气地网上去，这样才能网上一只。再用线系住蝉，晚上放进床帐里，那蝉好像也不怎么害怕，依然洪亮地叫着。我就伴着这悠扬的蝉声悠然入梦。可早上一起床，那蝉却挣脱了线，早不知飞到哪里去了。而在窗外的树上，蝉依然悠悠叫唤，似乎真的声声呼唤着夏天，呼唤着童年……

在乡村，蝉的确是夏天真正的歌者，是一种来自乡土的清纯的歌唱。即使在繁重的田间劳动之中，一听到这悠扬悦耳的声音，我们的身心就陡然一阵激灵，轻松起来；而在炎热的中午或傍晚，躺在这阵阵的蝉声里，耳旁似乎就响起一种催眠的摇篮曲。我不知道其他从乡村过来的人感觉如何，在我，陡然听到这乡村的蝉鸣，对乡村蝉声就愈感亲切了。已是夏天的黄昏，此时，那只蝉还在耳畔激动地叫着，悠悠地撕扯着黄昏的凉意。我起身绕着有蝉的树走动，但看不见蝉，几团浓绿的树叶包裹着它，那声音尖锐地穿过一团团浓绿，嘹亮在旷野之上。树枝在微风中轻轻荡漾，一副若无其事的模样。刹那间，我脑海里忽然涌上一些关于童年、关于旧的印痕来，但此时却怎么也捕捉不住，就像无法捕捉到面前树上的这样一只蝉。

看　湖

　　阳光那柔媚温暖的气息，在湖上抹出粼粼的亮色。风透着清凉，从那波浪不兴的水面上吹过，湖面上布满的绿荷暖融融地举起春天的小手，胖嘟嘟的样子，怪逗人怜爱。湖周遭的田野泛青回绿，含着白墙黑瓦的村庄影影绰绰倒映在湖水里，显现出水乡一派宁静祥和的春色来。

　　果然春江水暖鸭先知。先知先觉的鸭子们蹊蹊地从宋代苏轼的春江里踩动而来，嘎嘎地游弋在湖水里，像只小船队；还很宋代的是鱼鹰，也就三两只，警察般待在渔民的小划子上，伶仃着脚，眼睛骨碌碌逡巡着。忽然一个猛子扎进水里，人没反应过来，它嘴里早叼起了一尾小鱼、泥鳅什么的，乖巧地吐在船上。原来它的脖子上装了机关呢！渔民不惊不喜，径自划着，径顾让鱼鹰忠实地守卫着……

　　湖间的坝埂全疯长着些蒿子、红蓼草，还有杨柳、椿树什么的，树枝上全扎着早春的蕾，有蝴蝶和蜻蜓飞过，依依杨柳点点，在湖上兀自写着什么，没人读得懂。太阳灼热灼热照得湖上腾起一片白气的时候，湖上的荷叶似乎就撑出了无数把绿色的小伞，撑着撑着，就撑瘦了湖，汪汪地泛出情人般的眼波，绿郁郁的荷叶睫毛似的遮着。天下雨了，雨打荷叶瑟瑟作响，就有人躲在湖边的草棚里看，听那带了绿的声音。天一放晴，湖面上整个的弥散着绿色的馨香，远远地闻着，就将湖边的孩子撩得心头痒痒，爬上草棚，望着浓绿得不见边际的宽阔的荷叶丛。有露珠的早晨，片片荷叶被太阳照耀，泛起无数绿宝石般的光泽，眼前就成了一块色彩斑斓的世界。只是孩子们对这世界还很陌生，还不能用心去体会，只蹦着、跳着，摘那荷叶擎在头上做伞或是干脆戴在头上，扮他们在舞台上或是电影里看到的古代官们。在夜间，更有姑娘小伙子们走到清凉的湖边，走累了便爬上草棚，听那如潮般的蛙声，即刻全有了兴致，改着辛弃疾的词，念"荷花香里说丰年，听取蛙声一片"……

湖上滴翠流芳的时候，就有人来采莲了，莲花朵朵，荷叶田田，摇曳在清凉的绿色里，那莲梗似只只碧玉簪，将湖打扮得俊俏艳丽起来。莲子结得饱满而大，像只小铜锤，姑娘小伙子乘着小划子，也不知从哪里来，咯咯的笑声就把满湖感动着。采藕了，男人们总是光着身子泡在水里，顺着荷梗踩，像是扭着秧歌舞；女人们更有趣了，摸出白白胖胖的一截荷藕举在头顶，让人弄不清楚是手臂呢，还是藕——那藕白得出奇，掐断了就有九孔十三丝，用水洗净就吃得，蘸着白糖吃，自是鲜凉爽口。湖上人说乾隆皇帝吃过这藕，叫贡藕。皇帝吃了满口生津，占一对："一弯西子臂"，就有湖女对上："七窍比干心"——湖上人总自豪地将这传说挂在嘴上，然后看影影绰绰采藕的人，朦朦胧胧地做着绿色的梦。

　　湖水皱动，寒风吹来了。枯黄的荷叶萎贴在湖面上，像是一块块金箔，这时候看湖，最好是雪天。雪悄无声息地下着，被湖水滋滋吸尽，湖面显出一片幽暗来，凄迷得像一个曾经繁华的绿色舞台，朔风卸下那绿色的帷幕，绿天绿地的《绿色圆舞曲》曲终音尽，湖面一片寂寞，只那褐色的荷梗，悄然竖立，像是打击乐停止了敲击。没有谛听的蜻蜓，也没有了追逐的蝴蝶，更听不到雨打荷叶的梵铃之声了。偌大的湖面似是一盘空白磁带，倒觉得那荷梗像是一支支春天的水号，吹奏着什么。

坐对一山竹

　　竹子生是这一方山水的景致，似仙人栽种的一片绿云，一团团，一簇簇，总婀娜在人们的眼里。人有青竹的陪伴，一年四季就有着爽朗的感觉。冬天若不下雪，沉郁的绿色便给了灰蓬蓬的山水一片生机。下雪了，竹林披金戴银，似婆娑的玉树卓然纷垂，搭成一幢幢童话般梦境般灵巧的小竹屋。特别是夏天，风简直就是从竹林里吹出来的，漾在这片绿荫里，我心旷神怡，索性就待在竹林里，听那一片喃喃地竹语。

　　坐对一山竹，我总感觉到心灵的浊气被绿色的竹叶浅浅扫去，裸露出一片宁静与清新的境界来。我们觉得尘浊的人间太累，流俗伤人，但有青青的翠竹抚慰，便感觉到风情万种。竹叶温柔得像一只来自天国的上帝之手。难怪大文学家苏东坡说："宁可食无肉，不可居无竹；无肉使人瘦，无竹使人俗。"滚滚万丈红尘，有一把青绿的竹帚轻轻掸扫出一片澄明的洁净，不像是在荒无边际的戈壁滩上，你陡然发现一口清洌洌的甘泉，感受到一种生命的新生和希望吗？和风吹荡着竹林，满山遍野青竹袅娜摇曳，一幅大自然大自在的形象，随风而动，正是生命本身的悸动啊！竹林是毫无心机的，在阳光下舞蹈，舞动着的是满山的绿色，跳跃的是一种自然的竹舞，又没有人间的"伦巴"或者"探戈""迪斯科"之类的忸怩作态，哗众取宠。风平浪静，满山竹林静立，更是一种自然的凝滞，它昭示着岁月的平和、安详和美好。坐对一山竹，看云月溪山中竹林的动动静静，就会看到人生所倡导的真善美了。

自然会有人善听竹声，善解竹语的。竹语如一种自然的音籁，总在我们明净的天空悠然响起。除了画眉、麻雀、黄莺、竹林鸟之类的鸟们，怀揣着童话般美丽的梦幻，在黎明或者黄昏和它一起叽叽喳喳，圆融无碍地畅谈自然的和谐，交流着生存的秘密外，最能解竹语的恐怕就是我们了。尘世太累，流俗伤人。我们对人生、对艺术、对未来的种种设想，竹林都会知道。我们成功，它会用一种告诫的语言予以警示；我们失败，它会用爱的语言倾心抚慰。因为于自然，竹林是一群适意而顽强的生存者；于人生，竹林又是一群睿智的隐者，仙风道骨的历史老人。坐对一山竹，你就会发觉，竹林每时每刻都在倾诉、呵护或语重心长地启迪着什么，与你一同共享着自由的欢乐，承负着痛苦的忧伤。"衙斋卧听萧萧竹，疑是民间疾苦声"，忧国忧民的郑板桥老人不是这样凝听过竹林的呻吟吗？

坐对一山竹，我常常与绿凌凌的竹林一样沉默无言。我恍惚感觉一片片竹林摇曳着青春的风姿，带着色彩斑斓的迷梦，从那闪烁着瑰奇无比的神话家族走来，细皮缕缕，编经织纬，或流水行云，或山川人物，或花卉虫鸟，或飞禽走兽，糅进了人类所怀揣的一切美好的愿望，栩栩如生地走进了我们生活，微笑地散发出生活的芬芳……这时，我便清晰地听到竹林平平缓缓地呢喃声，既历史又现代地向人们宣告什么——自己的心情，也变成竹林的心情了。

喊月亮

喝几碗酒，浮一大白……这白该是山中亮亮的月色了。踏着细碎的月光，朋友们便簇拥着在月光下喝酒——这月光，在平时的夜里也会有的。但朋友们来自城市，他们很少见到如此皓邈的山月，于是一个个屏声息气，雅兴倍增。只是，我们身子沾着月的光芒，横在地上的影子被拖得迤迤地动，彼此一时都没了言语，浓浓的酒香也似乎被月亮舔淡了。

"三十年前的月亮早已沉下去，然而，三十年前的故事还没完……完不了！"终于有人被这月亮搅得思绪缠绵，忍不住大声吟诵起张爱玲的句子。我没有吱声，张爱玲说年轻人想着30年前的月亮该是铜钱大昏黄的湿晕，像朵云轩信笺上落了一滴泪珠。但她说的那轮月亮终究是城市的月亮，别人的月亮。那圆圆月亮的清辉一准是照耀在一幢陈旧的老式房子的窗帘上。张爱玲就常常静静地站在那窗帘下——那样地看月亮，当然总是幽幽的，一如她所说的：陈旧而迷糊。

朋友们复而沉默。此刻，山脚下，村庄里狗汪汪吠了起来。隐隐地，忽而就有一阵儿歌声浅浅传进我的耳膜："月亮走，我也走，我俩到南京去喝酒……"我心里陡然一激灵，恍恍惚惚的，儿时散发着乡土清香的夜里，一轮清纯的月亮在我头脑中慢慢鲜活了起来，忍俊不禁，我忽而童心绵绵地哼起来："你一盅，我一盅，我俩喝得醉嗡嗡……"朋友们诧异地望着我，心里也有了股莫名的冲动。在甜甜的儿歌声里，我仿佛看见清冷的月光里，外祖父、外婆、妹妹，那远逝和健在的亲人们在眼前走动着。我撒着小脚丫儿，与弟妹们、小伙伴们在月光里嬉闹、追逐……与大人们一起在月光下纳凉的夜晚，我伸手指着如镰的月亮，就有大人打趣了："月亮是不能指的，指月亮，它会割掉你的耳朵！"骇得那手连忙哆哆嗦嗦地垂下来，立即摸摸耳朵，却发觉耳朵并没有被割去，而大人们在一旁却朗朗地笑起来，笑声在寂静的月光里传得很远，很远……摸秋、捉迷藏，儿时的月亮总这样无忧无虑，好玩儿得像是提在手上的一只红灯笼……

"儿时的月亮不再了！"我低声叹息。抬头望着面前的月亮，月亮鲜活活的，如一颗浴于夜气的大地玲珑透明的心，而那苗壮上升的样子，又似明媚的眼，刚从疲劳中复苏起来。清朗的光辉四溢之下，大地立即透出一股凛然的苍茫之气。树木、山湖、石屋在这朗朗的光芒中越发的清晰。起伏的山峦、疏密的森林披着白的纱巾，飘洒出一副阴柔的美来，正好与白天山峦的阳刚之气形成鲜明的对比。看着，看着，朋友们突然就更激动了起来：月亮才升起的一刹那，阴柔的月光与白天太阳的光芒悄悄交媾、融合着，派生出一种刚柔相济、地气蒸腾的生命来——博大而壮观！这就是很少有人能体验出的大自然生存的秘密吗？

月落山峦寂无声。朋友们一个个兴奋不已地站了起来，用手卷成喇叭状，朝着月亮欢快地叫唤起来："嗨！月亮好！嗨！月亮好！"快活的呐喊声在空旷的山谷久久回荡，惹得那高古幽邈的月亮也乐呵呵地，如水如鱼一般就跳进我们的怀抱……

枕着如水的月光，我们静静地睡下了。

栽 树

满目异常得青翠，土地这时变得湿润，空气清爽怡人。当然更可以倾听到春风轻飏树叶的沙沙之声了。

这是大自然最稚嫩、纯真的声音。

我驮着锄头，走在这生机盎然的春原上，就似乎漾进了这天籁般的声音里。脚边的春草袅娜摇曳，阳光温暖明媚，田间散落的稻草垛闪耀着圣洁的光辉，土地裸露出原本黑的肥沃的颜色，弥散着新鲜得令人亲切的气息。有种赤脚走在土地上的踏实感。眼前，连绵起伏的红丘陵由于映山红的尽染，泛出暖和且耀眼的桃红色调，这无疑使春天更加鲜亮。

我驮着锄头栽树，栽树是亲近土地的一种方式。我的家族栽树很有传统，一生和土地打交道的祖父生前最喜欢的就是栽树。在房前屋后栽了不算，他还喜欢把他认为该长树的地方都栽上。那树都是丘陵上容易成活的苦楝树、乌桕树、松树、杉树，还有几棵油树。有一棵油树至今仍弯弯曲曲地生长在我家一块废弃的菜园地里。几次城里的朋友来，都认为那树是可以做树桩盆景的，但碍于树太大，念头一动也就作罢。现在故乡的丘陵上有哪些树是祖父栽的，我已记不清楚。只记得栽树是祖父的一种癖好，他离世已经二十多年，但由于栽树他倒是赢得了"前人栽树，后人乘凉"的口碑。到父亲这一辈上，最喜欢栽树的是我的小叔，他在外地工作时，常弄些乡下稀有树苗回来栽着。我家门前现有的法梧就是他的杰作。

河里的石头坚硬而又焕发出柔美的光芒，似乎显示出春天撩人回想的别种情怀。春天最深处的东西总妩媚得让人感到春天的美和生长的速度，树当然容易生活。不过我的所谓栽树，其实也就是公派的干活，比如植树节到来时的栽树劳动。但一有这个活动，我就莫名其妙地怦然心动，像我锄头叩地时倏然震发出的"嘭"的巨大响声——我在栽树，一种偶尔的却是真正的劳作，远离土地的一切拘谨，在这样的春原突然消逝得无影无踪。这有些矫情，只有偶尔的劳动才使人显得矫情。但我此时却想象和体会到祖父栽树时的专心致志的神态，泥土的原汁原味诱导着我领受到一种心灵的活泼和充实。人们对劳动怀抱的成熟的渴望与喜悦浓浓氤氲在我的周围，袅袅炊烟里三两声犬吠格外温馨动听……

我以锄头挖地栽树——用一种自己创造的却是来源于土地深处的声音温暖和感动自己，也企图感动面前的一棵树，竟是喜悦无比——

    在这样的春天里，我知道我栽下的树，是我寻找自然之母的一个个脚印。

落　叶

院子里很宽敞。甬道的两旁栽有桂花、樟树、四季青，那树分两溜排开，给大院倒是增添不少醒目的绿意。但平时来来往往，行色匆匆地忙自己或别人的事，我很少注意这些树木。

春天的一个早上，我和儿子手牵着手，在院子里散步。那正是清新的黎明，空气异常新鲜，没有风。忽然在我的眼前，两株绿叶婆娑的樟树雨一般滴下一阵叶片。立即，我便被这沙沙的声音吸引住，与儿子站住了脚步。倏而面前又一阵落叶悠然滴下来，树脚的四周马上就铺垫了一层枯黄。再看那树，仍是绿茵茵蓬着一树的绿色，好像什么事也没发生过似的，静静兀立。在这样清新的空气里，万物俱寂。要不是那沙沙的落叶声，我想，绝少有人感觉到这两棵树，这两棵绿色生命的存在。

儿子早已欢呼雀跃起来，伸出小手就去拾那满地的落叶。他仰着头，又摇起那树，树叶骤然就如阵雨般洒落着，拍打着儿子稚嫩的脸庞，儿子更使劲地摇晃着。我连忙阻止儿子的举动了。我还沉浸在树叶刚才那种平静的滴落之中。那些树叶浑然从树的身体悄悄飘落，没有一丝留恋的意味，也没有半点故作的潇洒，透出生命的平静与祥和。这和儿子摇落的叶片神态迥然不同。儿子是带了嬉闹式的，树叶在他略有轻狂的嬉戏中散落，我发觉的那份平静就陡然消失了，而充满着一种大不和谐。看来面对两株平静的树，也是癫狂不得的。

儿子当然没有再摇那株树了。我抬起眼睛看那树上的叶片，一片片是绿得可爱，早晨的阳光照在它的身上，每一片叶子似乎都注满了生命的绿汁，一点枯萎的痕迹也没有。可就在我思想的时候，我的眼前又是一阵缤纷的叶雨，沙沙地响着，软软地铺在那先前的黄叶上，仿佛一滴水珠融进了海洋。我奇怪了，依然细细地打量那两株树叶，还是纯绿依然，那分明枯黄的叶片又是从哪里来的呢？落叶本来是有一股腐朽的气息，但眼前这落叶却神奇地给我一份感动，不是身临其境，谁会怦然心动呢？

树叶安静在我的视野里。儿子不安分地颠着小脚绕着树转，黄黄的叶片就泼洒了他的一身，他只觉得这样好玩，稚气地问道："爸爸，我没摇，树叶为什么也落呢？"

我忽然回答不上来了。本来我还可以说，生命在于运动，新陈代谢是一种自然规律，什么都会有落的时候，太阳、月亮、鲜花，包括我们的生命。但我实在无法将这些深奥的东西告诉儿子。我只是说："它自己要落嘛!"——这不是我的虚伪和搪塞，在这个美妙的早晨，有两株春天里的树落下了自己的叶片，我被感动，确实不是因为一些深奥的道理，而在于眼前的这份生命的平静和坦然。这是我不忍破坏的一幅恬静的图画，一种无以言喻的喜悦。我此时所面对的只是叶落时的那种姿态。

　　儿子睁着眼睛，像我一样凝视着院里那阵阵落叶的两株树，忽然默默地牵起我的手向前走着，身后的树叶随又发出沙沙的响声，在这沙沙的声音里，儿子甩开我，便又雀跃般蹦跳在前了。

城市里的花

　　四月里一连几天，我都被唧唧喳喳的一阵鸟声吵醒。我喜欢这种声音。但推开厚厚的玻璃窗，却不见鸟的踪迹。城市自有它神秘的地方，不像在乡间，鸟蹦跳在树枝或是屋檐之间，一逮眼就让人看清楚它的形状，叫出它的名字。现在看到的倒是街道上正开着的花，一株白玉兰或一树桃花什么，很虚幻、清瘦的样子，像是傍街而立的一位小女孩。

　　阳光将窗外涂得一层微白，宛如一池未曾搅动的春水。走在街上，那阳光漾漾的，照得人身上发黏发暖。面前浓艳艳的是桃花，三两株次第开在人家饭馆的门口，那饭馆是欧式建筑，墙是雪白的。红白相间，映衬得倒是别有一番韵味，稍微有些古典情怀的人恐怕就会有"人面桃花相映红"的喟叹。还有一种白色、黄色的花，开得也非常炽烈。不多，也就那么三两株。但在这城市里，那三两株就抵得上满山满野的了。耀眼夺目且不说，更重要的是陡然给人一种爽心的感觉，就像开在人的心上。那被尘世烦嚣积淀得很厚的心灵，猛然长出这样一些花，便使人蓦然一惊：城市的春天到了！

这是一个"克隆"或正在克隆的时代，高耸的楼房变成了森林，冰冷的钢管流淌成一条条河流，汽车甲壳虫一般爬行在街道上，吐出的废气如虫的分泌物般牵丝挂缕的。而在灰蒙蒙的天空，最后一批纸鸢、风筝之类的还在煞有介事地盘旋着，在城市的早晨或者黄昏，划出一条还算美丽的弧线……远处，亮了一夜的路灯像是星星月亮般地高悬着。至于市面上早就出笼的纸花、塑料花，在城市的商店里一年四季都如火如荼地"开放"着，那花的尘土轻轻一拭就矫情如初，不断地满足着城市人可怜的虚荣心。因此，城市春天真正的花朵自然更显得弥足珍贵……

相对于真正的大自然，城市里的花易染上一种时尚。比如一呼啦白玉兰，一呼啦梅花，一呼啦梨花……每个城市都有自己的花朵，并美其名曰"市花"。而城市里的花朵也实在像是一阵旋风，匆匆而来，又匆匆而去，今晨还一树繁花，暮晚一看却是满地芳泥。尤其是在这春天很短的北方，花儿开放得显得更是局促不安。人们看着，就像在动物园里观赏动物，聊添些好奇心罢了。偶尔也有背着照相机的，很是虔诚地对花照上两张，想是挽留住这春天的痕迹，其结果却又落入很媚俗的老框框里去：观赏性。我认真地思考过这个问题，觉得真正的花除了观赏性之外，有一种足可以让人亲近，让人产生幻觉、动人心魄的东西是城市所没有的，那便是——花气。节候都是春天，乡间的花朵给人印象很长很美的感觉，就在于那些花有着一股如雨后般湿淋淋的、清新的泥土气息。那气息既养花又养人。而在城市里，干燥的空气、飞扬的尘土、喧嚣的市声，将花吵闹得如同个睡不好觉的婴儿，那皮肤总给人一种干涩而缺乏营养的感觉。所以纸花和塑料花的出现，俗中也不失为一种小雅。

在春天城市的一个公园，我爱在花丛中穿行。直走到花径的尽头，又从花丛中折回来，发觉在这平静的早晨，这儿也给我满目繁花的感觉。但我想，这种感觉不是城市的花本身所给予的，而在于这城市里的花给我唤回了一种关于真正自然的花朵所提供的经验和回忆。这也许是城市大多数人爱花的原因——当然，对于花的生命，其结果人们都是无可奈何，说是花事蹉跎的。

梅城的梅

　　我在梅城居住转眼就10余年了。仄耳濡染梅城的传说倒是非常之多：说梅城有满城梅子树，于是我就有种绮丽的感觉，说有座梅花小姐墓，便有许多古典的意象从我心底唤起；说起三国时那则"望梅止渴"的故事（虽然那可能是杨梅），我分明更有种历史的朦胧和恍惚之感了……然而，遗憾的却是梅城无梅可赏！

　　今年立春特别的早，那雪在漫漫的冬天里了无痕影。而到了立春后，就接二连三地下了几场白雪，洁白的雪掩盖了我身边的一切。我所住的院子里，春雪厚厚莹莹地泛出刺眼的光芒，映入我眼帘的也都是冰清玉洁、玉树琼枝的景象。雪很快就停住了，那阳光又极轻巧地消融着雪，院子里便恢复平时疏枝横影的庭院模样来。水泥地晾干了，我信步走入这清凉的院子里，忽然发觉眼前几株猩红，淡淡地在阳光下出浴成清寒而俏丽的身姿。数了数，也就那么三两株，问问同院的朋友，那三两株竟都是红梅。我心里也就十分地诧异：住在院子里少说

也有几年了，四季青、黄樟树、白玉兰曾都日日在眼前耀艳，
或绿或白的花，给我素来很累的心灵也曾倾注着几抹暖意，
竟然就独独不见身边的几株梅花呢？为此，我奇怪地寻思了
几天。

梅花红红的，瓣瓣绽放在梅枝上，我几乎注意到梅花开放
至凋谢的全部过程。在这之前，我心目中也有过梅花的，但总
觉得梅花不易见到，在感情上也就把梅花推得很远。岂知梅花
原本身边就有。冰雪融化时，梅花几点红蕾，淡淡疏疏，像是
一只小白猫不经意地蹲在雪地里，天晴梅花盛开，一朵一朵的
梅花，披了一树，灼灼地耀眼。一出门，眼睛里全都是梅花的
倩姿；回到房里，那满树的红艳也晃在心里，心就随那梅花滋
润之至了。梅花落时，像是筛金流玉，不几天，梅树脚下就密
密的一层，再看那梅树，清寒且瘦，倒像位饱学之士独自在雪
风中轻吟，听那声音，却依然古典："有梅无雪不精神，有雪
无诗俗了人。"

一次出差，我把庭院梅花的事说与一位长者听，长者向我
摇头晃脑背了有关梅花的古诗。自古吟梅的诗多得像梅花瓣
瓣，盛开年年。梅花很脱俗耐寒，在古人心中也一直有"四君
子"和"岁寒三友"的比喻，至于古人爱梅成癖，称梅妻，倚
梅而生的人和故事，也大都凄婉动人，让人浮想联翩。而我想
的却十分实际：有梅，梅城才名符其实，出入梅城的大街小

巷，我想小巷深处就该有梅树，该有擎着小花伞的红衣少女，顶着梅雨从梅树下款款橐橐地走过……从梅树下走过，轻轻拂去活蹦乱跳的绿绿梅子，有一块古墓被梅花藏住，也像梅花瓣似的脸腮，一大滴晶莹的泪珠冷了很久，那便是梅花小姐，便是那扼不断的城墙般牢固的传说吧！真的，梅城多梅，多梅的梅城，还须得到梅花树下去找小店，要到梅花丛中去寻人家，三国时那跑了三天的曹兵渴已止了，唯有樱桃小嘴咀嚼颗颗熟透的梅子，品味很酸且很开胃的笑话……

自然这是想象中的梅城。但梅城作为千百年来州郡府所在的古城，根植一城梅花和流传梅花的种种故事，对谁都是极具诱惑力的。这也是我在梅城10余年遗憾无梅可赏的缘故了。现在，我终于见到梅花了，梅花艳艳地开放在我眼前，开放在我的身边，早晚我路过这有梅花的庭院，我真的闻到了梅花散发出来的馨香，这香也就一阵子，仔细闻，却怎么也闻不到，这也十分奇怪。再望梅花，梅花似乎也奇奇怪怪的样子，我便疑心这不是梅了，梅非梅，花非花，那我也非我了。定定神，再看梅花，依然是梅，梅城有梅，这就够了吧。

临窗梧桐

　　太阳远远地晃照着，窗前的梧桐树叶还没有完全褪尽，叶叶金黄像是金箔般耀眼。一整个秋天，这种飒飒的声音像是提醒着我什么。在夜深人静的时候，我忽然发觉自己早让这斑斑驳驳的树叶埋得深深，每片叶子都像一只只零乱的眼睛幽幽闪烁，似乎在叙说着自然的怨艾或者倾诉着一个异乡树种孱弱的乡情……

　　梧桐树彻夜难眠的飒飒的痛苦声，使人想起夏天它那蓬勃旺盛的生命气象。街道两旁嵯峨的梧桐树，深绿深绿的树叶搭成幽深的绿色巷弄，炽烈的太阳悬在当空，蝉的叫声随着阳光的碎片落下，圆圆的阳光眸子般透出汪汪凉意。人走在这片浓荫里，如游进凉悠悠的深湖，浑身突发出一股清清爽爽的神气来。可是秋天很快就到了，人们对梧桐树持重的荫庇的诗意很快就让一阵接一阵的秋风剥落成一种沮丧。人们发觉，夏天浓荫的小巷已变成一个玩世不恭的露天舞台，轻轻地走在梧桐树叶铺就的街道上，冷不丁就有一只手拍在肩膀或脑壳上，满怀期待地转过身，却是梧桐树叶在调皮呢！这种善意的闹剧还算是一种情谊。可就在人们泛出真诚的爱心向它道别，梧桐树球就毛乎乎地搅乱了视线，揉揉眼睛的时候，它又嘻嘻哈哈地钻进颈项，搅得人一身的酸涩涩而哭笑不得。回眸望时，梧桐树早已佝偻起身子，冷飕飕地缩在街道上，如一位沿街托钵而行的乞丐……

夏天，我在临窗的梧桐绿荫里，静静地看书或者写作，好像躲在一个避风港里，操着双桨划着一只绿色的方舟；当疲倦的时候，我就歇下手中的活计，静静地注视着蓬勃的绿叶，似乎在与大自然喁喁私语。这样，我就听见那飒飒沙沙的落叶声了。叶子片片飘落，陡然变成一个个小精灵，穿过我的窗户，躺在我的枕边，钻进"二十五史"和同是法国佬的《巴尔扎克全集》上。终于有一天，我将它片片拾起来，用绿色的丝线将它们装订在一起，厚厚的一叠犹如一部无字天书置放在案头，在看过一些线装书的夜晚，悄悄地页页翻觅，真诚地寻觅着自然的天机，发觉这本书开始一天天变得焦黄，筋络分明的地图般的线条却越发清晰可辨。整个秋天，那斑驳的秋叶像是大自然提悬的秋心，让我颤栗不已，感受一种生命的悸动和嬗变。

冬天的阳光伸出一双无情的手，将梧桐树的叶子就一片片摘落了。那一片片有思想的叶子将在自然中散佚。梧桐树粗大秃露的躯壳巍凛凛地屹立在冬天的土地上，全身爆裂的树皮块块损落，它如一个有着持重思想的老者，蹒跚着散步——在冬日无风的中午，我打开窗户一动不动地望着它，心灵似是悄悄地交流着秘密，这时候，阅读那本树叶装订成的书，就似乎是阅读卢梭的《忏悔录》、培根的哲学笔记了。在远离住房的时候，那窗前的梧桐树就长在我的思想里。想那树叶装订的书，就是一个思想者用一辈子铸成的一本大写的人了。坐在窗前，我虔诚地玩味这本书的时候，不知不觉已是春风又绿的时候，梧桐树结实的躯壳上，绽出了一种耀眼的新绿，远远望去，那梧桐就变成一盆巨大的树桩盆景，装饰着多姿的人生了。

窗外的银杏树

风吹着银杏树叶哗哗地响，天蓝郁郁的像一汪浅湖。太阳高悬在天空，遍地银光。抬头朝着那散发光源的方向望，镜片立即被强暴得一塌糊涂。转身闪进高大的银杏树脚下，只觉阳光被树叶压缩成长长的银棍挥舞着，头顶上的灼热仿佛被舞去了许多。

秋天里注意过一阵子银杏树，因为它总在窗前探头探脑，眼睛绿亮亮的，深不见底。房间里只一排书橱、一张桌子、一张床，窥探不到什么秘密。但很快，我发觉它的眼神开始变得黯淡，仿佛有些失望。自打入秋以来，窗前银杏树的脚下，已经堆满了厚厚的黄灿灿的几层叶子。树的躯干纹理清晰，斑斑驳驳的，怎么看也像是一个正处在更年期的男人，头发蓬松着，尽管树叶极力遮蔽、叠盖，但时而还是有一片片黄黄的东西从里面"噗"地打着旋儿落下来，或者干脆哗哗地密集如雨了。树脚下的石桌子旁，总有两位老人在下棋，"拱卒，将军"地吆喝着，一手凝重地捏着棋子，一手温馨地拾起一片黄叶摩挲在手上。

窗前一排银杏树，隔着一条路，还有一排。这样，灰黑色的道路就掩映在一条金黄的树廊里了。有好几次，我想用照相机拍下那金黄色的长廊，却又很快打消了念头。

秋天过去，很快冬天来临。白色的雪和苍茫的风帮助收拾干净了地上银杏的黄叶。起早时，当然也可以看见环卫工人身着黄马甲在打扫。望着干干净净的大地、道路，很快我发觉我的一个很大的疏忽——我竟然没有看见过一颗银杏的果实。而银杏确乎是长果子的。记得家乡人叫它"白果"，后来延伸开来，他们骂那些对眼前事物视而不见的人，就说"长着一对大白果"。真是奇怪，我为什么也长着一对"大白果"呢？

家乡很少见到银杏树。却将眼睛色盲的比作"大白果"，这话来得可疑。

恰好是大暑这天，天空像镀了一层薄薄的银片，贼亮贼亮的。再加上阳光如水银般令人窒息地倾泻，窗前的银杏树汪在里面就全做出了凝滞的姿态，叶片上泛出了金属的光泽。整个地看起来，银杏树显得十分的疲倦。在早晨的时候，银杏的树叶还显得鲜嫩，但不一会儿就卷曲了起来。这回我用心看了。我注意了一下它身边的槐树，那叶子就不像银杏树。它绿葱葱的，像是没有剔除肉的鱼刺，兀自在风中摇摆着，抵挡着阳光。可银杏树叶低垂着，藏起了绿的一面，露出白茸茸的脊背。蝉在树丛里嘶叫着，阳光里的一切都被声音、热浪、如火一样的风什么的搅和得汪洋滔滔，热血沸腾的。叶子可怜人儿模样，暗暗地攥起了小拳头，似乎在小声地呼喊着激进的革命口号。

大暑，二十四节气之一，是一年里气温最高的一天。难怪这天我发觉天空亮得不真实起来。在最狂热的时候，植物们比如银杏树也难免变得心性不定，它攥紧的小拳头，也只是表现在无力地抗争。度过暑期，银杏树就会变得爽快，树叶哗啦啦写秋声之赋了。

《现代汉语词典》上解释"银杏"：落叶乔木，雌雄异株，叶片扇形，种子椭圆形，外面有橙黄色带臭味的种皮，果仁可以吃，也可以入药，木材致密，可供雕刻用，是我国的特产，也叫公孙树。

只是大暑时根本见不到那果实。因此，也就很难认出它的雌雄，闻到那种臭味来。这回倒不是因为我的疏忽。

桂窗琐记

我现在的居所是一座小木楼，古拙而简朴。朝南的窗前原有一棵高大的梧桐树，不知什么时候，那棵梧桐树却被砍掉了。剩下一株终年绿茵茵的小树，我不知道这树的名字，当然也就好长时间的不甚介意。到了八月里，满屋盈鼻的都是沁人肺腑的桂花的馨香，终日里让这香熏着，心情便十分地爽快。"竟是桂花树！"我欣喜异常得叫了一声。面对一树桂花，我觉得再也不能无动于衷了。在桂花的窗前，夜读陶渊明《归去来兮辞》中"倚南窗以寄傲，审容膝之易安"，我心怦然一动，陶老夫子做了80天的官，便辞官归田，回到老家，不嫌房子小，以为容下膝盖就行，那自是陶老夫子的洒脱。"采菊东篱下，悠然见南山"，陶渊明南窗有菊，菊如陶渊明，自有他寄傲的地方。我无官可辞，无菊可采，而南窗一树桂花却委实让我有了些许骄傲。"桂子三秋落，天南云外飘""三秋桂子，十里荷花""桂花秋皎洁"等，桂花在古诗词中受到赞美的句子就不少。杭州西子湖畔的"满觉陇桂花"，历史悠久；

唐代大诗人白居易也有"山寺月中寻桂子"的名句；著有名诗《桂湖曲》的明代学者杨升庵早年攻读诗书的桂湖公园，如今最大的桂花树即杨升庵当年手植，香飘500年了。而在我的家乡，虽不敢说家家有桂，但至少也是无村不桂的，同乡作家张恨水故居院内，就有一株终年绿荫荫的桂花树，点缀着他的文思，以至多少年后，他在一篇《桂窗之忆》的文章里，还充满深情地忆起那树桂花："予祖儿时手植之，时则亭亭如盖，荫覆满院，清幽之气扑人，七月以后，花缠满枝，重金币皋，香袭全家，……月圆之夜，清光从桂隙中射上纸窗，家人尽睡，予常灭灯独坐窗下至深夜，二十年来，不忘此境焉。"在我家乡，甚而还有这样一副对联："丹桂有根独长诗书门第，黄金无种偏生勤俭人家。"

　　知道了这些，我独以为我该钟情窗前的这株桂花了。我的房子只有12个平方，书房、厨房、卧室"三位一体"，也仅仅只是个容膝的地方，我没有陶渊明的潇洒，对这住所的境状是日甚不满意起来。悠然处之，也仅仅是一种无可奈何。得了陶老夫子的点化，我附庸风雅地将住所取名曰"容膝斋"。久而久之，也独得其乐，且时常"伸伸脚"，在这里写作、生活、睡觉，与妻儿三人相安无事。容膝斋里倒也有三两名诗人、名作家光顾，先是惊诧于我居住的寒酸和简陋。寻至明处却是窗前，惊讶一声："呀，看这桂花树……"我的心便由惴惴而变得自傲起来。

桂花树日渐长成硕大一蓬，树叶四季浓绿，枝头有着点点米大的花粒，春天里绿得发亮。八月桂花开时，阵阵香气罩住我所住的"容膝斋"和整个院落。因此也惹得姑娘、小孩驻足桂花树下，心急的便伸手摘那桂花。有一日，我在床上听到窗前笑语喧哗，枝叶沙沙，终于忍不住起床大声骂起来："花也是有灵性的，干嘛要摘断它？我家徒四壁，唯一拥以自傲的就是这树桂花，这点骄傲的东西，你们也侵害？"性之所至，大骂一通，摘花的人们鼻子嗅着桂花，便悻悻地走了。

拥有桂花的骄傲，得意忘形起来，我便免不得说与一位文学前辈听。他有一座别墅式的房子，院子里人工栽植了一株桂花。岂知我话还没有说完，他却愁眉苦脸地告诉我：他近邻的一家栽了桂花，病事不断，拔了全好了，因此他爱人也要拔这桂花树。说某朝某个皇帝是在桂花树下吊死的，桂花树是鬼魂附体。自从栽了这株桂花，他家里也七事八事，祸事不断的。他说得一脸真诚，我听得十分惘然。

过了几天，我再去他家，果然见那桂花树不知挖到什么地方去了。回到家，我心里一直怅怅的，坐在南窗桂前，看那满树的绿荫荫，心想那么好的桂花树，怎么说不要就不要了呢？

雪　原

　　下雪的时候，我喜欢在雪地里走走。我知道我的影子已袅娜开放如花。在这灿烂的阳光雪里，面前的雪地清晰如一卷洁白的宣纸，洇润着我，就仿佛涂抹出秋天最后的一束花朵，寂寞而温暖地摇曳在明亮的雪原……

　　雪花扬扬洒洒纯情而美丽地漫天舞蹈，溅在脚边的还有欢快的雪粒子。这种冬天美妙的花瓣和果实已让大地收获。茫茫的大地似乎铺垫着一层层丰盈敦实的绒绒白花。我独自走在这雪花铺满的幽径上，双脚软软沓沓，只是碰上冰冻的硬处才会发出一点声响。四周灼灼，如花纷纭，世界银装素裹，果然分外妖娆。路边的树梢上披着晶莹的雪衣，如绽开的一朵朵冰凌，便成为伴随我的唯一的风景了。雪终于停止，世界于是静寂无声，冰凉而玲珑的雪风缓缓地从脸上拂过，浸透我的整个身心，唤出一种淡淡的忧郁和幸福的氛围。

　　慢慢走上一个雪坎，突然间，我发觉天地在我眼前变得富丽堂皇。悠远而洁白的雪原上，一轮胭脂般的太阳如一朵红玫瑰，开放在如纱的天幕上，面前一丛如烟似雾的林带，仿佛少女横陈的纤纤玉指，正擎着那朵红玫瑰，而就在那如烟如雾的朦影里，有一株猩红明亮地炫目着。我想，那是梅吧？或许是那个叫做梅的女孩在等待我，她伸着那冻得通红的小手，穿着那身漂亮的红披，在冰天雪地里，浑身散发着一股淡淡的馨香。我站立着凝望她，仿佛彼此都已深深知道，在这雪原上的约会，需要一种寂寞而不失浪漫的等待。我看见在她的脚下，有一条滞流的河水，阳光泻在上面溅出绯红，那红玉般的河流不是她刚刚缱绻遗落的纱巾？

天地似乎也凝聚在这艳丽的一幕了。浩渺的雪野无边无垠，坦荡如砥。红光白影的茫茫雪国，仍是一片澄明静谧。俯视脚下那条河流，我竟诧异地发觉，在这冰封的河床里，河水原是流淌不止的，它披着太阳的色彩，载着两岸雪影，在无声无息地流动，像是一群美丽的小蝌蚪，蜿蜒着从梦里的雪原爬过。源源不断，似是为了某种痛苦的蜕变，坚强地追求一股有灵性有力量的生命涌动。顿时，我感到漠漠的雪原在我眼前激荡不已，雪水融融，沧海横流，一条粗壮且通红的血管奔涌在旷古的混沌里……我被这庄严肃穆的景色迷住了。不由溯河而上，探寻那闪动着灵性和力量的源泉所在。终于，我看清柔美而乖巧的梅的妩媚了。这株梅树亭亭玉立，姹红地开放在雪野里如少女般羞涩，却凛凛地透出一身傲骨！在这天地之间，我忽然怜疼她的渺小和孤立无援。我怜爱地举起手，又缓缓地放下——这株雪原上长出的精灵，冰冷的雪水滋润着她，刺骨的寒风吻着她的双颊，她虽如冷艳美人却屹然挺立，这是为了一个怎样不被庸俗左右的——承诺和期待？

太阳隐翳在如雾的天际里，地上迸射出一片白光。有雪的天空慢慢隐晦起来，河岸上依依树林，装点着这茫茫的雪原，使我的眼前世界变得寂静无比。我就这样静静地和这株梅树对峙着，朦朦胧胧中，却又感觉到漫漫的雪原慢慢在冰冻，且发出一种淬火似的响声。这种雪与雪搏斗凝聚的声音让我喜悦不已，我弯下腰，抓起一把冰凉的白雪在嘴里咀嚼着，仿佛是完成了这期待已久的约会，心陡然充实了起来。我突然发觉，在雪原上走过，渺无人迹的雪原上，只有我那斑驳的足迹，一溜溜的，像是老僧不经意遗落的一串串佛珠……

雪原无边

　　那里一年四季就两场白雪。麦苗记得：一场冬雪，一场春雪。下春雪的时候，雪原上，麦苗苗壮的绿剑刺破许多雪的斑斓，探出头来，麦苗就看得清春雪绵绵的模样了。但在冬天，大雪纷飞，铺天盖地落满雪原时，麦苗由于生长得还很稚嫩，就被紧紧地捂在雪的被褥里面。麦苗想象不出冬雪的样子，便说雪原无边吧！

　　麦地旁边是池塘，池塘有着麦苗同样的感受。除了清得发亮的池塘，还有萝卜白菜，这和麦苗一样的青绿绿的植物们，对于雪的感受最是明显。春寒虽然料峭，但雪花儿总像一只只温柔搔痒的小手，抓耳挠腮的，弄得浅浅的绿色植物十分羞涩，半隐半昂着头的，一副渴望春风亲吻的少女情怀。绿嫩嫩的，逗人怜爱。而冬天的白雪不分青红皂白地倏然而来，多少就有点强暴的色彩了。绿色的植物都知道强扭的瓜儿不甜呢！尽管，绿色的植物也明明知道冬雪强烈的男子汉意志会保护它们，使它们接受圣水般的洗礼，从而更加苗壮，更加绿叶葱葱。但麦苗、萝卜白菜们有时不这么想，它们交头接耳地说："被这白色精灵吻得喘不过气来了"，涨红着脸。过冬的小植物们温情得就更加不敢抬头了。

池塘较为具有男子汉的胸襟，大地宽阔而透明的情怀。它周身暗暗滚涌着如春水般温暖的血液。春雪飘飘，雪落池塘亦无声。池塘接纳着春雪，搂在怀里就融化了它，真的就融为一体了。这有点风中调情的意味。可冬天的池塘本来就十分像是失恋的男人，尖利的、呼啸的北风将它们冻得冷冷的血液块状般凝固，很少见到包括鸭鹅之类的动物们的亲近，满塘的失魂落魄。冬雪毫不留情地盖住了它的一切。倒是有鱼们虾们的小玩意儿游移在水底，仰头望望头顶，白白的一片，也说雪原无边了吧？

看来，雪原上最为壮丽的景观便是蜡梅了。有许多的树尽管也常怀有梅的信念，但冬天的巨手成功地摘尽了它们的饰物，只剩下铁枝般的枯干，被罚站在那里愣愣地数落着天空。一树繁华早成了昔日绮丽的梦幻。但蜡梅悄然地开放在雪原上，白雪落满衣襟朵朵似花，就如锦上添花了。那梅红红的艳艳如火，似一位倔强的小女孩；白的皎洁如天使，都抬着明亮的眸子，望着周遭的村落、房屋、池塘和河流，冬雪无边也好，春雪如纱也好，梅就那么温文尔雅地屹立着。有时候她犹如待嫁的新娘，引得许多人在她身边转来转去地看，慨叹着那伟丈夫的词"已是悬崖百丈冰，犹有花枝俏。"梅就心安理得地做出一份自豪、矜持的姿态。偶尔哧哧地笑着，说："斑斑点点的脚印，唯有我散发的瓣瓣心香！"人果然就清晰地闻到一阵清香从雪地斑驳的脚窝里唤起，站在梅树的身旁，竟激动得不忍离开——天明地净，梅就如自己久寻复得的白雪知己了。

水 雪

　　说是下雪了。早上起来推开老家的窗户，我看故乡的天空果真是下雪的样子。天空阴沉沉、灰蒙蒙的，无数白色的柳絮状的东西成群结队地从眼前飞舞。匆匆地，这些东西在空中胡乱地指手画脚了一番后，落在地上倏然了无踪痕。妻子说，这是落水雪。我低头一看，地上果然湿漉漉的，面前很快布满了一大片的水意。

　　妻子显得有些失望，我也有一丝隐隐的歉意。我知道，妻子失望的是这些年她几乎没见过一场真正的雪。一是因为这些年的冬天她都随我在北京和故乡两地奔波，总是错过了下雪的天气；二是即便逢上了下雪，也都是现在这样的水雪——故乡的水雪还有一股水灵灵的劲，而我所居住的北京若下一场水雪，那简直就是一场空前的灾难：不知是雾霾的原因还是什么，雪花的颜色不是白色而呈灰色。灰色的雪花嗡嗡一团，就像一群蚊蚋在天空飞舞着，落在地上若拌了泥巴，人一脚踩在上面滋滋的，直叫心里泛着凉气。街道上的树木湿淋淋，车上、天桥、楼房和一些建筑物被弄得斑斑驳驳，一个个都被画成了大麻猫脸。

我说有一丝歉意，是想说因为工作关系，这几年我总有机会出差东北见到真正的白雪。最近一回领略到下雪是在黑龙江的牡丹江市。夜宿镜泊湖宾馆，早上从枕上一觉醒来，突然听见外面有沙沙的声音，窗外是一片树林，我便疑心树林里有无数的小松鼠在活蹦乱跳，就兴奋得一下子推开了窗子——哪里有什么小松鼠？面前一片洁白，响动的正是落雪的声音。雪从天空纷纷扬扬，漫天飞舞，不一会儿，眼前就是一个白雪皑皑、银装素裹的世界。白雪晶亮亮的，淹没了草丛，淹没了树脚，淹没了偌大的镜泊湖。湖像盖了一层棉被，树木雾凇一般，披金挂银，雪里藏俏。陡时，天地在我面前浑然一体，玲珑通透。浅一脚，深一脚地行走在雪地里，脚下发出咯吱吱的声音。头顶上，雪粒蹦跳着落进领口滑到身上，凉爽爽的就像有一只调皮的小手在背上酥酥地搔痒……我的天空已下过了雪。忍俊不禁，我用手机拍了几张雪地照片发给妻子，让妻子好一阵羡慕。

在妻子眼里，这样的下雪才是下雪。这样的雪也只有在她童年的冬天才下过。村庄、田野、池塘……冬天的南方的乡村那时也总有几场皑皑的白雪覆盖。浅浅的池塘、河流，结着厚厚的冰，孩子们就把冰冻的池塘就当成了玩耍的乐园，在上面溜冰、奔跑，快乐地嬉戏。冰天雪地里，孩子无一例外，还搓着冻得红扑扑的小手，握着从屋檐或流水处摘下的长长的冰凌当剑，一起追逐着，撕咬着。堆雪人、打雪仗，天真无邪、咯咯的笑声飘荡在白雪的上空……大地上一望无际，白得让人望不到尽头。绵绵的白雪里，或太阳暖暖，或晚霞灿烂，孩子们活泼泼的，老人们也变得特别的慈善，常常是三五成群，烧着红红的栗炭火，围在一起说些盘古开天地的旧事。雪地里，隐隐约约，似乎有一股梅花的馨香若有若无地飘来，让人生出白雪寻梅的雅趣。那样的冬天给人都是一种梦幻、童话般的感觉——妻子说，现在回想起来，我们童年时代读不到童话，那下雪的天便像童话的天。那些白雪是自然馈赠给我们童年的一幅美丽的生命图景。大自然赋予我们的这种原始生命的底色，让人惊讶，也让人记忆一辈子。

　　下雪了！下雪了！……在故乡，在下这种水雪时，我听远处也有一种兴奋的惊叫声传来。此时，天空飘落的雪花落在屋顶上，落在地上依然转瞬即逝，但地上潮湿的样子却让人眼睛渐渐有着春天的感觉。一边是天空雪花飘落，一边是地上大雪无痕，神龙见首不见尾，仿佛天空不是下雪，而是天地共同创造一种生命的神话。这样的水雪飘落，就由不得让人想起古代一位诗人的打油诗：一片一片两三片，落入大地皆不见……哈，下雪总充满着浓浓的诗意。比如我，现在我看见天空里雪花舞蹈，就感觉雪花的生命仿佛只是一种虚空。而湿淋淋的土地、树木倒像是被谁擦拭了一遍，显得更加真实。在雪花无声的舞蹈里，大地被一种幸福无端地滋润着，一片汹润，出浴得清新亮丽。

妻说，水雪是雪的女孩妩媚地闪了一下腰。

我笑笑。说：水雪如水妖。

大地芬芳

地 气

城市里的人有时候天真得有意思，譬如一位女士说她每个星期都带着孩子逛逛琉璃厂、国子监、天坛公园，就有一位先生说：不行，该带着孩子到郊外走走，接接地气儿。说着，大家都莫名其妙地沉默了。我却突然有一种赤脚行走在泥土上的踏实感。但那种感觉如稀薄的空气却又倏然消失，怎么也抓不住。

在乡间，赤脚走在泥土上的孩子是幸福的，也是平常的。孩子自己可能那时还说不出什么道道，但他们的双脚一和泥土接触，泥土带给孩子们的欢愉简直无以言表。他们激动得在大地上奔跑、大喊大叫，或是索性一屁股赖在地上，土地有时把他们弄得很脏，但他们却满不在乎。这时，带着孩子的城里人见了，会说："那孩子很脏呢！"但他们打量着自己宛如瓷器般光洁白嫩的孩子，却发觉孩子缺少了乡下孩子那种健康的肤色。"一方水土养一方人！"这样的话，往往成了他们逃避现实的遁词。

地气是什么？说是大地之气，算不算准确？汉语言自然是伟大的，但在某些时候也会显得词不达意，很像若即若离正恋爱着的男女的亲吻抚摸，无法进行到深入的程度。多年前，我还是一个地道的农民——一个大队的团支部书记。春天的晚上，我召集青年男女团员开会回来，走在油菜花的田野，我突然感觉到有什么在蒸腾，身子在雾状的大地上游移，全身除了那种一般意义上的通体舒泰，还有一种从未有过、至今更未体验过的愉快在身心洋溢。我回家立即就记下了那瞬间的感受。这日记我记得至今还留在我南方故乡的老屋里，但我如今再也无法寻找到它。它像地气一样永远地隐藏在我南方的乡村——那种思想抵达，手尖却不忍，也无法触摸到的东西。

想想百年之后回归泥土，我就被一种幸福感动得激动起来——这不是矫情。

麦子与稻子

麦子或稻子成熟，被收割到场地上晾晒，然后经过脱粒机的脱粒，就一粒粒地躺在天空下了。时间在农民的手缝间让阳光照得黄金般发亮，他们沉湎其中，多么不忍心让牲畜来惊扰他们啊！当然，在被丰收冲昏了头脑的时候，他们往往也会宽宏大量起来。"啄——啄"地，抓起一把麦子或稻子，虚空一掷，唤着鸡们鸭们来啄食——那真是个例如。人们也被自己大方的姿态，感染得声音变得有些奇怪。

选种、播种和插秧的过程总使乡亲们深深陶醉。风从地上吹来，庄稼的气味与幸福的结局提前到达，他们好像浑然不知。他们全神贯注，聚精会神地注视着面前每一粒种子。看看秧苗是不是插歪了。另外，这时候他们对吃草的黄牛也很感恩，倾其所有将最好的物食犒劳它，然后借助于它的力量，用鞭子将它们布道在大地之上。五月太阳的金冕戴在他们的头顶，他们一个个快活得像一位位国王，不断地巡视麦子和稻子，期待着臣民们自由、健康、民主地生活在自己的辖区。

秋天到来，令人喜悦，天空却忧伤而明亮。

当麦子或稻子都收拾进了仓，人们不再掌管这些东西的命运，给麦子和稻子除壳也不是他们喜欢的劳动，幸福感便随之消失殆尽，他们心里空落落的。那神情便像失去王位的国王。有时节他们凑到一起，也会说："这麦蒸馍，这米做饭真香啊！"但那不是他们最为由衷的语言。他们说着，目光却落到泥土里，泥土让他们的心灵幸福地颤动。

这群幸福的人们，眼下被叫做农民。麦子或稻子是他们同样的命运。

雷　声

春天，万物生长。浪漫的花朵努力地用香气想象着什么，小草绿得骚情。湿润的草地之上，动物竞相交媾，使空气中有一种黏糊糊的涎液的感觉。天空被熏得态度暧昧起来。连阳光也抵挡不住的时候，天空倏然愤怒，春雷响起了。

春雷滚滚，人们都说雷是春天的报幕者。不是。

乡下俗话："请人吃饭，喊了不催，犹如青天打炸雷。"这话奇妙异常，但好比响雷般准确，而又干净、利索。在清明的天空，倏然传过一阵炸雷，明轧轧地在天空中滚过，真的空洞得很——犹如一根粗壮的圆木在山顶上骤然空咚咚地滚落，不知所终。

记得少年的时候，故乡干旱缺水，村里人为水和邻村的人发生了一场械斗。干燥的空气里有人抛撒着呛眼的石灰，发热的石头疯狂地咬人——天怒人怨。但正当双方互相攻击时，天突然下起了滂沱大雨。这时，一阵炸雷在村庄的头顶倏然炸落，天空中那如树须般透明的闪电使我至今印象殊深。两村人在那一刻也都变得寂静无声。似乎被这雷声震慑住的他们，快快地离去了。

还有一回是在春天的夜晚，我在窗前听到乌黑的天空雷声响起，似是撕裂着沉闷的空气。雷声落处，铜钱大的雨点倏然而至，夹带着清凌凌的风。嘀嘀地，有时雷声如一面战鼓，敲起密集而急促的鼓点。兀自想象着春天水田里禾苗疯狂操练的姿态，小麦无所适从的样子，真是爽快。发觉青蛙早已闭起了自己的嘴巴。

有一个悠久的民间传说，说是雷专门打杀那些作恶多端的人，这就使许多心怀叵测的人在有雷声的夜晚胆战心惊。我自己也经常扪心自问。这使人想到，在科学的光芒照射不到的地方，迷信有时也能令人向善。

但，雷声从春天响起，谁也没有把结局告诉人们，这一点令人沮丧。

桃花红，梨花白

　　故乡县城难以忘怀的还有天宁寨。说是寨，其实是一个土堆，在县城的南边突然隆起的一个巨大的土堆。土堆上有草，有树，有几十幢房屋。低矮破败的是一些民房，像模像样的房屋是县委机关之所在——我之所以多年后对那里还念念不忘，是因为那里有一片桃树和梨树林。在桃树和梨树林的山下，还有一片湖田。春天，天宁寨上桃花红，梨花白；一到夏天，太阳暖暖地照着，寨脚下的湖田荷叶翩翩，莲红藕白……天宁寨由此成了县城人不可多得的出处，也成为我青春岁月里印象最为美好的事物之一。

　　我相信我是在一个春天误打误撞进天宁寨的。乡村当然不少有桃花梨树，偶尔的遇见，心头就会生出暖意，而眼前的一片桃花与梨花的怒放，心头就有莺歌燕舞，云蒸霞蔚的感觉。桃花、梨花，一株、两株、一群群的，次第开放。桃花开时，先是点点星星的猩红，然后一朵两朵的水红，水红的花蕊里黄金般舒展，远远望去猩红一片；而梨花呢，千朵万朵如雪似絮。花红柳绿的日子，阳光暖暖的，色彩斑斓的蝴蝶和嗡嗡的蜜蜂，有声有色地溅落其间，看那蝴蝶，再看那蜜蜂，我忽然想到，世上怎么把这么多美好的东西集中在一起呢？桃花红，梨花白，天宁寨上的花事是要持续一段时间的。几场风雨过后，桃花梨花落尽，我不知道那些花的果实哪里去了。但到了夏天，我必定走进有藕有莲有荷叶的湖边，湖叫雪湖，也有一个很美的名字。那时候，荷叶绿绿的，像一个巨大的手掌，偶尔有农人过来摘莲采藕的，藕拿出了水面白胖胖的，折断了有九孔十三丝，丝丝相连。当地人说，这在明朝可是皇帝老爷吃的贡品呢！

天宁寨的故事当然还不止这些。史料记载，寨上原有天宁寺。明末史可法在此建天宁营，后来逐渐衍生为天宁寨。但农民起义军张献忠攻克这里，焚毁了寨子。嗣后，史可法改筑城垣，又再度驻守。两人在这里交锋征战多年。更有传说，天宁寨是曹操的战将张辽命士兵一天一夜堆成的。说是那一回，曹操率83万大军从中原直逼江北，攻打东吴，想取东吴而灭蜀，先行官张辽领10万人马驻扎在此，命部下修筑点将台，于是筑起土寨。曹操登上天宁寨，检阅将士，心中甚喜，大奖张辽，如此休整半月，浩浩荡荡直赴长江……故事说得有声有色。然而，多年前文物考古工作者们在这里发掘，却出土了几十余件陶器、石器、玉器等文物，从文物的堆积证明这里分属新石器早期和晚期两个文化层。可见，天宁寨很早就有人类居住，三国时的张辽在这里筑台建寨只是人们一个浪漫的想象。

还有一个是有关"舒台夜月"的传说。宋皇佑五年（1051），31岁的王安石被任命为舒州通判。他在赴任途中，乘船在夜幕中行驶，忽有一位貌若天仙的女子，双手捧着一颗宝珠，踏浪而来，见他说："闻君勤奋好学，特献上一颗夜明珠伴君夜读。"说罢就消失了。王安石抵达舒州后，便伴随那一颗"夜明珠"夜夜苦读。传说不知真假，史料上说王安石当舒州通判时，勤奋好学，勤政爱民，"以少施其所学"。政务之余，在天宁寨筑台夜读，屋里的明灯就像皎洁的月亮一样。于是人们把这一景观比喻"舒台夜月"，把他读书的地方称为舒王台。后人写诗道："荆公读书处，夜月生光辉。台高月皎洁，清影照回廊。至今留胜迹，千古有余香。"明嘉靖年间，天宁寨上建了一个皖山书院，当时学子云集，文风昌盛，书香漫溢的天宁寨从此就有了一种文化的气息。

传说与神话夹杂在一起，曾经坚硬地充斥在我糟糕的青春岁月，让我懵然不知。同时，传说与神话又和历史交织在一起，就像一座巨大的迷宫，让一些像我这样偶有遐想的人有了寻找的理由和奔突的出口。只是，那时我还无法接受这些，我只是相信眼前的事物。眼前的桃红、荷绿、梨花白……自那一个春天误闯进那个桃红、荷绿、梨花白的世界，我开始朦朦胧胧地知道，这个世界远比现实社会美丽的是大自然，是自然界的这些植物的繁华和绚烂。我在故乡的县城一待就是十几年，十几年里，县城里有人，有故事，有事物的日新月异，但从不让我走心，唯有天宁寨的花团锦簇，却长久地叠印在我心里，成为故乡留在我心里的一个温润和柔软的部分。

春天的速度

　　昨夜下了一场小雨，难怪夜里耳畔总"沙沙"地觉得有人说话。早晨起来一看，远远近近的土地都绽出了一片莹莹的新绿，门口的桃树也打起了花蕾，爽目得很。贪婪地跑到外面呼吸了一口空气，忽然就想起朱自清关于春姑娘的说法，这群可爱的小姑娘，驾着自然的辇车，雀跃着来到了我们中间。

　　春天的到来就是这样出乎我们的意料。门前的一棵枯树，前天心里还疑心它是否成活，今天就盈注着生命的生机来，昨天塘里的一泓死水，早上却盎然漾起了涟漪……相比较其他的季节，春天的速度真是很快。是那"忽如一夜春风来，千树万树梨花开"的节拍，是那"春风又绿江南岸"的欣喜，是昨夜黄花，今日出阁的嫁娘。苏东坡说"春江水暖鸭先知"，其实先知的岂止是"鸭"，真正体会到春天速度的应该是风，是花，是草，是人的心情……

　　春天的风似乎抽出了那冰冷的骨刺，变得柔和、流畅起来。轻轻地梳理，就飘逸起千万缕秀发，暄软得像一团云絮，既没有夏季风那样的燥热，也没有冬天北风呼啸着的那样坚硬，也有一种措手不及。但叫人却感觉如一只懒散的小猫伸出的小爪，挠得人痒痒的，那速度均匀而敏捷。体现在花花草草上，春天的速度又更加异常，像是一位急不可耐的"催生婆"，省却了"十月怀胎"的过程，在一夜之间就分娩出鲜活的生命。枯草衰叶，一下子就有了水灵灵的生气，有了绿，有了芽，有了蓓蕾，很快就有了肆意疯长的绿叶，有了鲜花的怒放，有了一日比一日更甚的蓬勃的生命气象。由于速度的原因，也让人体会不出它们的腼腆、局促。相反，越发变得局促起来的却是我们自己。

鸟也是那时候陡然出现在我们视野的。一整个冬天，除了几只饥饿的麻雀和令人讨厌的乌鸦外，很少见到鸟。但这时候，所有的鸟突然间都冒了出来。它们心情莫名其妙地愉快，踌躇满志，一个个迈着轻快的步伐，沉湎在春风里，那时而几只、几十只地蹦跳在树枝上的，错落起来，就像画出了一条五线谱，演奏起春天的大合唱。喜悦之情溢于言表。几只小鸟吱吱地站在屋顶上，唧唧喳喳的，说话的速度也变得很快。

春水泛滥，这是春天的另一种更快的速度。它积蓄在一口池塘里，不知怎么就贮存了那么大的力量，几天就将池塘里的水涨得满满的，春心迷荡；它明净而飞快地奔泻在溪流里，急溜溜的，像是要赶赴春天的一场宴会。如果它奔流在大江里，那速度就快得有些凶猛的意味了，后来连它自己也控制不住。它奔腾、它咆哮、它一泻千里，势不可挡，最后它自己也被这种速度吓坏了。于是哭天喊地，泛滥成灾——江河里的水是唯一的经常缺乏节制的东西。

对于春天，人们一般都沉迷在一片美丽妖娆的景象之中，习惯上看到的是小麦的生长，却无心关注它拔节的速度；看到繁花满地，春风荡漾，收获的也是一大把喜悦的心情，最多也只是"感时花溅泪，恨别鸟惊心"的移情转意——生活给人展示的往往都是这种表面上的假象，春天真实的速度反而被掩盖住了。因此在春天，人们的生活一开始就运行在错误的轨道上。看上去春天很美丽、很圆满，但那凶猛的水却一下子就冲垮了我们建立在错误基础上的大堤。这就是我们不愿，却不得不经常看到的事实。

雪莱说：冬天到了，春天还会远吗？许多人对此充满了信念，其实撇开理性，雪莱仅仅是叫我们提防着——

春天的速度。

敞开的夏天

树木婆娑，花草葳蕤。它们似乎觉得有足够的理由在这个日子猛长，有没有秩序不要紧。都像一只只拱出了地面的怪兽，伸着绿色的角，拖着黏黏的涎液，相互交媾着、攀援着……就是以前有些腼腆的植物，这时候也不讲客气了，吐着那绿色的舌头，将空气里的一切狼吞虎咽地饕餮着。葡萄、丝瓜之类的像是小偷早爬上了人家的墙头，在流火的风里张牙舞爪着摇摆浓绿。

夏天大门上那把沉甸甸的大锁，在春天的霪雨里已变得锈迹斑斑了。夏天金色的阳光如一把万能的钥匙，它"咔嚓"一下，就把夏天的大门唐突地打开了。打开的大门，面前肯定有一口池塘。南方的村庄都是这样，一个村庄不是被几口池塘环绕，面前就有一口大大的池塘。

"你想找死呀，塘里也没有捂盖子！"孩子们总喜欢跑到水里嬉戏。但在春天和冬天里，大人们就不会这样大胆地骂贪玩的孩子。春天池塘里的水清绿得叫人怜爱，而冬天的水又特别寒冷，说不定就是寒冰给池塘盖上了盖子。但夏天的水就没有这么讲究了，于是大人们就喜欢这样骂孩子们。其实，那些孩子不用大人骂，他们早就像青蛙一样"扑通"跳进水里去了。他们本来就只穿了一件裤衩，而夏天的池塘绝对是敞开着的。池塘里原本就是赤裸裸的，再加上几条赤裸裸也无伤大雅，孩子们光溜着的身子敞开在夏天的怀抱里，无遮无掩、自由自在，快乐得就像是一尾尾鱼。

夏天的水就这么敞开着大门，因此也就不拒绝死亡。传说中有一位伟人，把家里的田和地要分给穷人，结果被父亲追打了一番，然后他就跑到池塘敞开的水边，吓唬他的父亲，当然他没有跳下去——如果那样就没有伟人了。敞开水的大门倒是经常有人，特别是不小心的孩子容易掉进去，消失在那扇门里就永远不再回来。但这是夏天偶尔的失误和疏忽，敞开的门总是有欲望的，而欲望本身就充满着危险。

城市里的夏天也是敞开的。让所有的偷窥者在夏天占尽了便宜。他们看到女人的心思在夏天袒露得厉害，一个个穿着透明的薄如羽翼的衣裙，在夏天的大街上摇来晃去，蜂姿蝶态的。这是夏天那只火红的大手故意给人们打开的一扇肉欲的大门。它剥去所有的伪装，让那些或白皙纤细，或臃肿的肉体全放在这扇门里展览，它要将敞开者的灵魂全放到太阳底下晒一晒，然后再挂上一把锁，这样就稳妥一些。

在敞开着的夏天，风是小偷，雨是大盗。谁也无法预料到风在什么时候来，在提防着它的时候，它偏偏不知躲藏到哪里去了，让人心神不定，烦躁不安。特别是在乡村稻穗扬花的时候，那时候即便"风流"——风流的词语据说就是这么诞生的。农民们还是希望风来怜香惜玉，偷香窃玉一回——稻田里的庄稼可要受孕结籽啊！但讨厌的风在这时候就一点也不显风流了。终于，风还是偷偷摸摸地来了，人们觉察到了一丝清凉，对它在田野里的行径便充满了熟视无睹的欣慰。而对于夏雨，农民都喊它是"江洋大盗"了。在夏天它要么就是不来，让大地旱得龟裂，但它要是来时，则像狂飙一般，旁若无人地破门而来，它冲毁了庄稼、大堤、道路……与洪水们沆瀣一气蹂躏一切，把夏天所有美好的东西风卷残云般地席卷一空。所以不仅在乡村，就是在城市，人们对大盗般的暴雨也是深怀恐惧和不安的。所有的夏天，人们都在做着一种努力，试图将这位"大盗"改造得好一些。但它贼心不死，屡教不改，它是夏天最大的敌人。

夏天的虫子总是敞开歌喉，从白昼唱到夜晚，从夜晚唱到白昼。蟋蟀唧唧，青蛙咕咕……萤火虫儿帮着夏天使劲地提着一盏盏灯到处游荡，与天上的月亮、星星交相辉映，把夏天照亮得也就没有夜晚了。夏天这回是彻底地敞开了胸怀。

敞开的夏天，人总是松松垮垮的，浑身一丝不挂地从床上爬起来，松松垮垮地去冲个凉水澡，随便套上一件衣服就可以出去做工或者上班。敞开的夏天总这样敞开大门，就使人看到许多人胸口都贴有胸毛——"贴胸毛的家伙！"有人在夏天的背后指桑骂槐，不怀好意。这就是他们又犯了偷窥病的缘故——还使人想到在夏天，在人们的心灵落上一把锁是很有必要的。

秋 水

在乡间，人对自然的感觉分外敏锐——那时候，在疲惫的田间劳动之后，有时，我也像其他的乡亲一样到水里冲洗一番。直到有一天站在水中央，忽然发觉身边的水就变得异样的稠密、温凉，掬在手心的一捧在指缝间透明着四散流溢，手指有种酽酽滑腻的感觉。湿淋淋地从水里爬起来，浑身禁不住打了个冷噤——这时，我才感觉节候真的是立秋了。

秋水四合。像蚌为了涵养珍珠，慢慢闭封起了它那张开的智慧的壳。大地进入了一个休整期。

无法涉入秋水。只可观看——当时我想，几千年前那不事稼穑的庄子和惠子，应该也是在这天立于濠梁之上观看秋水的。那时，大地被收拾得一片干净，空气澄明，纤尘不飞。他二人尽管一个刚死了老婆，一个刚失掉了相位，但恰如秋水剔除了曾经的繁华和喧哗，转入到这生命的休整期一样，他们的心境就像秋水般祥和，十分清亮。于是一个说：你总害怕相位让我取而代之，因此将大梁城瞎折腾了一番，现在尝到了失意的滋味了吧？另一个嘴巴也不饶人，说：你老婆死了，你却鼓盆而歌，自以为惊世骇俗，就不怕留下那千古骂名？——面对秋水，俩人已不再尖锐对立了。只哈哈一笑，眼睛就一齐投向了水中的鱼：子非鱼，安知鱼之乐？

秋水无言。两位哲人那袒露的襟怀，就如同一条更为清澈明净的秋水。生命的彻悟有时竟就是秋水所滋生的。

立秋前后的水真的迥然不同。刚刚过去的夏天因为阳光的渗透，水过于炙热和喧闹，作足了表面文章；而曾经汹涌四至的春水，又是水性杨花，春心泛滥，似乎肩负着过重的责任，努力地孕育着生命，无疑它也就拥有生命成长的冲动和朝气了。滞后的冬天，山瘦水寒，形容枯瘦，在不断地冻结和流失。只有秋天的水表里如一，至为单纯，既无孕育生命的痕迹，又没有冬天的刺骨寒冷。它平静地流涌，只需保证自然生命必备的涵养。它横淌在生命的存在与死亡之间。

秋水茫茫。在秋阳的照耀下，一泓秋水泛出的层层涟漪，也会轻轻叩击着岸边的岩石和青草。但那样子就似刚刚生产过的产妇对男人的轻吻，然后就美丽地躺着，呈现出一种绚丽归于平淡的境界。空中一群又一群的大雁南飞，漠漠青田，最后一行白鹭也钻入了云霄。水面上的浮萍、红莲、水草由绿色渐渐变成褐红色。一片荷花开谢过的池塘，荷叶饱胀得像穿着绿裙子的少妇，体态丰腴，凸现出膨胀的生命被释放过后的轻松。使人在看到生命回光返照的同时，领略到"望穿秋水"的真正含义。

在秋水浩渺的季节，庄稼人有着短暂的消闲时期。但紧接着秋收的到来，他们随即就在田里做一年最后的一次征战。秋天的肃杀之气也一天天出现在水里，这时候人们似乎才感觉到，在秋水美丽的表面，那其中生命的挣扎、抵抗和搏斗一时一刻也没有停止过。水里的所有生命都参与了这场不温不火而又异常严肃的斗争……生存与扼杀、温暖与寒冷、成长与抑制、正义抑或邪恶，自然以它本身的法则作着生命痛苦的抉择。因此伴着秋风落叶声的如贯盈耳，秋水渺渺，我们已经无法下水，亲身体会鱼的快乐与不快乐了。

有了这些，我就陡然明白了庄稼人为什么对节气总充满了生命的敬畏，也理解了他们为什么紧赶慢赶，要将所有的农作物赶在立秋之前拾掇完毕。同是姓"庄"，庄稼人对"立秋"这个节气有着比老庄更为接近本质的透悟。

子在川上曰："逝者如斯夫。"人们习惯上以为这是孔老夫子在哀叹滔滔而逝的东流水，其实不是——他哀伤的正是这貌似静谧、澄澈的秋水，只有在这里，他感受到生命真正消亡时的过程——但与许多人一样，我自那个立秋的日子误入秋水，像一尾快乐的鱼爬到岸上之后，就很少有机会再涉入那同样的秋水中去了。现在，所谓城市的喧闹声和风沙悄然地磨钝了我的嗅觉和触觉，就连"望穿秋水"也成为我的一件十分奢侈的事了。

麦黄风

麦子在四月的皖河两岸，是最为金黄明丽的植物了。这种庄稼使南方的土地和粮食变得异常的生动和丰富多彩。直到现在我还非常奇怪，以稻米为主食的皖河两岸，在稻子黄熟的时候，乡亲们何以对一阵紧似一阵，将稻穗染黄的风儿熟视无睹，偏偏看见散乱在地上并不多见的麦子成熟，叫那刮来的风作"麦黄风"呢？这里，麦子作为南方独特的点缀庄稼和生活的东西漫延着生长在山坡地，表明了乡亲们一种什么样的成熟的期待？

说也奇怪，在麦子成熟的季节，真的就有那么一阵风刮过来。那风被太阳镀上了一层古铜色，夹杂着皖河水的一丝清凉的气息。株株麦穗整整齐齐地伸展在天空下，如一把把麦帚，将天空打扫得异常的蔚蓝和明亮（不像稻子成熟时稻穗低垂）。在皖河边隐约可见的丘陵上，一块麦田就像一块金黄的烙饼，蒸腾着一种让人口水流淌的味道。乡亲们割完麦子，立即就将麦子在太阳下一粒粒碾下扬净，然后送进磨坊磨成白花花的面粉，用来做粑和扯成挂面，偶尔在吃腻了米饭的间隙，调节调节口味。

　　磨坊和挂面坊就是皖河岸边最富有激情和意味的风景了。乡亲们大箩小箩地将麦子晒干送进磨坊。磨坊里的磨子一律都是石头做的，很圆、很大。大多时是要两人才能推动它，还要有一个人将麦子一捧一捧地漏进磨眼里。或者就用牛拉磨，牛的眼睛上蒙了块黑布，人在一旁呵斥着，牛就围着磨子一遍又一遍的转圈儿。面粉磨成后，乡亲们很快又将它送进挂面坊里。皖河边的挂面坊有多少？我已记不清楚。但有一点我的印象殊深，那就是一到麦黄季节，所有的挂面坊里都忙得热火朝天。扯面的师傅在晴天丽日里将那扯面的架子端到外面。架子照例是木头做的两根柱子，中间几根杠子上钻了一排排的小孔，白色的、细线般的面条被两根竹棍拉扯得很长。紧绷绷的，远远望着，像是晒着一匹老白布，或像战争年代战地医院洗晒着的绷带——这是那时电影上常出现的场面。当然，在乡亲们的眼里，挂面就是挂面，是用来招待客人的。皖河两岸，招待尊贵客人的最高礼遇，就是"挂面鸡蛋"——这与乡亲们喜欢叫"麦黄风"似乎并无内在的关联。

　　"挂面"在皖河边不叫"面条"。更不像在北方，还有大宽、二宽、粗的、细的之分。这里招待客人的程序是：先端上一碗挂面煮鸡蛋，然后"正餐"还用米饭。大鱼大肉的，还有酒。"挂面"含有一种祝福长寿，长久的意思。由于这个，扯挂面的师傅在这里就特别受人尊重，有点"技"高望重的意思。我有一个姨婆家，还有一位邻居都是扯挂面的，我看他们扯挂面很有讲究：面粉先用水发酵，水要恰到好处，发酵后师傅用手翻着、揉着，揉得满头大汗，汗珠子甚而就掉进面里。但乡亲们并不介意，说"不干不净，吃了没病"。说来奇怪，面粉在师傅手里，细软如线，坚韧如针，就那么揉、捶、打、拉、扯几下子，就如一根根丝线了。师傅们将那"线"儿款款摆弄出来，晒在太阳里，同时还晾晒着一份得意和自豪。

我家由于有了上述那层关系，麦子熟的时候，想吃挂面就非常的方便，用钱买或者用麦子换都行。要是人家做新屋，那屋正上梁的时候，乡亲们都会蒸上一点米粑，称上几斤挂面，然后搭块红布送过去。

后来，出现了一种专门磨粉制面的机子。在皖河两岸，要是那机子昼夜不停地响着，磨出白花花的面粉，一定是刮麦黄风的季节。

温暖的花朵

在皖河那纷繁的花朵中，棉花是一种最富于人情的花朵了。仿佛是某种神示，它总是赶在冬天到来之前盛开。那时候当然是皖河的秋天了。一泓秋水浅浅地流淌，如一摊白银泻在雪白的沙滩里，天地一片澄澈。站在皖河的中央四下张望，大片大片白得像雪的棉花远远的开放在皖河两岸。一不小心，你就会当作是谁放牧的一群白羊。更远的，似乎就是一朵朵飘荡的白云，逗得皖河刷刷地竖起了倾听的耳朵。棉花的白云，以它独特的姿态绕过了所有的谛听，在阳光下淋漓地抒情。

棉花似乎是皖河为寒流而准备的礼物。女人们穿着薄薄的秋衫，胳膊挽着竹篮，几乎不约而同地就走进了棉花的田里，她们小心翼翼而又大把大把地摘着棉花，夏天火烤火烤的阳光被如水的秋阳冲淡，但那炙热的光芒并没有远去，它们都躲避在棉花坚硬的壳里。女人们穿梭在棉花丛里，四周攒动的全是一张张棉花似的笑脸，不知不觉地，她们浑身也感到一些温暖。冬天就要到来，孩子们正等着御寒的棉袄，家里床上盖旧了的被子需要翻新，而一些老奶奶们呢？额头上深深的纹沟已让棉花擦尽，缺牙掉齿的笑得合不拢嘴。她们焦急地期待着，要将棉花捻成一绽厚厚的棉棰，然后在寒冷而漫长的夜晚，摇着古老的纺线车，将那棉棰纺成一根根棉线。纺线是她们最为拿手的活计了。用这棉线，她们差不多就可以织成背带，纺成围巾等各种小玩意儿，然后留给自己的子孙。在活蹦乱跳的孩子们身上，老人看到他们穿着自己织成的小草、小花什么的。孩子胸前编织的"老虎头"在灿烂地微笑。

"弹花匠"因而成为皖河一种古老和最受欢迎的职业。乡亲们将棉花一朵朵摘回来，剥掉那褐色的壳，将棉花糅混在一起，在秋阳里晒干，然后就会邀请他们到家里，好鱼好肉、好烟好酒地招待几番。弹花匠喝得醉醺醺的，将弹弓调好，站在面前巨大的雪山上，放肆而欢快地用木棒调拨着。"嘣——锵锵""嘣——锵锵"。皖河秋天里的棉花散发出了一种金属的气息，两岸的弹花声弹奏起一种奇妙的音乐。使皖河变得闲适，优雅。河水因此也激动得不停地歌唱着爱情和劳动。尔后又归于一种平静。弹花匠将那弹好的棉絮弄得熨熨帖帖，如一方硕大的豆腐。高兴的时候，弹花匠还会细心地在网住棉絮的时候，用红线头织成"福""喜"……字和"新婚快乐"的字样——那样的被子，一般都是主人为待嫁的姑娘，或者为待娶的新娘而准备的。

新娘子在洞房花烛夜里，暖暖地捂盖着一床绵软阔大的棉被，除独享着一个男人的体香、同时能清晰地嗅到的就是棉花与阳光混合的气息了。这种人生中最奇妙的气息，搅得她们躺在温柔乡里，幸福地陶醉和快乐着。过不了几天，她就会毫不害羞地将这床棉絮拿到阳光下翻晒——通常这哪里是晒被子，简直就是晾晒着一种幸福和富有。

从棉花的播种到成长，以及制作成棉被、棉袄出来的时间虽然短促。但对于其中的每一件活计，乡亲们都做得非常精心和认真。棉花是最不容易凋谢的一种花了，但它在生长、制作过程中，乡亲们领略到的幸福、愉快和轻松，却是皖河所有庄稼活所无法比拟的。不像种稻子和麦子，锄禾日当午，汗滴禾下土。在棉花成熟的季节，一朵朵白云绕山间。皖河畔到处飞扬着悠扬的歌声和欢快的笑……当然，皖河人民并没有因此而放弃栽插水稻和麦子。相反，他们不像完全以棉花为生的棉畈区那样，将所有的土地都种上棉花。像仅仅只是为了欣赏一下自己种的花朵，他们种的棉花最多只管家里床上盖的和身上穿的就够了。棉花大都习惯生长在山地上，而皖河流域大多是水田，土地并不富裕。乡亲们觉得，这就是上苍的一种安排。上帝给他们的分工就是种稻，没必要白白浪费大片大片肥沃的水田种棉花。

什么地长什么庄稼，他们认为这是天经地义的事。

皖河两岸除了大片大片的白棉花，在秋水茫茫的季节，还有白色的芭茅花和狗尾巴草在风中摇曳，它们一般都凋落在冬天——只有棉花既干净又利索地在秋天里成熟和结束。冬天真正来临之际，寒风吹彻了皖河每一处村落，那时棉花便穿在他们的身上，温暖着他们的身心了。

谁都清楚，乡亲们感念棉花——是因为真正的白花，雪花就快要降临到皖河了。

有一种树叶叫茶

做一片树叶总是要落的，你自己不落，别人也会伸手帮你摘落下来。然后将这树叶一片片地洗涮干净，放进水里淋透，浸上一天半日的，再放到一块干净的石头上揉得碎碎的，直揉出鲜嫩的绿色浆汁来，用钵子盛着，放上一勺子石膏。过不了一会儿，这绿色的液体浓酽酽的就凝固成了一块豆腐。含在嘴里冰凉冰凉的，透着爽快。乡亲们管这树叶叫"观音楂"，管这做出来的绿豆腐叫"观音豆腐"。这是他们夏天用来消暑的饮料了。最喜欢做观音豆腐的是一群姑娘嫂子们，她们用灵巧的双手，使乡村生动，也让自己亲人的生活变得丰富多彩。

久而久之，乡亲们就从树叶上看出了很多门道。于是对在河边小山、丘陵上生长出来的树叶也产生了极大的兴趣。春天里，他们大把大把地摘着香椿树叶当菜炒，夏天里摘着肥硕的梧桐叶，蒸米粉肉和小麦粑、米糕之类，或干脆用桑叶泡水喝。女人甚而还用采来的艾叶煮水蒸着身子——乡亲们将所有的树叶都找到了用途，让它落到它应该滴落的地方。

有一种树叶叫茶。这种叫茶的树叶在皖河的两岸蔓延无边。皖河的水汽袅袅蒸腾，一天天的，春日的叶片儿就长得很旺很亮，显出格外绿叶葱葱的样子。在清明谷雨前后，一河两岸茶叶飘香，茶树丛里突然就会钻进许许多多鸟儿和摘茶的小姑娘——摘茶与摘其他的树叶方式相似，都是不等树叶长老，就将嫩嫩的芽子摘下来。只是这叶子他们不在太阳里晒干，而是用栗炭火微微焙熏、烤干，然后就慢慢地搓着、揉着，直揉出自己喜欢的形状来。然后按形就状地起些名字：或剑毫、或弦月、或云雾的，这就名正言顺地成为茶了。他们将这茶放进茶壶里，冲入滚沸的开水，茶叶就微微地舒展开来，恢复它本来的形状，一股香气随即也从壶里袅袅地飘逸出来。

说起来，皖河人在老祖宗手里就将茶种得神采飞扬，这从地方志中也能找到记载。唐代杨华写的《膳夫经手录》说这茶"虽不峻遒，亦甚甘香芳美，良重也。"县志上说："茶以皖山茶为佳产，皖峰高矗云表，晓雾布漫，淑气钟之，故其气味不待熏焙，自然馥馨，而悬崖绝壁间，有不种自生者，尤为难得。谷雨采贮，不减龙团雀舌也……"据说，唐代有人授"舒州牧"，当时的宰相大人李德裕向他要茶，那人就送了他十几斤，李宰相"乃命烹瓯沃肉食，纳以银盒，闭之，诘旦开视，其肉化为水。"从发黄的线装书上，乡亲们看见茶叶与别的树叶有不一样的神奇的功效，于是种茶喝茶，更是津津有味了。

　　喝茶，是一年到头与土地打交道的乡亲们最大的乐趣。喝着喝着，河边突然就出现了一群大大小小的茶馆，随即也就出现了专门以卖茶为生的人。这些人整天痴迷着茶叶，陶醉在他们劳动之外的另一种乐趣里。一拍即合，闲暇无事的时候，这些志同道合的乡亲就成天地泡茶馆，说自己"早上皮包水，晚上水包皮"。十分幸福与得意——在皖河，这些茶客最会品茶。茶香缥缥缈缈，如深谷的幽兰若隐若现，若用鼻子嗅嗅，不经意地直沁人肺腑。举杯慢慢啜那茶水，香郁味醇，茶韵清香；而细细地品茗，回味中却又略带些甘甜。只觉香醇飘逸，神清气爽；只觉四肢百骸，通体舒泰。渐渐地，乡亲们不仅仅只关注那壶中之水，而且开始关注那一片片茶叶了。一片细小的茶叶，纤弱、无足轻重，可又非常微妙，将它们放在壶里，一旦与水融合，立即就释放出自己的一切，毫不保留地献出了它们生命的全部精华。那壶中的茶叶在水里沉浮不定，变幻莫测，朵朵嫩芽，缓缓地舒展，或恰如雀舌，或一旗（叶）一杆（芽）相互辉映，一片片嫩芽显露出茸茸的细毫，亮丽得宛如皖河岸边明媚的早春。

　　说来奇怪，在茶叶飘香的季节，皖河两岸的人民其情融融，其乐陶陶。他们互相走动，关系陡然间就融洽了不少。乡亲们说皖河的茶叶可以驱晦气、除病气、养生气，可以尝滋味、养身体，更可养志。在这里，茶叶不仅仅是一种单纯的饮料，更成了乡亲们一种人生的价值取向。

好茶须好水。这水当然就是皖河的水了——"走千走万，不如皖河两岸"，乡亲们说只有皖河的水，才最为清纯无比。茶因水而生；水因茶而活——茶与水就这样水乳交融，密不可分。

直到现在，我品尝的也还是皖河的茶。但在离开皖河的日子，我却奇怪地发现这茶喝不上几口，就会变成一壶"死茶"——茶水淡淡的，枯黑的叶片躺在水里像一堆毫无生机的乱叶。我发现这就实在不如用皖河水泡茶那么鲜活和赏心悦目了。要在皖河，那喝淡了的茶叶纯绿依然，还可以晒干装进枕头套里。夜里，枕在脑袋下明心养性，也清香无比。

清　晨

　　突然凝视着清晨，浑身就有了种战栗的感觉——这是以前少有的。那么多的清晨似都在梦境里度过。即便现在，我仿佛也还置身在梦里：土地有些潮湿，浅浅的水洼袅出一层热气，空气似乎过滤了许多本不是它的杂质。有股甜丝丝的味道。那些站立在地上的树，伸着缱绻的叶片，不像是打哈哈，而一个个都似是有组织的家伙，作沉思状。

　　车厢里的一切都在蠢蠢欲动，纷纷露出了一些"复活"的迹象，眼前的灰尘也在苏醒着。鼻间，有股难闻的气味不怀好意地袭来。我扭头打量着窗外，头就不再移过来。但毕竟隔着一层（或者两层）玻璃，那鲜活清新，通常属于清晨的质地明朗的感觉就没有了。厚厚的玻璃将清晨弄得很是隔膜。铁轨如一架没有尽头的梯子，缕缕阳光和清晨一起跳跃着越过大地、河流、水塘……像是一个晨练的跑步者。跑着，跑着，就将"清晨"渐渐跑丢了。那个大家非常熟悉的，充满喧嚣的日子，像一块脏布立即将"清晨"和我的心灵都一同包裹起来，扔在了一边。我分明听到了某种巨大的喘息声，觉得一位如花似玉又被莫名其妙地强暴了……一切都是瞬间的事，并非悄无声息。在某种意义上，我不仅是一位旁观者，更是一位同谋。

　　我是一个懒睡主义者。这样，使我只有在长途旅行时才偶尔见到清晨的模样。这里抑或就有一个永远的"隔"。其实，我的人生最早就是从打量清晨开始的。小时候，我和姐姐或者妹妹总要在外公、外婆家住一阵子。然后由外公送我们回家。外公的方式是用稻箩挑着我们——一筐一个。外公家门前是一排密密匝匝的篱笆园，我们出门的时候总是清晨，寥廓的天空残星点点，挤眉弄眼的，似一块块晶亮的小石子。坐在箩筐里，我用双手抓紧箩绳，眼睛滴溜溜地仰望着星空，就害怕那石子会砸下来。下意识地一动作，箩筐却撞到了布满绿叶的篱笆墙上，随即箩筐荡悠起来，在清晨里旋转了一周，让我一下子就将世界看了个够——自然，那星星没有掉下来，倒是沾在篱笆叶上的露珠，沁凉沁凉地溅到脸上，滚进了我的脖子里……那是个春晨，那里有童年的惬意和畅快。咯咯的笑声十分清纯地掷扔在晨风里。

　　印象里外公是他们那个村子里起得最早的人——他趁清晨送我们回家，也是为了赶上做白天的农活。有时，他在清晨早早起床，拢着袖子，就在村庄里收拾一些猪粪、狗粪……或是干脆扛着一把锄头，到田畈上转悠一圈才回家吃早饭。这养成了他早起的习惯。他病逝那年，我记得是在一个冬天的清晨被乡亲们送上山的，出门的时候雾气蒸腾，等到他落土的时候，雾气却迅速退尽了。一座新垒起的坟茔开始散发出空前的新鲜的泥土气息。旁边，树脚下积攒了的一层树叶湿润、沉闷、安宁，它亲眼看见了一个生命在鲜活的清晨归于永恒。那个早晨，我算是目睹了我第一位亲人的离世，它深深地刺伤了我的心。

> 人类从来不曾是
> 大地的儿子以外的东西
> 大地说明了他们
> 环境决定了他们

多年以后，我在勒尼·格鲁塞的《草原帝国》里读到了这样的句子，猛然就想起了外公被泥土埋葬的那个清晨。我冷不丁打了个寒噤。我发觉外公在那个清晨给我留下的真是一个"隔"——这边，我实在需要打磨起茧的心灵，承接无数从清晨开始的日子，幸福以及缓慢地生活。

七月的早晨

麻雀在屋檐下唧唧喳喳的。三叫两叫的就吵醒了我。看窗外已是一片大白，我赶紧爬起了床——其实也就是沙发，信步走下了楼。

昨晚连衣服也未脱躺在沙发上便睡了。尽管睡得不算踏实，但起来简便，光着脚板站起就是——夏天的好处就是让生活趋于简单。它像是一支删繁就简的如椽大笔，三下两下地就将裹在人们身上的臃肿剥落干净，极近自然。七月的早晨，空气由于夜的过滤，再加上前天的一场雨，不再敷热，清凉得像是一只慵懒的小白猫在身上舔着。草在早晨格外泛绿、发亮。院子里几棵石榴树上喇叭状的红花，谢得只剩下那么一两朵，夹在绿叶丛中，耀眼醒目。枝桠上结着拳头般的石榴，劲灵灵的，仿佛在七月的早晨宣誓着，小拳头握得紧紧。

看到与我差不多早起的人，却是几位长者。老爷子和老太太们，都只穿着一件背心，一条裤头，清清爽爽。或神情专注地站在绿草坪上比划着太极拳，或赶或牵着一只小狗之类的动物在院子里溜达。人打拳打的有条不紊，一套一套，严丝合缝。那小动物跑起来却没有了章法，一蹿一蹿的，害得主人跟在后面，撵得气喘吁吁。嘴里还不停地吆喝，像是喊着自己的心肝宝贝。

街道上的门脸没有完全打开。有一家隔着厚厚的玻璃，倒是看到蒸包子和馍馍的蒸笼上冒着浓浓的白气，影影绰绰的。主人在辛勤地准备着早市。我上前与那位正忙着的大嫂搭讪，大嫂说："哟！你起这么早？包子还要等一会儿才熟呢！平时可没见你起这么早啊！"

我常在这里吃早点，混熟了。经她这么一说，我倒不好意思起来。发觉自己真是无意中起了个大早。折回原路，我也甩甩胳膊，踢踢腿。但我还不会像那些老爷子、老太太一样放下架子，比划几下太极拳；也无法如那些有钱或有闲的人，牵着一条动物闲逛；更不曾试着从早晨开始忙碌……我只能在七月的早晨来回走动。风吹在脸上很惬意。陡然，我感觉早起原来远比我窝在床上美妙、舒服得多。即便这样随便走走，也使我心头充盈着一股清新的东西。我为自己失去许多这样的早晨感到遗憾。

结果，我还是来到了那几棵石榴树下，紧紧盯着那如拳般握得紧紧的石榴，下意识地把拳头也握得紧紧。互相对视了一下，终于我还是松开了拳头——石榴没有与我对峙的意思，而它的那一种平和与冲淡，自然也不是我能够学到的。

　　绕了一圈，我回到了房间。朋友还在床上呼呼大睡。对于他，像我在所有的早晨一样，有许多趣味都是未曾享受过的。我很想把七月的早晨这小小的感受告诉他，让他分享。但看他睡得很熟的样子，又作罢——忽略往往就在这不经意之间。

鲜亮的雨

雨总是猝不及防地来到，像一串串往事一下子涌进了家门。湿漉漉的，带些急促而苍茫的意味。雪白墙壁的下半截立即洇渍出湿斑，犹如硕大的一块时光补丁。窗棂成了雨嬉戏的天堂门槛。透过窗户向外望，我看见桃树横斜的枝条，那一串串颗粒状的雨珠，晶莹得就像谁拎的一盏盏水灯，与桃的粉红的花蕾咫尺相持。雨丝均匀飘泻着，那一白一红，恍惚一段崭新的苏州刺绣，亮丽、妩媚。

当然，这都是用肉眼观察的结果。但天空确实没有风，雨是坚决而有力、毫不犹豫地如一根根银针，穿梭着编织大地的绸缎。不一会儿，池塘更绿了，大地更亮了，雨撒起脚丫似的，越发滴落得垂直，非常鲜明地显现出了它的本质——除了鲜艳的鲜，亮丽的亮；它就是下垂的垂，正直的直了。这纯静的气息、颜色和力度让人晕眩。

鲜亮的雨水，桃花流水般地自天而降，它让土地膨胀，河流满溢，但它四处受阻，障碍重重——一切的障碍都在粉碎它。遇上屋檐，它只能顺势溜滑；碰上树枝，它虽凝结出灿烂的花朵，却如昙花一现。我看到雨落在了池塘、河流，很快就融合得不见踪影。都是一副被粉碎的模样，如一朵鲜花惨遭到了蹂躏。粉碎这鲜亮的雨的，不是树，不是大地，而是石头。雨遇上这家伙就粉身碎骨，被碾成齑粉。石头，这坚硬的家伙！象征着一切障碍，这巨大的存在，并不以雨的鲜亮而温柔、内敛……鸡蛋碰到石头，鸡蛋就碎了。人也是。人遇到障碍或可小心翼翼地绕过去，绕不过去的，轻者头破血流，重者则命丧黄泉，化为乌有。这有一种让人害怕，让人变得低迷的恐惧。连鲁迅先生也有过这种"碰"的滋味，他说，四周都是黑漆漆的墙壁，难道我的鼻子不会碰扁吗？但鲜亮的雨水，义无反顾，一次又一次的来了，在石头上开花，在石头上四溅，又一次次地集结。哈哈！水滴石穿！——石头在鲜亮的雨水中，也微微颤抖、动摇了。它摸摸它那光光的脑壳，发出一阵苦笑。

但很快，我又看见鲜亮的雨溅射而呈现出的抛物线状，甚至还画了无数些个圆。比如，那透亮地凝聚在桃枝上的雨珠，就滚圆欲滴。站在窗前，我突然认真地思考了一下这个问题：人不像雨。人这高级动物有着超乎肉体（物质）之上的东西，那东西鲜亮的部分也叫"精神"。如雨水般垂直的精神啊！或可以肉体的消亡为代价，来碰一碰那"石头"，犹如真正的勇士，敢于直面"惨淡的人生"！但人生即便如雨，却不是雨。比如伽利略，他在天文学说遭遇"忏悔"的恫吓时，还是忏悔了——如雨，也呈现出了那长长的抛物线。但由此获得并延续肉体的生命，从而使他写出了更伟大的天文学著作。"水往低处流，人往高处走"……低，是雨的生命高度；而高，却永远是人生的高度了。雨水或许体会出了高处不胜寒的滋味，可人是从低处向高处长的，雨落江河，江河泻地，心比天高，天心如雨么？

雨，鲜亮的雨水，总像一个走失的孩子重回到我们身边。春雨绵绵、夏雨暴烈、秋雨淅沥、冬雨寒冷……雨和季节的关系，恐怕更多的只是名词的替换，有些东西肉眼无法看到，有些眼睛一瞅就瞅了个明白。它遇到风暴烈而缠绵，遇到阳光倏然灿烂，遇到零下的温度就只会落地成冰了。"春潮带雨晚来急""秋风秋雨愁煞人"……人在雨里，永远是一个情绪的动物——我说这鲜亮的雨，当然是指这春雨。这雨仿佛是为大地量裁的衣服，该平的平，该凹的凹，该红的红，该绿的绿，该白的白……不仅鲜亮，简直就是鲜艳了！

但再鲜亮的雨，也只不过是垂直的水！

好一场春雨，匆匆而来又匆忙而去。让土地喝了个通通透透，天立即就放晴了！高远的天空受过洗礼般地蔚蓝蔚蓝，纤尘不染。仿佛什么事也没有发生。叮叮当当的，我看见屋檐上的雨水在做着最后的滴落。打开窗户，一股带有泥土气息的春风迎面扑来。说了声：真惬意！再见眼前那株桃树，就发觉那明亮的水灯早已一盏盏地熄灭，只剩下一粒粒花蕾越发的猩红了。要说，那绿芽红蕾的桃树是一位红粉佳人，那匆匆而去的水灯便是那旷远的书生了吧？——我揉揉眼睛，只当自己在一场春梦里真切地会过了他们。

第 2 辑 · 荞麦枕头

夜晚的深度

在火车上，我常常会跌入一种虚空之中：窗外漆黑如墨，火车哐当哐当地响着渐渐的远去，夜也渐渐深去。似乎不知道目的地在哪儿。醒来，车厢里的鼾声此起彼伏，那氛围就把人带向更加不可预知的遥远。于是干脆无趣地睡去，心无旁骛地将自己身心交付给黑夜……经常，由于火车停靠在某一个小站，也会睁开惺忪的眼，趴在车窗向外眺望，见那钢蓝的铁轨在幽微的路灯照耀下，溅射出的斑斓迷幻的光芒。

夜在高邈的天空发出类似于咳嗽的声音，仿佛测试着什么。

便觉得这里就有一种夜晚的深度存在。想想，一个人如果不是在火车上，而是孤独地硬坐在夜晚里厮守一盏烛灯，那夜晚的深度就该是一根蜡烛的长度。那蜡烛开始还优雅地燃烧着，但外面浮嚣的声浪随着烛花一点点地凋谢，四周便沉入了无边无际的寂静当中，夜晚的深度感就会怪异地附在人们的身上。如果这人有着道德和良心，那么在这样的夜晚，他心里溢出来的滋味大概就会像一个在医院里做例行检查：医生要他在众目睽睽之下裸露着身体，再用一些他所熟悉或不熟悉的器械，在他的身上认真地鼓捣着，然后告诉他哪儿是，哪儿不是——这是"三省吾身"的一种最好办法。夜晚固有的深度，当然可以裸露出自己的灵魂，检测着自己的心灵。利用夜晚进行闭门思过，对于健康的人生总是有益的。但对于不健康的人生则无异于一种折磨。由于夜晚之深，自然会有一些人干出小偷和杀人越货的勾当。

月黑风高夜，夜晚里也总会飘荡出一种浓浓的死亡气息。耗子在麦田里偷食，狐狸在坟穴里钻来钻去，毒蛇在静静地冬眠……在小偷和杀人越货者们那里，夜晚的深度似乎就是一堵墙、一扇门、一闪念的深度。对于他们来说，夜晚的颜色恰好暗合了他们本来就十分阴暗的心理。他们如同刚从牢笼里放出的困兽，贪婪而又竭力地挣扎着。由于心灵上的缺陷，他们在夜晚里所干的行径，便使他们的灵魂遭到不停地下坠、下坠……直至无可救药的深处。夜晚的深度恰好变成了他们自掘坟墓的深度。

有一种鸟儿的名字叫作夜莺。在夜晚劳作的人们，也总被人们亲切地唤之为"夜莺"。这个动物由于夜晚的美好，名字也被叫得那么的美了。是的，夜晚有着深深的黑色的背景，天空变得深不可测，大地上万籁俱寂，正是夜莺们辛勤劳作的大好时光，他们的劳作使夜晚变得富有生机和有创造力起来。此时夜晚的深度，遮蔽住了许多日子的枝枝蔓蔓，使生活就呈现出了唯一的一条通向光明的隧道。省却无端的嘈杂，正好也剔除了人们的私心杂念，人们只要一心一意地朝着那条隧道摸索前行，结果就会像一位在江边拉纤的纤夫，只拖着自己的船行走在自己的江水里。这当然是一种艰难而又畅快的前行，是一种离成功最为接近的深度。

"妆罢低声问夫婿，画眉深浅入时无。"在夜晚，人们的感觉总是奇特而美妙。如果忽视那"庭院深深深几许"，更漏灯残的夺人心魄的夜晚的凄美的深度，也许这首诗就足可以让人体会出另一种更为美丽的夜晚的深度了——夜晚星光灿烂，寂静的夜空像是一条无声流淌的银河，牛郎织女，鹊桥相会；心明地静，好梦易圆……夜晚因此就成了人的生命所期待的深度。然而夜正长，路也正长，长夜难眠，期待往往也是人的生命和生活饱受煎熬的痛苦——现在，在这个深深的夜晚，我就无端地想起一位先生与秋夜对峙的情形。我恍惚看见他的脸上，那挂满着的一副苦苦追求真理的一个民族痛苦而又憔悴的泪痕！……他滞留在心如死灰般的黑夜，他听到的是不断地喋喋地苦瓜鸟的叫声。他的手指夹着的烟头，在沉沉的夜里忽明忽灭，烟灰燃尽，在深不见底的夜里，他猛然地倒仆下来。那个深深的长夜，他付出的是生命与血肉的代价……

夜晚开始把我的思绪撩得乱乱的。

但坐在火车上，特别是在夜晚的长长旅途中，我的思绪总会这样情不自禁地被火车牵得远远。有时，我还觉得火车下那两溜并行的长长的铁轨，更像一把检测夜晚深度的标尺。它随着夜幕的降临悄悄拉开，静静地丈量大地、丈量着人们心灵的韧性。等到了东方既白，看到许多人从火车上鱼贯而下，我才会松下一口气，仿佛自己在一口枯井里被提悬到了地面……

这时，一切才真正结束。

夜 气

坐在漆黑如墨的夜里。深夜，就感觉身后站着一位衣袂飘飘的玄衣女子，她手中紧握的剑刃泛着寒光。那透入骨髓的剑气直逼人的心窝，揉揉眼睛扭头一看，背后什么也没有。但一股寒气，确切地说是一股夜气，早已不知不觉，悄无声息地渗透在你的周围了。房间里自然亮着灯，你看不见它，不知道它是怎么来的，但它已经袭伤了你。就那么一瞬间，它消逝了。可你心灵里的颤抖还未停止住。

没有人会无端地坐到深夜的。我经历过两次：一次是在春天里回老家，县城里的几个朋友拖我去打麻将，一打就是一夜，仿佛在凌晨一点左右，我摸到了一张好牌，手突然哆嗦了一下。这不是庸俗的激动，是我突然感觉到一股莫名其妙的阴凉袭上心来。我和牌了，但我很快就将桌上赢的一些钱远远推开了。夜气上升，眼皮下坠，我突然感觉我玩的兴趣全无。朋友们悻悻地拾起桌上的钱走了。他们永远不知道我为什么突然停止了活动。他们还沉浸在麻将的患得患失的刺激中。即便取走了属于他们自己的钱，但看他们的神情却像是扶着栏杆走了一回索桥，索然无味。

体会到夜气的漫长、无奈和阴森森，是在那年的冬天，我与兄妹们为垂死的老父守夜。父亲已经走到他生命的尽头，所有的努力都无济于事。乡亲们都说父亲要在这个冬夜里离去。仿佛一种印证，父亲躺在床上，颜面变灰，呼吸急促，没有进气，只有出气。这种情形在那天晚上已经出现了几次。几天几夜，我与兄妹们都轮番看守着敬爱的父亲，沉沉的夜，伴随着我们心灵上的不安、焦虑、忧愁和回天无力的哀叹。乡亲们担心我们在冬夜里受寒，特地为我们准备了一盆栗炭火，但我们感觉不到炭火的温暖，我们的眼睛不停地望着父亲。失去知觉、全身僵直的父亲无法感觉到的痛苦正像磨盘一样，在我们心里磨着，淌下的是淋漓的鲜血。到了子夜时分，我们兄妹几人都不由自主地打了个寒颤。夜气像鬼魅魍魉一样游荡在了父亲的身边，我们看到它爬上气若游丝的父亲身上，父亲随之慢慢停止了呼吸。

巨大的夜气铺天盖地，父亲在夜气中走了。可我们却只能眼睁睁地看着，这是一种撕心裂肺的守望。就像是在黑夜里行走而陡然迷路的浪子，无边无际的黑和无漾无涯的寒冷，如一匹冗长的裹尸布紧紧地缠绕着你，让你喘不过气来。记得小时候，我曾经掉进过一次水里，巨大的水淹没了我的头顶，身边泛涌着巨大的波浪。但那时，我的心还是灵动的，我不要命地在水里挣啊挣，终于能抓住岸边的一棵水草，慌不择路地爬上了岸。但这回，我突然感觉到没有彼岸了。直至见到拥来许多吊丧的乡亲，我这才觉得自己正缓缓地从夜气里浮起。

现在，我比较能理解一位先生在深夜独坐的滋味了。四周黑咕隆咚，他斜坐在夜里，黑黑的胡须和黑黑的浓眉正好暗合了夜的颜色。他手指间夹着一支烟，红火闪烁着，匀如湖水的夜静静地涌向他，拍击着他的心灵。他走到院子里，"哇的一声，夜游的恶鸟飞过了。我忽而听到夜半的笑声，吃吃地，似乎不愿意惊动睡着的人，然而四周的空气都应和着笑。夜半，没有别的人，我即刻听出这声音就在我嘴里，我也即刻被这笑声所驱逐，回进自己的房。"……"我打了个呵欠，点起一支纸烟，喷出烟来，对着灯默默地敬奠这些苍翠精致的英雄们。"此时，先生被沉沉夜气的侵扰，比一般人要凄切和悲壮得多。有一次他还说过，四周都黑漆漆的，我的鼻子难道不会碰扁吗？就是在那精神被屠戮，思想被禁锢的夜里，先生竭力摆脱着纠缠自己的夜气，将思想和躯体融在夜的旷野，并奔突着。即便现在，我还能看见先生在夜气弥漫的深夜里呐喊和搏斗的神情。

大多数时间，窗外的月色和星辰隐去。熄灭房间的灯火，我也会在深夜里静坐，想着一些黑夜里可能发生的事情，老鼠、通奸以及小偷……独自躺在床上，深夜静听也渐渐成了我的一门功课。有时，我甚至还会在心里掠过些微渎神的念头。但到了第二天早晨，看到由窗棂而射进来的阳光，听到一些不请自来的鸟声和风声，我却又对事物发生了怀疑：昨夜那个黑暗中的人，竟然是我？

父亲不说话

　　2001年2月28日，直至坐上北上的火车，我这才发觉地里黄黄的油菜花已经盛开，而父亲躺在山上也快两个月了……他再也看不到这让他激动的油菜花，嗅到乡村朴素的芬芳了——我是与父亲见了最后一面的。一千多里路程，在哐当哐当地火车车厢的连接处，我一支接着一支地吸烟，一支支白棍铺就了我要见父亲的路。但父亲没说一句话。

　　赶回老家，父亲躺在床上昏迷不醒已经一天多了。我泣声地喊着，然而父亲眼神呆滞，人事不知。这是他的第三次脑溢血。母亲说，父亲这次发病后说的最后一句话，就是："我再也说不出话了！"望着早已在声音中迷失掉了的父亲，我突然觉得我如同一个正在吃奶的孩子，被狠心的母亲突然断掉了奶一样。我饱尝着焦渴、无望和行将被抛弃的痛苦。恍惚幼小的我与父亲在无边无际的大海里划船，父亲忽然却说："我划不动了，你划吧！"不由分说就丢下了我……无涯的暗在我周围汹涌不已。

闻讯赶来看望父亲的乡亲络绎不绝。见父亲全身僵直、气若游丝，他们就不停地提醒我：你父亲上有慈母健在，下有一双未成家立业的小儿女，他死不瞑目，他是在惦记着他们哪！你是长子，你得跟他说点什么……他熬不过这个冬夜了。我先是像机器人一般，上蹿下跳地找医生，后来就像是一只泄了气的皮球，朝着父亲不停地喊。然而父亲不说话。直到最后乡亲们让我与妻同声向父亲做了保证，我才看到父亲眼角滚下了一大滴无声的泪。他的嘴唇嚅动了下，果然大限到了！

这是2001年1月7日的5点38分，一个该诅咒的日子！

外面依稀漆黑一团，土地上蒸腾了一层浓浓的雾气。推开屋门，我就感到了一种彻骨寒心的冰凉。仿佛兄妹们的哭声将夜深深地刺疼了，天空一阵痉挛，倏而就突然下起了一阵小雨。隐隐约约，我觉得有人不断地在我耳边说：没父的孩子像根草！……天旋地转，我竟没有发觉天已大亮了。

我与妻子对临终的父亲所做的诺言，使父亲的死在乡村蒙上了一层神奇的色彩。远远近近的乡邻们赶来，都为父亲的死失声痛哭。没有人再能体会出我内心的凄楚。这该诅咒的"诺言"！一遍又一遍地，我在心里憎恨着。我憎恨我与妻子的"承诺"，竟将父亲的生命很快推向了虚空，把他留在世上的生命的最后火焰浇灭，而让我们从此幽明永隔……大颗大颗的泪花在我眼帘飞翔，我内心的哭声更大。

父亲不说话。守在父亲的灵前，我静静凝望着父亲像棵熟透的庄稼一样舒泰和安详。就痴痴地想：假如父亲能够说话，他最后会说些什么呢？——自从父亲得病后，实际上，我们父子是有过几次交谈的。然而都是我说他听，彼此都透着莫名的尴尬。从父亲独特的自尊的脸上，我更感觉出他那心怀的惴惴——作为一位优秀的乡村手艺人，一位铁匠，父亲打出的铁器曾是精美无比，享誉一方。这样一位如同雕塑家般打造自己的物件，一生都在追求完美的人，当内心清楚再也无法为90岁的老母送终尽孝，无法为膝下的一对小儿女嫁娶婚配，心里的苦楚可想而知。多年父子成兄弟，"一对沉默寡言人"。我突然明白我一直痴迷歌曲《北国之春》这句歌词的原因了。

父亲生前操持的是一个很大的家庭。他侍奉着年迈的双亲，直至二叔、小叔参军回来，给他们娶亲生子后，大家才真正地分开。"弟兄们多仗义呀！"那时，乡亲们说这话多半就是称赞他。俗话说，一阉猪，二打铁，三捉黄鳝四叉鳖——父亲长年累月在外打铁，年轻时肯定也挣了一些钱。"你父亲年轻时，小手指钩肉都钩弯了！"父亲死后，就有不少的乡亲在我面前说起——那年头乡下有猪肉吃就很幸福。但父亲上有老下有小，肉哪能到他的嘴里呀？然而父亲义无反顾！他甚至独自出钱为父母双亲很早就添置了寿材。当年这在乡村的一笔不菲的开支，使他"孝子"的声誉更为响亮。

造屋是乡下人一生的梦想。父亲做过的一件最为爽心的事，恐怕就是他和小叔在乡下率先盖起了一幢明五暗十的瓦房。这让乡邻们眼红过的房屋，曾惹得当时县"革委会"的主任还特地跑来"参观"了一番……但仿佛就是这屋建造起来后的不久，家里的境况却每况愈下：队里大呼隆生产，父亲每年交生产队里的360元钱，到年底"分红"时却只变成108元，只顶人家半年挣的工分。家里因此也莫名其妙地戴了个"欠钱户"帽子，戴了好多年。记得有年年底队里池塘网鱼，只有一条大青混。分鱼抓阄时偏偏那阄让我抓上了。可等到拿鱼时，竟有人嘀咕："他们欠钱户，还吃那么好的鱼呀！"父亲听了一脸的尴尬。

父亲，是从那时就变得不爱说话的吗？

在父亲死后的第三天，我独自清点了父亲的遗物。我默默地保留了父亲生前用过的一把小铁锤。我用心地擦拭净了铁锤上的锈斑——只有我内心里清楚：在父亲全部的66年的生命里，这一把小铁锤曾是他人生最大的寄托，是他与这个世界曾经对话的唯一的方式。

父亲一辈子大多数日子都在炉火前度过的。父亲死后，在他那结实的胸脯上，我看到了他那被火烙伤而结痂的疤痕，这正是他生命的印记啊！……铁匠活在乡村是最苦、最累、最脏的差事。然而，敲击着那坚硬冰冷的铁砧，铁锤却成了父亲生命里最丰富和最有权威的语言，成为他生活中最为舒心的部分。熊熊燃烧的炉火前，一手用铁钳夹着热铁，一手挥舞铁锤。铁锤落处，炙热的红铁火星四溅，声音"砰砰"地，一块毫无生命的生铁便会按照父亲的意志化硬为柔、化柔成形、化形为器。父亲将铁锤时而敲在铁砧上，那声音"叮当叮当"的悦耳动听，就极富节奏感……听似闲音，却是一种物件锻造成功的前奏。那时，他只要将铁锤稍作娴熟地鼓捣一下，一件精美的手工铁器就诞生了——放下小铁锤，父亲挂满汗水的脸才会露出一丝得意。

父亲用铁锤为乡村锻造出了成千上万的锄头、刀斧、锅铲……也为他养活一个大家立下了汗马功劳——但父亲很少说话，却也与这把铁锤有关：他原在公社的综合厂打铁，刚刚时兴承包制度时无章可循，厂里就将他的工钱压得很低很低。另一位在厂里工作的亲戚告诉他，这活计非你莫属，你摆他两天，让他们抬高了工钱你再来！老实巴交的父亲就摆了两天。然而没想到，他的这个活计很快就让人给钻了去。当时不允许个体营业，父亲只好收拾小铁锤回了家。一个终日从事繁重体力劳动的人突然闲置起来，仿佛一棵正旺盛生长的树遭到了雷击，父亲有力无处使了……可到真的自己可以开铁匠铺时，却又由于铁匠活的繁重，他再也无法找到搭档——偶尔，父亲只是默默地打点小物件送人或挣点小钱。

这以后，父亲仿佛更是少言寡语。

在我的关于父亲的记忆里，父亲说得最多的一句话是说与我们听的："铁都捶扁了，我捶扁不了你啊！"

直至现在，我才渐渐地弄明白：父亲一生本就是一把蕴含无穷力量的铁锤。当铁锤已经深深融进了他的生命里，他把他的子女们也都当成一块"生铁"在不停地锻打着，他希望岁月将他的儿女都能够锻造成为一件件有价值的"物件"……然而，每每事与愿违。在父亲晚年的时光里，我发觉父亲看到别人一幢幢地矗起楼房，而他住的还是他30年前亲手建造的土砖瓦房时的那份无奈和痛苦——房子成了他内心的一个斩不断的情结，成了他的一块心病——看出父亲的心思，我省吃俭用，东挪西借的在城里购置了一幢两上两下的小楼房，并在一年春节里将他接去过年。可他却嫌在城里清净，没过几天就吵着回家了。

对于我的楼房，他好像并没说些什么。

可现在，父亲不说话——他永远也不会说话了。

在一个小雨且下且停，淅淅沥沥的早上，乡亲们排起了长龙般的队伍簇拥着我，送着我一生深深挚爱的善良的父亲归山。然而在山坳里，在父亲将要长眠在那个地方的那一刻，当乡亲们还在为我父亲悉心地安顿的时候，我突然猛地抹了一把泪水，毅然决然地大踏步离开了那里……独自一人，我朝回家的路不停地走着、走着，我竟是十分地害怕回头看了。父亲不说话！——在这之前父亲尽管沉默寡言，但我总是走在父亲那饱含深深期待与温暖的目光里，可如今竟连这目光也不会再有了，人生虽然不是表演，但实在却需要一种真情的注视，现在陡然缺少了这种注视，我觉得我所干的一切都失去了许多意义。我本能地往前走着，我在心里不停地给自己鼓气：即便一棵孤立无援的树，也要继续着生长啊！

写于2001年3月7日，父亲逝世两月祭

阳光照得最多的地方

　　那是一块阳光照得最多的地方。冬天，父亲还坐在那里。低矮的屋檐，背后是红砖土墙。黑灰色的瓦片垂着耳朵，仿佛倾听着什么。父亲通常一个人不会说什么，只是静静地沐浴着阳光、取暖。像温顺的臣民承受浩荡的皇恩。我每次回家首先要打量的就是那个地方。喊一声父亲，父亲脸上立刻阳光灿烂。笑容如绽放在枝叶里的花朵般颤动。

　　一个人是会老的。皱纹宛如屋檐上生满绿锈的青苔，上面摇曳着荒草。老人头发花白，牙齿脱落，身边斜靠着一根锃亮的竹拐杖。那样子像是一部接近尾声的黑白电影里的旧镜头。阳光不老，新鲜的光束里尽情跳跃着生命的尘埃。但父亲不见了。如今，阳光照得最多的地方空落落的，如我空落落的心。泪水爬出我的眼帘，阳光使它格外的晶莹，如针芒般的阳光深深刺伤着我，痉挛。阳光无影无踪地裹走了父亲，又依然照亮那里，如泻地的一滩水银，成为我面前不会消失的最坚硬的事物之一。

"来！晒晒太阳！"在乡村，尤其是冬天，阳光照得最多的地方，窝聚的老人们也最多。冬天里，阳光以一种最温暖、最明亮的姿态涂抹大地。树上尚有没凋零的叶片，通体金黄，兴奋得直打哆嗦。地上，一条狗蜷缩在阳光的被窝里，懒洋洋地，像是一只泄了气的皮球或是让太阳烤干的牛粪。老人们开始在阳光里打捞着明灭的往事，交头接耳：谁家的猪崽养得最肥，谁家今年的收成最好，谁家闺女腊月里要出嫁，谁家的小子又有出息啦！……他们大口大口饱食着阳光的盛宴，咀嚼阳光，哔哔剥剥，满嘴流油。通常，他们都以为这儿是离太阳最近的地方，是人间的天堂。他们的笑声、叹息声、诉说声像是无数把叮当当的小榔锤，把阳光敲成了金子般的碎片，然后乐呵呵地捂在怀里，俨然一个个财主佬。直到起身离开时，还夸张地拍打着屁股上的灰尘。即便有贫穷的跳蚤，在阳光下也被驱赶的一干二净。

我想父亲，包括一些老人们，在他们人生的暮年喜欢坐在阳光照得最多的地方，在阳光底下的倾诉，肯定隐藏着某种心灵上的秘密：一定是额头皱纹里隐逸着的生命的苦涩需要阳光的抚慰；内心经历太多，那阳光照耀不到的地方或许往事已经堆积得发霉，必须在阳光下暴晒一番；抑或身上缓慢流动的血液必须与阳光勾兑与打通，才会使他们更加舒展、坦荡、明媚。也可能他们想得更远，无边无际的黑正在向他们涌来，他们得赶紧拾掇起一些太阳的金枝，燃烧生命……因为，不仅一颗晦涩的心需要阳光的照耀；一颗纯净的心，也同样需要阳光的映照。最后，阳光收拾走了许多谜底，像父亲肉体生命的消逝正如阳光的消逝一样。只是父亲永远不会知道，他的那块被阳光照得最多的地方，会成为他亲人们心中最大的疼痛——有几回，我发觉与我一道回家的儿子，眼睛朝那地方也怔怔地发愣。以前，他可是撒欢般地蹦跳着双腿扑向那里的。

"为了看看阳光，我来到世上。"这是一位俄罗斯诗人的诗句。写这诗的巴尔蒙特这时仿佛就像一个婴儿，在春天里降生时一睁眼，就看到了温煦的阳光。他身上泛着金黄的茸毛。的确，阳光可以渗透所有的语言，但无法谛听；阳光像一块黄金可以让人贪婪地攫取，但却无法永远占有；阳光像一朵鲜艳的花朵，却无法为一个人永远开放。剩下的你只有看看的份儿了！阳光照耀的日子，生活明净得一览无余，纤毫毕显；阳光进入土地所有事物的内部，使其发酵、膨胀、疯狂和生长。这些人们都可以看到，因此也体会出阳光本身充满的慈祥、温暖、仁爱和平静——果然，在阳光照得最多的地方，又少了一张熟悉的面孔，又多了一条陌生而嘶哑的喉咙。那陌生的嘴角牵动乡村的最后一缕阳光，仿佛是在向阳光作着诀别。我想，一个阳光铺就的舞台，父亲和他的乡亲裁剪着一块阳光的绸缎，然后紧紧地包裹住自己，就幸福地睡去了。

但丁说："我曾去过那阳光最多的地方，看到了回到人间的人无法也无力重述的事物"（《神曲·天堂》）。仅仅默念这一句，我的心绪在阳光下就显得一派苍茫。

半堵墙

　　有谁会一下子就经历丧父又痛失祖母的打击呢？即便我也快到人生的中年，但在这短短时间里家庭发生的不幸，还是让我的心变成了如脱干了水的沙粒，在阳光炙热的暴晒下时时发出灼伤般的痉挛——有时，在夜半醒来，巨大的痛苦伴随着夜气一同沉沉袭来，竟使我跌入了渺渺不可知的深处。

　　就是在这样无眠的深夜，无意中读到了川端康成的《父亲》。他抄录的是他与父亲一段虚设的对话。我抄下的是其中很小的一部分：

　　——你老觉得自己还年轻，是吗？我死了，下边该轮到你了。我过去是一堵墙，挡着你，叫你看不到死亡。如今我没有了，你再也不能认为你的父亲依然活着了。

　　——我感觉到了。眼前一片明净，我和死亡之海风云相通呢！

　　——母亲也遮挡着你的半面。父母只能起这种作用。如今死后才明白这样的道理……

原以为父亲死后，下边就该轮到我了。及至读到里面关于母亲的句子，我的心头悚然一惊：我排挞不去内心的伤痛，怎么就没有注意到正在为我遮挡着风雨的"半堵墙"的母亲呢？——母亲陡然间失去了与她相依为命的丈夫和婆婆，她心中饱含着怎样的凄苦，我怎么就视而不见？我的为失去亲人的思念，原来掩藏的却也有一个自私的疏忽。我感到了羞愧！

自然，祖母是我父亲的"半堵墙"。然而，父亲却先于祖母七十多天离世而去。依家乡迷信的说法，祖母已经91岁高龄，父亲去世时才66岁——家庭中有一个年岁特别长，那么就会有人短命，这叫"夺寿"。记得父亲刚去世时，家族的人在哀恸之余，就有人嘀咕着此事。母亲当时听到了，说：他叔叔，不会的，各人的寿数各人修的。你老大，他只有这么长的寿数，怨不得谁。

谁曾去体会母亲说出这番话的心情呢？

祖母是清楚父亲去世的。就在父亲咽气的前一刻钟，凌晨五点多钟时，她突然从床上颤颤巍巍地爬起来，还走进了父亲的房里——知子莫若母，仿佛，她是知道父亲的大限已到。很快，她被我搀扶了回去。不一会儿，父亲走了。祖母在床上独自哭泣了起来。尽管我们没让祖母参与丧事，但祖母差不多立即陷入了一种恍恍惚惚的状态。清醒时，她说我："你没给你父亲留下照片？"糊涂时，她却问我："你父亲好了些没有？"再后来——就在父亲死后十几天的大年初一，她在小叔家吃年饭，终于抑制不住内心的苦楚，轻轻地摔了一下。从此，竟就躺在床上一病不起，直至辞世也没吃没喝。母亲压住悲痛，和婶娘们侍候着她，陪床守夜，端屎端尿，母亲从未有怨言。有时，婶娘们怕她刚遭受剧痛，怕她累垮了，劝她歇会儿，而母亲却依然默默地照料着祖母——默默地。

母亲说她是替下辈尽自己的一份孝心。说得轻松——可母亲也是60多岁的人了。在祖母面前，她是下辈，但在我以及我的儿子眼里，她也是一位年过花甲的老人啊！显然，母亲也被这突如其来的打击打蒙了。在父亲死后的一段时间里，二婶、小婶经常的到我家里来陪她。有一回，小婶郑重其事地告诉我："你对父亲是尽到了心。可你对母亲要好啊！你晓得吗？你母亲生你时闹血荒（血崩），差一点儿就命丧黄泉了！养你可真是不容易！"说得我心里一酸，加上父亲刚刚过世，我的泪水簌簌地就下来了……

母亲本就是一个苦藤上结的瓜。

外婆一生共养了8个儿女，到后来只剩下我母亲一人。母亲嫁到我们这个大家族后，上要服侍二老，下要照料我们兄妹五个。父亲是个手艺人，长年累月在外，为了挣工分，母亲只得和男劳力一样出工，一样上山打柴火。外公、外婆年老后，见我父母负担过重，不愿意随母亲住到我家，母亲常常就一个人起早摸晚地回娘家，为她的双亲砍柴挑水，缝衣浆衫……白天照常出工。家里本来缺盐少油的，而父亲又好朋友，他在家时，家里总断不了客人（有的甚至就是街上要饭的），每到这时，母亲总要想方设法地弄出几碗菜。那时，我们还小，遇到可口的菜总是一扫而光，轮到母亲忙完，吃饭时已经没菜了。

外公与外婆辞世时，陪伴两位老人的仅仅只有我的母亲一人——那也是她的"两堵墙"啊！可惜那时我们还小，不太理会到母亲当时的心境。倒是后来的一次无意的谈话，母亲说出了外婆离世那天晚上的事——傍晚时，她得知外婆病重的消息，歇工后，连饭也没来得及吃，她就朝外婆家赶去。天下暴雨，电闪雷鸣，夜被笼罩得漆黑一团，她已看不见路了。慌乱中又没有带亮，她只能借着闪电的光亮走。走一阵，停一阵，四五里路却足足走了半夜。连滚带爬地跑到外婆家，外婆在床上烧得稀里糊涂，嘴里尽喊着死人的名字。又没有电灯，煤油灯发出鬼火似的光亮。母亲孤零零的，求外婆队里人将电灯安装起来，队里人却说："老鬼哪等着要死啊？死了才安！"母亲央求着。可是，等队里人将电灯弄亮，外婆就死了！"这亮便成了为外婆办丧事照明用了！"——说到最后，母亲岔开了话题。然而，我脑海里长久地驱散不掉的是母亲那天跌跌撞撞夜行的身影。

母亲一生没有跟人吵过嘴、红过脸。队里人都说她吞声大、忍性好、贤惠。对自己的儿女，她也是百般溺爱。儿女们对田里活干不来的，懒得干的，她总是不言不语地自己去做，弄得自己瘦成了一根筋。左邻右舍的看不上眼，也有人当面说她："你就不能让你的孩子们干干？"母亲嘴里嗫嗫嚅嚅的，总也说不出什么。至多说一句："他们也有他们的事！"母亲是念过几年书的，识得很多的字。听她的同辈说，她小时候读书还是班里的学习尖子。只是为了我们，她再也没有工夫看一行字了。但供养孩子们读书却成了她一生最大的事情——遗憾的是我们兄妹几个不争气，都未能如她所愿。她的劳苦的结果，却是使我们都遭到了"报应"。我们兄妹长得一个比一个瘦，全像她。

为自己的双亲尽孝，又随着父亲度日如年，再为我们这些下辈担惊受怕。母亲像是一只劳燕不断地衔着食，待喂养大了我们，现在她就只身孤守着一个空巢了。那样子，她的确像是一堵被风吹雨打的半堵墙，屹立在故乡的土地上，饱经沧桑。

父亲逝世后，我也动过将母亲搬到城里去的念头，我将想法说与母亲听。母亲却担心家里的田和地，而弟弟也还未成家立业——这也是她心头的一块最大最大的痛。她硬是舍不得丢弃田和地，还有，她尽可能地给予弟弟的依傍。尽管是"半堵墙"，她却在死死地为她的后人们抵风挡雨，遮阳蔽雪，尽一个为人母亲的神圣职责。

祖母病故后，我匆匆赶回家里。得知祖母的丧费，开始二叔、小叔不要我们家里承担。但母亲执意不肯，她为父亲"争"回了一份尽孝的义务和权利。我奔丧回到北京后，因妻子、孩子都还住在家乡的小城，我就经常打电话。有一次，接电话的竟然是我的母亲，我问："妈，你进城了？"

"你家的（指我妻子）今天生日啊！你的身体还好吗？"电话那头，母亲大声问。

我一听，顿时泪如泉涌。

这就是我那如丰碑般挺立的"半堵墙"啊！

母亲像一扇磨盘

月亮透过窗户射到老屋。公鸡才啼叫第一遍，母亲就起了床。她走到门边，拉开大门，大门的门框发出了陈旧的"吱呀"声，随着这一声吱呀，总会有两块细碎的砖土从门框边脱落下来。但新鲜、清爽的夏天早晨的空气，还是让母亲单薄细瘦的身子打了个激灵，母亲抬头望了望天，圆圆的月亮停留在半空，散发着清冷的光辉。天由于月亮的明晃晃，便显出一大片的白来。"今天又是个好天！"母亲嘀咕了一声。

田畈里还没有人，母亲就陪弟弟去稻田割稻了。夏天的早晨，田边的小河水哗哗地流淌，凉爽的风伴着一些不知名的虫鸣低吟，但母亲和弟弟都没有感应——1999年的"双抢"，家里四亩多田要靠弟弟的一把小镰刀，母亲显然既心疼又着急，于是她起早摸晚地，抽空就帮着弟弟。在田里，母亲和弟弟割了一会儿，东方的天际才出现一抹红晕。大老屋里的灯一家一家地亮起，接着一阵狗叫，乡亲们都拖锄拿刀地走向了田野，这时天真正大亮了。母亲和弟弟直起身子看看彼此被露水打湿的头发，又望望身后割过的一大片空空荡荡的稻田。母亲显得有些慌乱，说句我得回家了，便三下两下地跳过几堆麦垛，走上田埂。

母亲早上的家务活是非常繁杂的。她要洗锅、洗米、煮饭、煮粥，还要扫地、照料高龄的祖母和病重的父亲……她常常是将米下锅后，又去挑水，再挑出昨夜洗澡的脏水到菜地浇菜，顺便还收拾一下菜地。早晨的菜园由于露水，青辣椒、青豇豆、紫茄子、红红的西红柿显得格外耀眼，但1999年双抢时雨水很少，这些植物们早晚也得浇上一遍水。母亲拿起锄头锄一会儿杂草，然后摘下一天要吃的菜，给菜地又浇完水，这才回家。那时，火红火红的太阳已经很炽烈地照在她身上了。

父亲起床了。1999年早春父亲得了脑溢血，到夏天有所好转，生活基本上还能自理。但显然身子显得有些迟缓、痴呆。母亲见父亲病歪歪的身子和满脸的病容，招呼道："今天好点？"——母亲总喜欢这么问，心里仿佛一直揣着父亲病情突然好转的奇迹般想法。"好像好点！"父亲机械地回答一句，双手笨拙地端起脸盆，慢吞吞地洗脸、刷牙。看到父亲动作，母亲便开始招呼90高龄的祖母。祖母也总在这时颠着小脚，蹒跚着走到我家。我们心里都清楚，祖母是放心不下父亲的病。"妈，起来了！"母亲问着，祖母嘴里嗯嗯，声音细小得像蚊子声。

　　说来我的90岁高龄的祖母虽然瘦小，有些老态，但她全身总拾掇得清清爽爽，头发也梳理得熨熨帖帖。相比较病中的父亲，她显得精神多了。在人生的暮年，祖母常常早晨起得很早，而下午吃过饭就上床睡觉，晚饭由婶娘和母亲们依次端送。只是祖母由于年迈，胃口不大好，咽不下米饭，喜欢吃些新鲜的口味……母亲服侍好父亲和祖母的洗漱，便给祖母送上一碗糖粥或盐粥，给父亲盛上一小碗饭。

　　父亲喜欢吃饭，早上也是。这是他打铁养成的习惯。

　　1998年家乡发了一场著名的洪水。洪水虽然没有淹毁老家，但连绵几天的倾盆大雨却毁坏了我家的院墙。没有院子，家里的鸡们鸭们就被圈在牛棚。这样赶鸡鸭们进牛棚又成了母亲每天早上必不可少的一门功课。捉鸡、赶鸭、喂猪……弟弟说，1999年"双抢"情景常常是这样：父亲坐在门前小椅子上吃饭，祖母捧着碗往门外走，父亲坐在哪里，祖母也会跟到哪里。而由于动作迟缓，祖母常常会挡住端猪食给猪吃的母亲。母亲问："妈，你到外面啊！"祖母慢慢扭过头望着母亲，就手足无措地挪开一条道，让母亲过去。母亲吃饭时，端着个饭碗站在猪的面前，看猪吃完食，母亲丢下饭碗，把它赶上猪圈。母亲终于吃完饭了，吃完饭的母亲又忙着洗碗、刷锅，到塘边洗衣服，晾衣服，收拾好家里的一切，拿起农具又要下田……直在毒烘烘的太阳里烘烤一上午，听到田畈上有人喊烧锅做饭，她才回家。

　　缝洗浆衫、烧锅做饭、喂猪捉鸡，照顾年迈的祖母和病重的父亲，心里还牵挂在田里进行强烈而繁重劳动的弟弟……母亲就像一扇沉重的磨盘，不停地转着、转着。做完一天的农活和家务，待母亲自己洗完澡，夜已经是很深了，睡意终于浮上母亲的脸。但母亲依然会走到弟弟身边，默默地看他一会儿，说声"伢累了"！然后才走回自己的房间。弟弟说，那些夜晚，他只感觉母亲一离开他的床边，夜晚一下子就沉静了，死寂死寂的。一种什么东西在他咽喉哽咽，等屋里传来母亲的呼噜声，他也会走到母亲的房里，静静地望着母亲瘦细得像核桃似的小脸……"这就是娘啊！哥！"

外婆家的老屋

世上有些事情神奇得无法理喻。比如现在，在幽蓝的闪电和轰隆隆的雷声中，我就忽然想起外婆家的老屋。冥冥之中，我远逝的外公和外婆，在这幽明永隔的夜晚似乎又浮在我的面前——小时候我很怕雷声的，记得电闪雷鸣的天气，外公或者外婆总是紧紧地搂抱着我，那时候，我总感觉外婆家的老屋如一只风雨飘摇中的孤舟……

我的童年时代是在外婆家度过的。

外婆家的老屋其实也很平常，右边是一块菜园地，背后是一片稻场和一口清清的水塘。老屋面对一岸青山，门前有几棵桃树，田三面环绕着，于是老屋前的空地就很小很小。但外公每天都把它打扫得干干净净。我就爱坐在老屋那粗糙而略显笨拙的门槛上，听外婆和过往行人的招呼声，"是小外孙？""是咧！是咧！"外婆的脸上也总洋溢着一派自豪。春天到了，老屋门前屋后的桃花杏花就开了，要不了几天，桃树就打苞结蕾，毛茸茸的桃子逗得我嘴里发馋。但外婆这时却不让我摘，待桃子熟了，她才摘下，然后用水洗得干干净净放在竹篮里，留着我慢慢地吃。二月杏、五月桃……外婆门前屋后的果树几乎喂养着我整个的童年……夏天，外婆带着我在老屋前乘凉。凉风飕飕的夜晚，我躺在竹床上，望着满天眨眼的繁星，似懂非懂的听着外公、外婆和邻居们谈起一些山精狐怪的传说，偶尔也听到外公轻易不说的他的打仗的故事……当然，那一切在我童稚的思想里都显得遥远和神奇。漫漫的冬夜里，老屋显得异常的孤寂和清冷。那时，外公常到大队里开会，只有外婆带着我在家里，昏黄的煤油灯下，外婆吱吱扭扭地纺着棉线，嘴里咿咿呀呀地哼着民谣。我静静地躺在床上，躺在外婆那份慈爱的温馨里，幸福极了……以至多少年后，流行起《外婆的澎湖湾》那首歌时，我竟特别地感到亲切，听了潸然泪下……

外公先外婆而离世了多年，但外公那瘦硬的身影伴随着那幢老屋却让我难以忘怀。外公青年从军，从枪林弹雨中走过，原是转业到地方工作，但他却辞职归田，放下了那份舒适的工作，他的勤劳、豁达和行径的古怪，至今还有人念叨。记得读中学时，他在大队任职，有回我看他在大队部里晒花生，上学路过时，我就随手抓了一把，他发觉后却硬是让我放下了，当时，学校时兴写"一心为公的老贫农"的作文，我就把他当模特儿写了一回。作文居然还被老师当作范文贴上了学校的墙壁，让我快活了几天……外公就养我母亲一个女儿，他自己手上撑起的老屋，却又自己拆除交给了队里，没有随我母亲到我家——这就像他当年辞职归田一样，我们一直感觉是个谜。我甚至觉得，老屋与外公的一生有着某种神秘的关联。要不然，他怎么会在拆除老屋后没过几天就突然病逝了呢！

我对自家的老屋印象模糊。只记得老屋的后菜园一株柏子树下埋有我的胎衣罐……但我却深深地记住了外婆家的老屋，我那三十年来从未忘记给我留生日礼物的外婆，是在冬天的一个夜里死去的，赶到外婆家，外婆的灵前只有我那痛苦而无望的母亲伴着她至爱的亲娘！送走了外婆，我独自莫名其妙地跑到外婆家老屋的废墟上转悠，老屋已改成一片良田，只是老屋右边的菜园地里，外婆生前莳弄的青菜还在绿绿的长着，屋后那株杏树瘦瘦的挺立着，徘徊在杏树下，我不觉心里怅然，待了好久好久。

妹妹的栀子花

栀子花，几瓣绿叶包裹着白莲般的花朵。那花朵欲开不开的，似是暑夏孵破的蛋壳，爆裂出白色的香团……熏陶着这浓郁的栀子花香，我潮濡濡的眼睛，便见轻轻颤动的栀子花骨朵里，露出了一双哀怨的眼睛。栀子花，我仿佛看见了妹妹的栀子花。

妹妹死后，村里会算命的瞎爷说妹妹是花魂，村里人都信。都拿这话来劝慰哀恸欲绝的父母，咒妹妹是个讨债的花鬼——我家乡方圆几里那时就只有那么一株栀子花树，它没有生长在谁家的门前或者屋后，只是孤零零地长在平原大畈的田埂上。挨到了五月，栀子花就艳艳地香开了，满田满畈漫溢着它那迷人的气息。五月的田野，油菜结籽，小麦抽穗，乡下人采了蚕桑又插田，在异常劳累的时候，那奇异的栀子花香就会沁人心肺，一闻到那花香，人们浑身的疲劳便消失殆尽，他们或许由此而感到生活的美好吧？——但他们是没有心思赏花的。剜野菜、看牛的妹妹，看牛时就将牛放在田埂上吃草，摘那栀子花。剜回一篮子野菜，她就带回满屋的栀子花香。但她不像乡下别的姑娘插银饰似的，把栀子花炫在鬓角上。她只是默默地找一个洁白的玻璃瓶盛满清水，将花供养在家里的桌上、窗台上。接着，她读书了，这栀子花便让她带进了学堂。妹妹天生娇弱，善良温柔，见人栀子花般笑得可人，老师和村里人都喜欢她，高兴时便唤妹妹唱歌，妹妹就立即露出她那齐崭崭的糯米牙，甜甜地唱起来，唱着家乡的黄梅调。

妹妹从小学一年级到四年级学习一直不错，女教师提问时也总喜欢找她。有一回学校听课，老师找上她，她正兴致勃勃地摆弄着课桌上那瓶栀子花，嘴变成了哑巴。好心的老师便疑惑着把她带进了家里，我说"妹妹心思全在花上了"，就将桌子、窗台上的栀子花没来由地摔到地上，用脚狠狠踩着，妹妹望着地上那压扁、零碎可怜的栀子花，露出了哀怨的眼神。这眼光让我记得一辈子了。

妹妹得病是突然的。那事不久，妹妹真的不玩那栀子花了，上学、放学、看牛、讨猪菜……妹妹那默默无闻，忧忧郁郁的神情，我现在回想起来该是象征着某种征兆的。但那时家里人都没注意。直至妹妹病了，家里人才显出一脸的惶恐，开头以为是出麻疹。那天晚上她闹肚子疼，一家人便焦急地围在她的身旁守护着。半夜时分，她突然问："哥哥，昙花一现是什么意思？"我就把我学过的这个成语对她解释了，转身就要回房里睡觉。忽然就听到妈妈悲怆的一声嘶叫："小红！小红！……"我慌里慌张又冲回来，想到刚才的释句，心陡然紧紧地冷缩起来。妹妹那时已软弱无力地躺在妈妈怀抱里，眼珠无神地望着我们，慢慢就闭上了。妈妈大声号啕着，我掀开妹妹的被褥，就发现枕头边有一朵泛黄的栀子花。天亮时妹妹摊在门板上，我一口气跑到田埂上，摘那树栀子花，大把大把地撒在妹妹的身旁，望着妹妹躺在栀子花丛那安详的睡态，我蹲在地上烧着纸……我绝望了。后来，我想，我摘那栀子花的举动，并无甚诗意的祭奠，多半是解气。但那一株栀子花树却因此而枯萎，死了。

飘逝的红灯笼

多少年了。想象的天空总是飘忽着那串红灯笼。那一只只红灯笼划出的红痕，越来越清晰地浮现在我的眼前……

大约10多年前一个腊月黄天的日子，年的氛围浓浓地弥漫在我们的小街。阳光慵懒懒的，风像是失去了控制，肆无忌惮地狂号着，我在为铁匠铺拖着一板车煤。沉重的板车，在咆哮的北风中艰难地前进，行驶到街上的一个小岭时，我忽然感觉到板车不由自主地朝后坠滑着，我紧紧拽住车绳，心里充满了巨大的恐惧……突然，就在这时，街边屋檐下一位穿着小红袄的女孩，飞快地跑到了我身旁，我立时感到了一阵轻松。可几乎就在同时，响起了"哟嗬！小女孩的红灯笼跑喽！……"的惊叫声，我抬起头，就看见寒风呼啸中，一只只红灯笼鱼贯着从屋檐下飞起，呼噜噜满天满地的飘荡起来……一切都发生得那样突然，那样地迅速！我心里泛涌出一股惘然、愧疚、不知所措的滋味，于是更拼命地拖着板车，向上，向上……

街上的一切很快复归于寂静。当我心怀惴惴，将拾到的最后一只红灯笼交给小女孩时，那小女孩已镇静地站在装红灯笼的竹篓旁了。她眼里噙满了泪水，牙齿紧咬住嘴唇，双手摩挲着系在竹篓上的红绸子。她也不过十三四岁的样子，一头乌黑的头发姣好地系成一束，俊美的脸庞涨得通红通红……我忐忑不安地掏出一张拾元的票子，小女孩突然对我异样的望了一下，陡然转身背起装红灯笼的竹篓，走了……

我的眼睛一片迷蒙。径自望着那团蓬勃的红色在我的视线渐渐消逝……如今，10多年过去了，但那一串串飘逝的红灯笼，迅雷疾电闪起的一刹那，却在我的眼前越发地鲜亮起来……

荞麦枕头

农事在细致的人手里变得细琐、复杂起来——我说的是种荞麦。我们那里盛产水稻，大麦、小麦之类的农作物，一般农民都不种，更不要说种荞麦了。但外公每年照例要在一块小田里种上些荞麦。他的理由是人不能老吃细粮，间或也要吃点粗粮，筋骨才会长得结实、活得舒坦。"在过去，有荞麦做粑吃，可就是富农的日子了！"他告诫外婆。那时候时兴"唯成分论"，外公家是贫农。但外公说这话显然没有忆苦思甜的味道。

荞麦是一年生草本植物。当年种，当年就能收。它能长到小麦一样高，但样子根本不像金黄色的小麦。它的茎略带红色，叶互生，三角状，心脏形，有长柄。荞麦开起花来，泛白色或者淡粉红色。在千篇一律的金黄色的田野，那种花朵飘荡在风中，往往总令人眼睛一亮。在秋天收获了荞麦，脱去荞麦壳，它的果实就可以磨成荞麦粉做粑，或者熬成荞麦糊。它的颜色很黑，味道很香。但吃起来嘴里却又怪怪的，苦涩得让你直咂嘴。碾下的荞麦壳，外婆便给我们缝制枕头了。

我现在睡觉离不开枕头，可能就与小时候睡过好几种枕头有关。无疑，母亲和外婆的胳膊一定是做过我的枕头。收拾完田野里雪白的棉花，母亲还会将一些棉花塞进布袋缝制的枕头里。睡在棉花的枕头上，温暖、舒适，有阳光和泥土的混合气息。乡亲们说，用菊花做枕头，有凉血宁神之效。母亲和外婆听到这话，便也在山野采摘大把大把的野菊花，在屋檐上晒干，然后缝制一个清香扑鼻的菊花枕头。仿佛还用茶叶做过枕头，说是能清心明目。那大多是喝过后的茶叶的残渣，好长时间才能聚拢，然后晒干——乡亲们的智慧，在贫穷的年代总能得到淋漓尽致的发挥。乡间现在也还有人用这种枕头，但性质迥然不同，它已成为很少一部分人一件雅致的事了。

外婆为我缝制荞麦枕头，可能还有另外一个原因。那就是我小时候脑后经常生疮，奇痒难忍，抓着抓着就见到血痕。外公和外婆俩人背着我，遍寻了乡村的许多土郎中，吃了好多好多的中草药。我现在还清楚地记得，每天晚上在昏黄的煤油灯下，外婆都会用药水在我的脑后小心翼翼地洗着，然后整好荞麦枕头让我垫着睡觉。每天晚上，清香中带着微苦的荞麦壳就在我脑袋下窸窸窣窣地响着，让我跌入梦乡。睡了一段时间后，我后脑上的疮疤却奇迹般地痊愈了。与此同时一种源自山野的质朴与清新，似乎浸淫到我的血液里去，使我至今也无法摆脱那一身泥土气息和荞麦的芳香。我知道，这是荞麦枕头赐予我的，我必须倍加珍惜。

"荞麦面，白如雪，做出粑粑黑似铁""七月荞麦八月花，九月荞麦收到家"……外婆还教过我一些关于荞麦的歌谣。枕着清香的荞麦枕头，我在这些歌谣，在这些民间的音乐中入眠。梦里，我就会时常看见大片大片白色或淡红色的花朵，涌成了一片海洋，直往天上蹿涌，跟云连在一起，跟霞连在一起了。庄稼都有好心情，它的健康和愉快的样子，就这样驱赶了我贫穷的童年和少年……外公、外婆相继过世后，我曾在外婆家里翻箱倒柜地找过那个荞麦枕头，但那东西却奇迹般地消失了。

"三更有梦书当枕"。在我成长的过程中，事情发生了一些变化，我的枕头下放置的几乎都是一本本砖头般厚的书了。少时读书，将书塞在枕头下，起始可能是为了逃避父母的责骂——因为那都是些"闲书"。但后来，我越来越喜欢用书做枕头，这却出于一种嗜好。差不多每天晚上在睡觉之前，我都要看过一阵书才能安睡。书的墨香取代了荞麦的清香。这是一种气息的替换和陶醉。一位作家说，他要写一本可以用做当枕头的书。我想，这种书当然不仅仅是要有砖头那般厚重，更重要的是这本书应该浸透着一位作家的艺术和道德的良心。否则，他是睡不安生的。人靠上枕头，即是良心靠近灵魂最近的时候。心灵的审度在夜晚显得格外严厉。

哲人说，清白的良心如同一个温柔的枕头。我想，我有足够偏激的理由表明，人类要是有着纯净生动而绝不媚俗的灵魂，就应该是荞麦的清香所呵养出来的。来自泥土的质朴、清新与善良往往能使人受益一辈子。

想起雪湖藕

忽然想起家乡的雪湖藕。炎炎夏日里，想起雪湖，就有丝丝的清凉袭上心来；就感觉荷叶田田，莲花过人头，有人摇着小船，"……沉醉不知归路。兴尽晚回舟，误入藕花深处"；想起那藕，就有无数白胖胖、粉嘟嘟的小手晃在眼前，有一种"儿童拍手争相问，一枝莲蓬值几钱"的诗意。当然这不是诗，也不是引用——有朋友写美食，写到藕，有藕记、偶记之语……我这是偶然想起。

家乡的雪湖藕产自县城之南。城南除了雪湖，还有南湖、学湖。三湖连在一起，都产藕，藕名都叫雪湖藕。雪湖藕九孔十三丝（一般是七孔），说是珍品。据传，当年朱元璋大战陈友谅，路过此地还留下了佳话。说他品尝雪湖藕时，当一位少女捧上藕，他见少女宛如出水芙蓉，楚楚可人，又见雪湖藕洁白如玉，细嫩光润，似美女手臂，风情万种，不禁文兴大发，脱口而出："一弯西子臂"。但求下联，岂知身边文武无一人能对。不料，那少女不慌不忙答道："七窍比干心"。对联以

"一弯""西子"喻雪湖藕之表，用"七巧""比干"喻雪湖藕之里，又巧嵌了两位古人名。朱元璋细细品味，心里暗暗称绝。登基定都南京后，他念念不忘雪湖藕，要求雪湖每年农历八月开湖，采摘的第一批藕送到南京，于是雪湖藕就有了"贡藕"之誉。

传说终究不很靠谱，我对此传说深信很久。可有回到明朝开国重臣刘基（刘伯温）的故乡，却听说这是他伴随朱元璋微服私访时的故事。心里一阵失落。但想家乡是南京上游的重要门户，离南京又很近，雪湖藕被选成贡品是可能的。家乡县志记载"雪湖藕"时说："城南雪湖之藕，爽若哀梨，真佳品也！"所谓哀梨，是指汉朝南京一位姓哀名仲的人所种的梨。他种的梨个大味美，进口不用咀嚼便化成水。家乡人把雪湖藕比喻成哀梨，可见雪湖藕品质的优良。也是，雪湖藕不仅外形肥壮细白，内质汁水饱满、鲜甜脆嫩，而且无论生吃还是热炒，自有风味，早就是家乡人最爱的美食佳肴了。

记得在家乡县城生活时，我最喜欢去的就是城南。夏天，那里雪湖与南湖、学湖三湖相连，水天一色。初夏时，湖里小小荷叶先如铜钱一般泊在水中，羞答答的。太阳照着，几天过去，小荷宛若少女般情窦初开。待荷叶慢慢撑开荷叶的伞，伞样大的荷叶就仿佛什么也遮挡不住了。荷莲从荷叶旁突兀而出，一枝枝地化成一朵朵莲花，或胭红、或粉红、或梨白……

都亭亭玉立。莲花的瓣儿在强烈的阳光下渐次打开，一瓣、两瓣、六瓣，最后露出的便是散发着沁人肺腑的芳香的黄色花蕊。很快，就见人摘那碧玉簪似的莲；更有人光着身子，下湖采藕了。他们从湖里举起那藕，藕洁白如玉，有水濯洗，真的是出淤泥而不染。

家乡的雪湖藕略呈方圆形、七棱，生食最方便，人们选用嫩脆之藕，洗净切片，加上白糖，就成了一道有名的凉菜。尤其是夏天醉酒后，吃起来异常清脆、爽润、甘甜，很是解酒。熟吃可切丝炒辣椒、炒肉或是制成炸藕盒、包藕卷等……用藕片炖排骨、煲汤什么的也简单，有人选用老而粗壮之藕，在藕孔内填满糯米蒸煮切片，说是好吃，但一进嘴里，我感觉就如同袁枚在《随园食单》所说"老藕一煮成泥，便无味矣。"袁枚还说，"藕粉非自磨者，信之不真。"袁枚是位美食家。由此，看他生活的年代就有藕粉造假者。藕"味甘，平。主补中、养神，益气力，除百疾"（《神农本草经》），生吃可消淤凉血，活热病烦渴、吐血和热淋等症。熟食，可以养胃滋阴，补益五脏……其实还不止这些，我的一位朋友曾住在雪湖边，夏天里，她用荷叶煮荷叶稀饭，说是清香祛暑。莲籽去壳留下莲仁，她就自制八宝粥。莲仁当中绿色的莲心，味苦，她又用那莲心泡水喝，说是强心、降血压……这让我真的大开眼界。

转眼就又到藕上市的季节。这时想起家乡的雪湖藕，我仿佛就看到城南"莲叶接天无穷碧，荷花映日别样红"的景象，仿佛看到家乡县城的街头，有人挑着一副藕担匆匆地走过，担子里那粗得像手臂的雪湖藕又白又壮。有人干脆用那浑圆的荷叶举过头顶，当作遮阳的伞，吆喝着"又脆又嫩的雪湖藕，好七（吃）咧！……"我在心里回味着乡音，就由不得不像叶圣陶在《藕与莼菜》里那样，生出"故乡可爱极了"的感叹了。

蚕豆开花是紫色

春种一粒籽，夏发万棵芽，咿子呀子哟……黄梅小调唱的好像就是蚕豆。很多年以来，蚕豆就是这样生长在南方的田间地头。乡亲们仿佛知道蚕豆有很强的生命力，很少大面积地种植，而是漫不经心地在插完秧后，顺手一溜地撒落在田埂上。等到秧苗呼啦啦地长得发绿，田埂上便浅浅地生出了蚕豆几瓣嫩嫩的绿叶，像是春天的两只耳朵在风中摇摆，倾听着水田里秧苗发棵拔节的声音。

很快，他们就像一对相依相偎的小儿女——别看蚕豆的叶片是绿色的，秧苗可也是绿色的，它们都绿得有些天真烂漫。但随着绿色的秧苗撒欢似的长高了个子，蚕豆的叶片在田埂上就随风一溜开跑，跑了几趟，蚕豆就开出淡淡紫色的花了。在这之前，稻田里有水，水像一汪明镜似的倒映着明月、蓝蓝的天空、朝霞和夕阳，偶尔还有一只翠鸟飞过——那些刚栽插下去的秧苗，是在另一块田里生根发芽，被人小心移植过来的。它从种子落地的那天起就离不开水，而蚕豆就不一样，它只被人丢在田埂的泥宕里，遇土生根发芽，漠漠青田白鹭飞时，它还没有冒出头来，但等田里的秧苗长成水稻，它却灿烂如霞。在这时候，人们才像分辨男孩女孩一样分辨出它们各自的品质来。

终是要收获的。到收获时，男人收割稻子，女人收获蚕豆。"春种一粒籽，夏发万棵芽，咿子呀子哟……"她们头裹蓝色的头巾，嘴里哼着黄梅调，手舞足蹈，低身弯腰地就收拾了起来。这时蚕豆紫色的花瓣已开始凋谢，但那根茎却结着粒粒饱满的荚果——蚕豆。蚕豆在花的凋谢声中大声喊着自己的名字，那脆亮的名字就从绿色的根茎上滴落下来，青青的，青得像一块绿宝石，青得惹人怜爱。这样品质优良的蚕豆是可以留作种子的，乡亲们往往选上一些，放进一个布袋里吊在房梁上。有一年春荒时，乘母亲不在家，我发现了那只布袋的秘密，不知怎么我打开布袋就把那蚕豆种子偷偷炒吃了。那是一个饥饿的年代。母亲知道后，不停地责备我："你这伢，你这伢……"不知说什么才好。现在，乡亲们种蚕豆是一种心情，吃蚕豆也是一种心情。她们把那青青的蚕豆在水里认真地洗净，放在锅里，伴着鸡蛋就能烧出一锅美味来。淡黄的鸡蛋，清清的汤水漾着绿色的豆，喝进嘴里鲜美无比，蚕豆粉团团地嚼在舌尖上，更是颊齿留香——新鲜的蚕豆一时吃不完，乡亲们就用竹器盛着放在太阳下晒，然后烧红锅在锅里炒，那蚕豆在红红的锅里活蹦乱跳的，隔着几里路外都能闻到蚕豆浓浓的香味。炒好的蚕豆冷却一下，吃在嘴里嘎嘣干脆，清香沁人肺腑。逢年过节的，乡亲们用这招待客人，尤其是小孩子，刚好可以试试一个人牙齿的硬度与韧性。这时候男人们要是出门干重重的农活，比如担一担稻草什么的，你抓一把蚕豆给他，他便一路走一路吃着，再去挑那担子就显得轻松多了。

水稻成熟时是金黄色的，浑身的每一缕肌肤都泛着铜一样的光芒。金黄直达他的根部，也抵达到乡亲们的心灵。而蚕豆则不是，她的根茎是方形，中心空，细看那花是洁白的，紫色只是那白色中的斑痕，如一方白纱巾不小心沾了紫的颜料。稻子在水田里灌浆、扬花，也因为水，他的呼吸舒畅而粗重，而蚕豆的呼吸却很微弱。水稻越长越是粗壮，也更高大些，而蚕豆却将紫花紧紧贴着地面，低低的，低得似乎要低到尘埃里去，如一位腼腆害羞的少女，不敢抬头看着面前的男人，却将头紧紧地倚靠在男人的胸脯上——这与她知道她的处境和水稻不同似乎也很有关系。水稻是中国的粮食，是南方人须臾不可缺少的大面积收获和大面积填饱肚子的物质，但她啥也不是，充其量只是乡亲们过年过节用来调味的食物。水稻是雄性的，她是雌性的，她生就是乡野人家的小女儿。看看，金黄色的稻田周围盛开的蚕豆花，把稻田从青转黄都镶上了一道紫色的花边。早晨的时候，乡亲们赤脚走在田埂上，双脚踩着那带着重重露水的蚕豆花，就像踩着一片云，那偶尔沾在裤脚上的紫色花瓣，仿佛小女孩一路不停地笑。

蚕豆开花是紫色。

那是一种无边无际蔓延的，浅浅地带有几分忧郁的紫。那紫色的笑，听了都叫人心颤。

谁家儿女落花生

河滩上有块沙地，谁也没在意。但没几天就星星点点长出了几丛豆绿。再过一段时间，那些豆绿居然抽芽，吐叶，蔓延出一大片藤蔓样的叶，叶子呈卵形，夹着逗人的小黄花。乡亲们不知道这种子是谁播下的，但都认识那是花生。因为只有花生喜欢生长在这有土有沙的地方，也因为只有花生，乡亲们才不会大惊小怪。花生得了这机会，便一个劲地在河滩的沙地里疯狂地长，长成南方河流白沙滩上的一团团绿云。

南方夹杂着许多这样的小河流。不涨水时，那小河水就细细地在河的中央走成一条细线，流淌出一缕轻烟。这样两边就裸露出大片的沙滩来。日久天长，沙滩也会生长青草，这青草正好可以大部分喂养了牛的胃，其余都荒芜着，怪可惜的。但可惜是可惜，却没有人敢明目张胆地来开荒留作自留地。时间长了，乡亲们当然受不了，于是就有人打起沙滩的主意，偷偷摸摸地开垦一块地，随便丢点什么种子，让它自生自灭，让水淹就淹——其实乡亲们彼此都知道这种子最后会长什么，但乡里乡亲的，谁家没有个孩子？种点花生、蚕豆、黄豆什么的，都佯装没看见。河流也知趣儿，总是远远地避开乡亲们开辟的这块野地，让它兀自生长。

除了红薯、白萝卜这些地下植物外，在南方生长在地下的植物就是这落花生了。但花生不像红薯、萝卜之类，在乡村粮食青黄不接的"闹春荒"时节，可以用来当作充饥的粮食。它仅仅是人们茶余饭后招待客人的点心，甚至是孩子们嘴里的零食。那时乡亲们还没有想到这花生也会熬出油来——这也是乡亲们不计较大家种花生的另外一个原因。花生本身也不金贵。几乎不需要怎么施肥、管理，就能快快乐乐地生长，像一个在泥沙地野惯了的孩子。深入泥土，仅在贫瘠与黑暗中吸收着养分。地上的叶片夹杂着的小黄花凋谢了，花生便圆圆的躲在有壳的豆荚里，与身边的河流共同信守着不知怎样的一个约定。乡亲们说，花生分为拔花生和落花生两种，拔花生的果实与根茎连接得结结实实，那种花生一拔出来，如拔一束叮当作响的铃铛；落花生果实与根茎长得则相对松散，只轻轻一碰，花生立即会散落一地。在花生出土的一刹那，我看见花生那丰盈的果实，立即就会想象那小小的灯盏，曾怎样长久地在黑暗里，如神灯照亮着它的内心和返回地面的路，感觉花生仿佛涂抹了神的光辉。

乡亲们把花生收回家，立即就将它放在阳光下暴晒。阳光自动地剥落了泥土，花生白溜溜的、干净利落。这时候女人们就用布袋或者瓦罐将花生收起来。平时是舍不得吃的。只是到了年关，她们在除夕的晚上才会炒出一锅又一锅，摆在新年的桌上，给客人或塞进来拜年的孩子们的口袋。乡亲们闲坐时，三三两两的剥花生壳也真是一种享受。要是女人径自剥了壳晒过，再放进红锅里炒着，当然更可以当作喝酒时的佳肴。炒花生是女人的拿手活：火大了，花生容易烧焦；火小了，花生又炒不脆朗，这就要体现出女人们的聪颖、眼光和耐心。实际上女人们都能做到。她们往往还把自己对生活、对儿女幸福生活的向往赋予花生，比如女儿要出嫁，母亲一定会用小红布袋装进一捧枣子，一捧花生作为陪嫁，说是"早生贵子呐！"女人把长在树上、沾满阳光气息的枣子和生在地下、沾满泥土芳香的花生混合在一起，就完成了一种幸福的仪式。贫穷的岁月，饥饿的年代，她们冒着挨整挨批的风险，也不会忘记花生赋予她们生活的乐趣。那些年时兴"革命化的婚礼"，但这枣子、花生，做母亲的都会悄悄准备，然后伴随着嫁妆送进新郎的家门。所以，谁家种花生，谁家一定就有出嫁的女儿，乡亲们都等着讨那一杯喜酒喝，谁会把河边上种花生地的事张扬出去呢！

收藏花生的主人一般都是女人。花生，也就这样成了女人心中隐藏的一个小小的秘密。"谁家的女儿落花生？"女人聚集在一起，叽叽喳喳，交头接耳，会不停地相互打听村庄里某家刚生下的孩子。多少年以来，村庄人丁兴旺、繁衍不息。说是落花生，便是指那女人生孩子生得欢快，生得顺畅——因为落花生熟透了，果实就会自动滴落下来，所谓瓜熟蒂落。女人们总喜欢常年这样满村传播哪家生儿子，哪家生闺女的情形——嘴里弥散着的是花生清香……

在酣睡中被惊扰的红薯

南方的土地肥美，山坡上也生长许多植物。麦子、棉花、黄瓜……绿油油的菜地，这里一片，那里一片。植物们由于苗壮和繁茂自成风景，但这风景在乡亲们的眼里却是果腹充饥的对象。乡亲们看着植物们生根、发芽、开花、结果，目睹和照料着它们成熟的全过程，然后小心翼翼地摘进竹编的菜篮，洗净放在灶头。可是也有例外，比如红薯就是埋在地底下的，乡亲们可以看见它的茎、叶，从它的藤繁叶茂中还会看到丰收，但却无法看到它成长的样子。好长时间，我就弄不懂那纤弱的一根小草插在地里怎么就长成胖嘟嘟的红薯。

在词典里，红薯，又叫甘薯，是一年生的草本植物，蔓细长，匍匐在地，块根，皮色发红或发白，内黄白色，除供食用外，还可以制作糖和酒糟。这是长在纸上的红薯。但我看不见这些，我只知道在阴雨绵绵的天气里，父母和乡亲们都紧张地忙碌着，他们先是弄来红薯秧子，辛勤而有些优雅地剪裁着，然后急匆匆披戴着蓑衣，乘着微雨的天气，将那红薯秧苗背到赶在阴雨天之前就已平整好的地里，常常弄到很晚才回家。奇妙的是，每次把那些红薯秧栽插完毕，天空就飘着几天的蒙蒙细雨，那种牛毛似的小雨使父母和乡亲们心里就一阵轻松和高兴。说红薯有望了！——我们只叫它红薯，就像人有许多名字，怎么着乡亲们也只叫它的小名。偶尔，也会遇上瓢泼大雨。要是这样，乡亲们心里就揪心般地疼，有人急得还跑到山坡上，看大雨冲毁了红薯地没有。

红薯地平整得很整齐，刚栽插下去的红薯秧子像一根根光秃秃的旗杆，直达土地的内部，谁也无法知道它托举的是怎样的一个梦。地或肥或瘦，天或顺或旱涝，遍地肥硕，块地无收，任何可能都是有的。旱，红薯秧子会干死；涝，红薯秧子会烂掉，这两种结果乡亲们都无法接受。我说过我的记忆是童年的，我知识饥饿的童年赶上的是一个物质贫乏的年代，那时粮食根本不够吃，红薯几乎就是那个灾难年代的"福星"。买不到粮食，家家户户就是靠红薯来充饥，勤劳善良的乡亲也真的有很多办法把红薯吃得丰富多彩。他们洗净红薯，可以囫囵的放在饭头上蒸；可以切成片段夹杂可怜的米，放进锅里熬成红薯粥；可以放在锅灶里烤；还可以磨成红薯丝，洗成淀粉。南方人离不开米，红薯粥因此显得特别可口，我就喜欢喝红薯粥。现在我对红薯还充满了感恩之心，就是因为我深知这红薯是乡亲们对付饥饿的有力的法宝。而烤红薯，也真的奇香无

比，但这种吃法更多的是粮食富足之后的一种生活的点缀。多
年后我在城市的街头，经常陡然的被这种烤红薯的香喷喷的味
道唤醒，勾起我的关于乡土关于乡愁的记忆，可冷静下来又觉
得是一种矫情。因为我亲眼目睹过乡亲们成天吃红薯而带来的
那面黄肌瘦的神情，更感受过在一个工地上由于红薯胀气而带
来遍地异味的尴尬。

　　栽插以及后来的挖红薯既是一桩体力活，又是技术活。红
薯成熟的季节，乡亲们将地一块一块，一锄一锄地挖、拔着，
丰富的红薯叶子缀着一溜溜胖嘟嘟的红薯，齐刷刷地呈现在
地面上——这些红薯在酣睡中被乡亲们弄醒了，带着泥土的清
香，带着梦中的甜蜜，醒了还朦朦眬眬，睡眼惺忪……说挖红
薯是技术活，是说乡亲们挖得非常技巧，从不会伤害红薯，红
薯在他们的眼里也活蹦乱跳，完好无损。一大块地挖下来，红
薯就堆成山了，除掉红薯叶，将红薯放进箩筐，然后他们就一
担一担地挑回家。要想把红薯留上一冬，那泥土是不用洗的，
但更多的人家已是穷得揭不开锅了。他们将红薯直接挑到塘
边，洗净，然后放在锅里就直接食用——被挖净后的红薯地空
空荡荡的，洋溢着新翻的泥土的气息，可乡亲们还是不放心，
总会忍不住又走进红薯地里，拿着小捉锄使劲地刨，说是"淘
宝"——我的关于淘宝的记忆就是由此得来。偶尔还真的淘出
许多的小红薯，这时候无论大人小孩都会有一阵欣喜。

　　是梦总是要醒的，红薯在酣睡中被惊醒是它的宿命。可怕的是那个年代乡亲们由于饥饿，往往等不到红薯成熟就要开地剖"肚"，惊扰它。人在酣睡中被人叫醒，人会厌烦，我不知道红薯有怎样的厌烦和无奈。这被风刮过，雨淋过，被烈日晒过的红薯，其时做的又该是怎样一个甜美、坚定而又瑰丽的梦呢？那被惊扰着的红薯还长得细小、瘦弱，一个个面黄肌瘦，甚至还未成形啊！但无论如何，它填充的是一个时代饥饿的胃，不像现在只是成就我们可叹的精神乡愁。

　　所以，我很乐意乡亲们把挖红薯叫做"淘宝"，谁说红薯不是乡亲们心中的宝呢？

春天乘着马车来了

如果记忆不发生差错的话，莫言的《售棉大道》上一定出现过那种嘈杂——手扶拖拉机。那跑起来突突地冒着一溜黑烟的东西。但这上面如果装载了雪白的棉花，一辆接一辆地在眼前驰过，就像移动着的一片片白云。只是故乡的手扶拖拉机运载的都是冰冷的石头、耀眼的红砖。那些物体连同拖拉机跑动起来，一同在路上发出尖锐的声响，就如暴风骤雨来临之际的一个闪雷。道路还没明白什么，巨大的声浪便轰然在前。

手扶拖拉机一度就这么成了家乡著名的交通工具。它几乎从天不亮就开始，一直狂奔到夜深人静，巨大的声响覆盖着旷野。刚刚浇上沥青的乡村公路已经不堪重负，被它轧得沟沟裂裂，在阳光里发出一股油亮的、难闻的沥青气息。可是很长一段的学生生活，我要走的就是这条公路。虽然只有十几里地，但当时在一个中学生眼里，除了偶尔能奢侈地坐上一回汽车（很少），那么，这种被家乡人称之为"蚱蚂子"的手扶拖拉机，就成为我们很眼馋的东西了。

那时，"不准扒车"作为校园安全教育的口号已经响亮地提出。与此同时，这四个大字还歪歪斜斜地写到了车厢的后面。这差不多就成了另一种别有用心的提醒，成为一些常扒车的同学们挂在嘴上炫耀的资本。说起来，手扶拖拉机真是适宜于扒的：它矮小、笨拙，只要在车厢后紧紧拽住，双臂轻轻一用力就会蹿将上去。勇敢的同学一见到它眼睛就会发亮，把肩上的书包投放到车厢，轻装上阵就上去了。然后打着呼哨，嘴里哼着流行电影里的《沿着社会主义大道奔前方》的歌曲，俨然一位巡视三军的统帅。

一切的奔跑追究起来可能都源于马。在没有马的故乡，人们也会从书本或在电影上得到草原上那马儿奔驰的形象。在一个少年的潜意识中，这种形象往往就会滋生出一种飘逸、速度、力量和狂热。夜里刚刚看了电影《青松岭》，那位社会主义大叔赶马疾奔的形象让我羡慕不已。因此，看见一辆手扶拖拉机，我也浑身燥热。毫不犹豫，就奋不顾身地撺了上去。可就在双手触摸到冰冷的车厢的一刹那，我发觉我的胆怯、瘦弱阻碍了我。这不要紧。要命的是拖拉机的主人发现了我的用意，故意将车子在路上开得左右摇摆，试图摆脱我。他没有回头。朝我咧嘴大笑的是车上坐的另一位男人，我认出他是道班上的工人。能坐拖拉机是他们当时的特权。他大声嚷着，手中挥舞着草帽，像是驱赶苍蝇一般。三下两下的，我发觉手扶拖拉机就像一个喝了酒的醉汉，在公路上跌跌撞撞，胡乱跑了起来。我骇坏了，赶紧松开手。这时，拖拉机像一匹失控的野马呼啸着，向公路一侧斜冲而去。只听"哐当"一声，车上那人像一只大鸟晃晃悠悠地栽了下来……车子被一棵粗壮的梧桐树挡住。那人脑袋朝下，双腿倒挂，拖拉机的一只轮子正插在他的双腿之间——也就是说没有那棵树，那只轮子正好就要从他的下身辗过去！

"小东西，你！你！"司机慌慌张张跑上前，结结巴巴朝我骂着——他最先跳下了拖拉机。显然，现在他也吓慌了。

我当然吓得魂飞魄散。可当时顾不上那么多，只是机械地随同司机从悬崖下拉起那人，又帮着他把车头扭了过来。这回，他一言不发的带上了我。突突地跑到我们学校所在的小镇，把那人送进医院检查了一番——谢天谢地，没什么大事。司机恶狠狠地对我说了句要到学校向老师告状的话……回校的路上，我被一种巨大的恐惧感笼罩，憋了一肚子劲，编造着"与我无关"的理由。提心吊胆地上了一节课，又一节课。一个星期过去，我发觉老师见我并没有说什么，心这才轻松得像一只小燕子。只是，从这以后见到手扶拖拉机，就再也不敢扒了……

可是事情总有例外。一年暑假，因为闲暇无事，我还是坐了一回手扶拖拉机。开手扶拖拉机的小叔和我堂兄弟们要运送一些铁器到一个山村的小水电站，邀我一起去。五六十里山路，去的时候倒没有什么。回来的时候，由于天黑，小叔也一直开得很小心。但就在离家不足四里地的地方，我们看见路中间有一个凹沟，话还没有喊出来，我们弟兄三人便像草把一样纷纷被甩了出去，"扑通扑通"一个个全躺到路边水沟里去了。等我们一个个胆战心惊地爬起来，才知道开车的小叔打了瞌睡，没看见……面面相觑，幸好没有一个出事。小叔龇牙咧嘴的，赶紧跑到附近的一个村子喊人，把拖拉机从沟里拉了出来。谈到刚才的场面，乡亲们恭维着："你们家祖坟山真是高啊！"摇摇头走了。

　　对于坐车的欲望，在一个物质极端匮乏的年代是奢侈的。在冰冷的钢铁中两次嗅到死亡的气息，后来，我对手扶拖拉机真有些谈虎色变了。高兴的是不久，除偶尔在田间见到之外，这种交通工具一下子就销声匿迹了。霎时，公路像蜘蛛网一般纵横交错，四通八达；各式各样、款式新颖的汽车如雨后春笋般涌现出来，给我的第一个感觉就是：春天乘着马车来了……

乡 旅

　　旅途中晃荡的是一颗寂寞的乡心。多少年了，那乡心浓酽得像一壶陈年的老酒，须得独自默默地品尝。旅途中将眼前擦肩而过的树林、池塘好奇地细细打量，想把那稍纵即逝的风景牢牢拴系，让旅途变成一条愉悦的游廊，可忧忧地看人家的风景，自己也变成了被人看的风景，如那位诗人说的，看到的是说不清道不明的孤独和惆怅。

　　默默且无语。

　　默然无语的时候，我的情绪总是飘扬着某种怀念，怀念旧事、怀念故乡。于是无穷无尽的旅途中，故乡如一枚永远的青橄榄，酸涩涩地抿在嘴里，含也含不得，吐也吐不得。旅途渐远，故乡渐次变成一滴晶亮而忧郁的泪珠，汩汩地滚在脸腮……

　　"鸟儿有巢/野兽有穴/当我离开祖辈的家园/我说再见了亲爱的家/青春的心受着煎熬/鸟儿有巢/野兽有穴/当我挎上自己的旧背包/划着十字走进陌生的房间/我的心忧伤得怦怦

直跳"……

　　喃喃叨念诗人蒲宁对故乡的那脉心情，耳旁依稀传来的是故乡孩提时的笑声。哦哦！吸一口诱人的故乡风，舒舒缓缓吐出的是亲切；喝一口清清的故乡水，沁人肺腑的是丝丝的甜蜜。想着故乡树林上垒起的鸟窝，远去的鸟儿可曾栖息？故乡那淡淡的人和事，那绵绵醇厚的乡情，春天阳光下那放飞风筝的温煦；冬天白雪里那拥被卧读的温馨……恍惚眼前，眼前有景道不得？我曾试图把故乡的风情与异乡做无奈的比较，想或许一次投机的谈话，会抚平胸中那道折皱的乡心；一次会心的邂逅，会减少思念故乡的那份挚情；一处舒坦的客栈，会增添那种宾至如归，四海为家的浪漫和豪放；想当日在故乡的那份寂寞，那种惆怅如狼般乱窜乱嗅的情形，此时也会变成哑然的失笑。美丽的风景是有的，但陌生也是有的。旅途迢迢，乡心处处是归途，故乡整个儿幻成儿时的温柔梦乡，裹在旅途。年轻的心便常被这乡思搅得缠绵悱恻了。

　　我不知道别人孤旅时那份乡心可曾遭受天气的侵扰？如我，在茫茫的旅途中若遇上一段阴雨连绵的日子，那颗浑然无凿的乡心便浸泡在一种淋淋的雨意里煎熬，无论是躺在舒适的客栈，还是疲惫在遥遥无期的旅途，那雨汪汪地密置在眼帘，长成一束束牵藤绕蔓的相思林，叫我迷失在陌生乡域。那雨扑扑地敲击着屋顶，像一只声声叫唤、声声催归的杜鹃，让我忧心如焚，归心似箭。我常常默诵着古人梦雨的诗句："壮年听雨客舟中，江阔云低断雁叫西风，"陡然就明白诗人驾一叶扁舟，泛舟江湖是怎样地道地契合了眼前的一切。凄风苦雨逗留在旅途上，不正是羁旅在一只客舟上的漂行？四周茫茫风雨，江水无边无际汹涌而至，孤旅的游子如长年漂泊在江湖上的水手，君问归期未有期，乡心抛甩在波涛里，看那柔嫩脆弱的乡心在咆哮的波浪里遭受着浪花的咀嚼和摔打，经受着庄严的洗礼与磨砺。乡思点点，泊无彼岸，那时候想自己的故乡如一道宁静而妩媚的港湾，如母亲的一抹明眸，悄悄企盼，轻轻唤归，孤旅的乡心快快回到那片温暖而舒适的海域，备足再次旅行的给养……

乡心是一株水浸不腐，雨打不烂的空谷幽兰，散发出一种愈久愈浓的馨香……

旅途中难抛难弃这一颗滚烫的乡心。我知道那乡心是从远古的蛮荒彗星般耀眼地跃坐而来，它盛装在不同肤色人的胸间，它跳动在迢迢千里的旅途。游子多少，乡心多少；旅程多长，乡心多长……只要你离开家，离开故乡，纵使一辈子不能相见，但在漫漫的旅途中，在遭受着爱恋中故乡的煎熬时，有那么一颗心时时刻刻陪伴着你，那颗心就是乡心，漫漫的旅程就是一次次乡旅。

屋 脊

　　屋脊就在窗前。记得搬上二楼那天，开窗见那如龙脊椎的屋梁，拍着巨翅浮伏在窗前挡住视野，心里很是惆怅。于是每天径顾埋在书堆里，开窗听凭风的吹拂，当然也感觉不到屋脊有什么妙处。一日朋友来玩，正是清晨，他说，太阳被扯得条条缕缕，那带血的条子就淋在屋脊上幻成了斑斑血痕。朋友是位诗人，他有他感慨的道理。我的眼睛近视，眯眼望去，真有朋友说的那意象。从此，每当从纷繁的思绪里抬起头，我竟独自呆呆地望那屋脊。

　　梅城是座喧嚣声很大，灰尘扬扬的小镇。小镇这些年竖起了不少楼房，再看那太阳就像一颗钢球成天蹦跳在楼房的夹缝里。混沌乎乎的尘埃里，使人很少见到那浑圆如初、鲜艳无比的红物。有着面前的屋脊，更觉得世界被切割得支离破碎，起码在我的天空只剩下那么个半圆了。太阳艳艳地从东方升起，我站在窗前，见到那硕大无比的半球，十分地亲近和妩媚，宛如六月里切开的一瓣红瓤子西瓜祭奠着我。于是我就不再想看那球的下半边，生怕思维的空间被一个什么完整充塞得一塌糊涂。又傻想那该是情人的一只眼睛吧，便默默对视，喁喁私语。长期待在小城，忙忙碌碌，疲惫不堪，头脑被无数的喧嚣填得满满的膨胀欲裂，独享这块属于自己的半球，我心里只有喜悦。

　　太阳热烈的时候，就似一颗红球悬在窗前。我常倚在椅子上，双手枕着空荡的头颅，望着它跃出屋脊。炽炽烈烈、噼噼啪啪的太阳挣扎声就灌入耳朵，我周围全是吱吱嘤嘤的响声，这是昂发的勃勃的生命力，让心随那冉冉上升的太阳顿悟生活的赤橙黄绿青蓝紫吧……没有太阳的日子，最好的便是雪天。我曾仔细留心过雪后的屋脊，那是一场大雪过后，窗外满是莹莹的白色，尺厚的积雪盖住了屋脊。成天待在房里，眼前总赶不走梦中常出现的童话一般遥远而纯洁的小白屋，那是生命的极处吧？别人我不敢说，我只想自己一步一步走向那里。我心头抹不掉飘忽的雪的精灵，灰白的天空与洁白的屋脊让这精灵倏而黏合了，黏合了我们这个世界。只有这时候，我才确确实实感到独居的精神，原本很美很美——白的墙壁、白的天空、我。

　　也曾难受过，那是雨打屋脊的声音。假借夜雨秋灯读书，总有份雨打芭蕉的孤寂，我当然没有福气领受。细看屋脊和支撑屋脊的那块块黑灰色的瓦片，雨珠叮当叮当地滴在上面，盛开着一朵朵灿然的小花，仿佛叮当的雨在弹奏一首绝妙的轻音乐，令人销魂。急躁时，那雨泼天而降，铺天盖地泻在屋脊上，就见不着那优雅的白弧线了，只有歇斯底里迷蒙如雾，生命永无遏止的搏击似乎始终也没放过眼前的屋脊。那里仿佛就是中世纪的古战场，正在进行一场野蛮的厮杀、肉搏。特别是在夜晚，我躺在床上聆听着那撕心裂肺的呻吟，鬼哭狼嚎般疯狂，心里总是隐隐担心那儿该怎样的血流如注……

第二天一早，我起床就打开了窗户。猛然，我惊讶起生命的原色来！裸露在面前的冰肌玉体，龙骨嶙峋。昨夜的雨正是为这生命洗礼如新，故屋脊才会那样的笔直如线，莹晶光溅似斑驳的龙鳞。这时，太阳凑趣地爬上屋脊，那屋脊就如纯静处子，卧躺在艳艳的太阳的怀抱，沉迷在大自然的抚慰中，又露出了那只独特炽烈而滴血含情的眼睛，充满着和谐、安详和幸福。我的担心消失了，挂上嘴角的是哑然地笑……

后来故弄虚玄地，我把这一切说与朋友听。朋友也相信我那感觉。他常来，也常常待在我的窗前，静静地望着屋脊，屋脊那边是什么样的世界呢？"要有翠绿的鸟儿蹲在上面就好了！"朋友说。我竟愣了下，我可觉得早就愉悦了啊……

乡下的冬天

这是冬天，冬天以明显的寒冷姿态出现。冬天的白昼浸淫着亘古不变的铁灰色，太阳只是一枚薄薄的镍币，掂玩在很多人的手中，贬值得让守财奴们一个个心里发冷。冬天的夜晚漆黑漆黑，人变成一尾尾乌鱼游弋其中，摸索出大把的冰凉，怀抱着什么进入温柔的梦乡。无数颗无望的泡沫轻轻诞生了，浮动在村庄上空，亦让铁画般的枯枝戳得支离破碎，冬天雪花般融落在干涸的沟里和结冰的池塘里。

这是乡下的冬天。乡下冬天的皑皑白雪让乡下的老奶奶们裹成一锭锭厚实的纺线锤。一整个冬天，老人们摇动着纺线车，将这线锤捻得绵长绵长，她们种种少女的甜梦从此就让这棉线牵着杳杳渺渺，里面不断浮动着那如雪丝般晶亮晶亮的头发。所以老人们都喜欢在冬天离开这个世界。于是，腊月正月里的白喜事摇曳成一面面旗幡、一张张满天张扬的黄钱。老人们在这样的冬天静静地睡去，睡在雪白雪白的丘陵上，静静地沉眠在深远无邪的梦乡，留给乡村，留给伢子们的，是几多年后都咀嚼不完的一段段绵细绵细的往事。而伢子们更喜欢的是童话，往事与童话一起让他们轻轻地堆成一尊尊雪人，眨着一双双晶亮的眼睛。雪花如烟，童话朦胧。他们冻得红萝卜般的小手就这样开始触摸着世界，触摸自己冬天明晰的感觉。

冬天的雪花让乡下的姑娘认认真真地在相思的染缸里漂红，她们穿起大红大红的棉袄，盖着红红的头巾，觍着红红的脸腮，开始做新娘子做母亲，她们温馨的梦在冬天暖暖而厚实的白絮里完成。大片大片的稻子或麦子被庄稼人赶在冬天来临之前就收割完了，田野上一片寂寥而旷远。冬天真的属于老人们和姑娘们？许多小伙子不自觉地拢着深深的袖管，或是伴着不怎么喜欢冬天的老人们偎着火炉，讲四季很多的事情和笑话。冬天的狐狸和兔子嗅出许多的不妙，一只只成了猎人手中的佳肴美味，在乡下桌上的火锅里嘀嘀咕咕的修炼着来世。阿弥陀佛……

乡下的冬天就这样成了美丽而奇妙的日子。乡下人在冬天打猎和谈生意如今也成了一种时尚。许多男人手中拎着冰凉冰凉的钞票，赖在原上等候猎物或住在城里置有暖气的房子里，唾沫横飞地讨价还价。但回到有壁柜和火炉的家中坐不到一会儿，就有响亮的鞭炮雪絮般炸落，他们喝醉了酒的眼睛就像看杀年猪一般猩红。老人们望着孝幡晃过，吟叹人生无常的苍凉感正契合了冬天。而男人们望着面前一溜红红的新娘子队伍，泪水就斑斑驳驳蚀了冬天，哈一口热气，就不停地跺脚"好冷，好冷"。乡下的冬天实在是一个充满了喜事的冬天。乡下人很喜欢冬天。

雨　街

　　天阴闷闷的，憋得人直想哭。人未哭时，天"哭"了，淅淅沥沥落起了雨。一连几天，老街的街道就泥泞一片。苦了小伙子们，脱掉皮鞋换上黑乎乎的靴子，一脚踩下去，人同泥巴一同滋润，萎缩得不行。得意的是那群打扮入时的姑娘，各种花色的雨鞋穿在脚上，像是时装表演似的。绷得紧紧的大腿轻轻一弹，嘴里还嗔怪道："这鬼天……"看那神气，晴天时尚的炫耀在她们身上似乎本来就是一种莫可奈何。

　　老街先前散散漫漫铺展的是鹅卵石。那鹅卵石圆滑滑地嵌入黑色的泥土里，风雨荡过，烈日扫过，几十年过去，点点星星的，像是母鸡下了无数的蛋挨在一起。后来有了水泥，就有年轻人挖掉鹅卵石，要铺水泥街道，于是鹅卵石全被人家挖去了。只是水泥路还未铺起来，这街道一到雨天，就像乡下孩子翻过泥鳅的畦地，成了一条阴沟。年轻人还想趁晴天填平这阴沟，铺一条宽展的水泥路，两边再砌些花圃，让老街沾些现代文明的气息。老人们却等不及了，老头子须髯飘逸，挂着拐杖，远远地蹲在屋檐下，深藏在胡须里的嘴唇哆哆嗦嗦就一阵骂："败家子！挖祖宗坟哪……"老奶奶呢，自然没有老头子潇洒的胡须。儿媳不爱围裙，她就只好系着围裙成天围在锅台边，三寸金莲迈不出门槛，但还是要倒洗潲水，于是就倒，瘪瘪的嘴随那油腻浑浊的刷锅水泼声，也絮絮叨叨："这年头，什么东西都得换……"这样，就有一上午的闷气憋在心里。儿媳端上一碗香喷喷的白米饭，且搛了许多的黄花菜和红萝卜丝，她连看也不看，瘦瘦的脸转过去，好像儿媳也须得像自己从前做过的童养媳。儿媳不敢得罪老人，饭碗欲放不放地端在手上，愣愣地，手足无措的样子。

　　一会儿，雨下得像病人快断气似的悠着，年轻人拊掌仰眼望望天，看来一时也晴不了。早挤在一起搓麻将、打扑克，"红星五字"喊得震天价响，男男女女挤在一起，无拘无束，疯疯傻傻，宛如回到了浪漫的童年。这时候，恼怒的还是老年人，七老八十的年纪串在一起，面面相觑，净是缺牙瘪腮的，说句话也要好半天时间，好像都有气管炎，使劲地说出一句话，便吐那痰，于是屋里很响是痰的声音。好在老街有茶馆，老头们凑着份子，聚集到茶馆，一角八分的一壶茶，绿茵茵的，漾在蓝花边瓷盏里，悠悠地呷上一口，闲话也就出来了，诸如岳西翠兰怎的不如以前的野朴，天柱剑毫如何的缺了滋味……还有现在的老板娘也不如往时的清纯妩媚，一个个打扮得妖艳，且穿着很洋气的衣裳，老人们愣愣地和她开上一句玩笑，她青晕晕的眼睛里白眼珠一抢，血红的嘴唇一粒瓜子壳就噗地吐了过来："老不死的！"骂在嘴里，一扭身，转背就唤叫着城里的小哥哥！"人心不古！"老头子们没趣地摇摇头，脸拉得老长。

天黑了，雨下得密集如整束炸开的手榴弹，噼噼啪啪。风大起来，街道上纸屑杂物在水里汪汪旋转。人家窗棂里的灯光让雨幕舔淡，门吱呀吱呀响，于是闩得紧紧。电视机边伢子们要看那风风火火的武打；姑娘小伙子们却要看那缠缠绵绵的爱情；老头子老奶奶们没有了份儿，倚在老苏州床上，或哼两声黄梅小调，或有一句没一句地闲聊……老头子手上照例捧着扑扑响的水烟筒，但不一会儿便有瞌睡虫爬进鼻孔，流涎的嘴里发出了梦呓声。只见得路灯处昏黄的灯光溅起一片片烟雾……

第 3 辑 · 响水在溪

生命的漂流

天朗气静的。到了这里都说森林茂密、空气新鲜，比外面好，比外面好。这外面便是他们蛰居着的城市，他们在那儿生儿养女，也喂养大了城市。他们要在那里过上一辈子，然后还要在那城市的烟囱里袅袅消逝。但到了这儿，他们却如臭水沟的鱼虾，一下子游进了蔚蓝色的海洋或江河……

这里不是海洋，也不是大江大河。这里是山，小兴安岭森林茵茵的山。从风吹动枝叶发出的声音，他们已学会分辨出哪是落叶林，哪是常绿林，他们仿佛比土著人更能清楚。于是钻山逛林，看白桦树的亭亭，看剥皮如雪的大树被锯成筷子，变成地板，出口日本和美国……"这里插根筷子都能发芽！"他们盯着肥得流油的土地慨叹着。看了不算，还嚷着漂流，要在森林的河流里漂流。

漂流的地方叫半圆河。河不太宽，几十米的样子，水流或急或慢的，就绕着木栅栏扎起的小镇子，沿着朗乡画了个半圆。皮筏浮在水里，心灵就轻松了。皮筏在水中奔跑，便伴着水的声音：那边结伴的是姑娘，皮筏就有些悠闲；那边是两位老者，皮筏就有些拘谨；剩下的都是小伙子，皮筏便显出青春的冲动。两个年轻人甩掉那份悠闲和谨慎，筏就如离弦的箭了……

那是一种人生的惬意，那里面有生命的张扬。风在耳边吹着，河水在耳边响着，水声、风声，抚摸得到的和触摸不到的，嘎嘎地在青春的生命里膨胀、浮动。生命原可以这样，人可以无拘，心灵可以放浪……生命的旗帜翻飞，透着一股无限的活力——这情景后来他们都在电影《泰坦尼克号》里看到了：男女主角挺立船头，迎风飘扬，人们都看到了他们的爱情。但挺立的那种意味在漂流中也可得到。那种生命的滋味，比爱情更有力量。

河中有树。阳光照着，树下的河水泛着金光。皮筏像只小鸟，就到了漩涡，一个挥动着桨要绕过去；一个偏要冲击漩涡，皮筏小鸟般惊慌失措，水却成全了后者的想法。就越那漩涡，嘿嗬嗬地喊起来，皮筏立时灌满一筏的水，就翻将过去。两人全被打落进水里，一个情急之中抓住了那树，一个在水里落汤鸡般地扑腾。都穿着救生衣，危险本是不大的。但水太凉、太浪，压得人喘不过气来，水的刚烈让他们领受到了。一个从水里爬起来，扑上筏就呼地冲了出去，便留下他一人了。他有些慌乱，四周望望河里竟没有了人，又有些绝望。他想放弃，但还是与水较起劲来，他挣扎着，松开那树，抓住生命，坚强地一步一步游过那湍急的河。最后……他爬上了岸，他看到命运女神的微笑。但脚下的河水仍然在流，似乎什么也没发生，而他冷得直打哆嗦。

一次漂流，一段生命的历程结束了。大家又聚集到了一起。都说自己心灵放逐的愉悦，都说异常生活的刺激，都说得神采飞扬。他忽然沉默了。平静的生活也有危险，再强的生命也很脆弱。只有他自己知道这段漂流赋予了他什么。过了几天，他们那群"鱼虾"又游回了他们的城市。他也回去了——但在庸常的生活里，那漂流的情景却常常出现在他的梦里。常常。

陌生的停靠

这是不久以前的事。我们乘坐北京至攀枝花的117次列车，在车上，大家莫名其妙地兴奋了一个整天。到了第二天下午，又都不约而同地扔掉手中的书，还有扑克、象棋什么的早早入睡了。直睡到夜里，我做了一个梦，被梦里的事物惊醒，睁开眼，我这才发觉，列车不知在什么时候什么地方停了下来。

没有车轮撞击的"哐当哐当"声，周围便显得格外的静谧。只是车厢里旅客的鼾声此起彼伏，十分刺耳。我害怕这声音打扰身边陡然出现的宁静，便爬起床，一个人踱到两节车厢的连接处。看着玻璃的窗外，月光粼粼的，像无数条小鱼蹿到车子的周围，跳跃着、撕咬着……面前显出一片淡淡的山峰，远处的山顶上泛着一层白光，耳旁青蛙的叫声咕呱呱的，抑扬顿挫，在四周蔓延开来，一声声轻叩着月光，敲击着我的心扉，极具节奏感和力量。我心里突然涌出一种很少有的激动，有点小时候浑身一丝不挂地在池塘里沐浴的感觉。

从北京到攀枝花有2700多公里，要花50多个小时。路途迢迢，我们知道枯燥是难免的，因而准备得非常充分，有的是打发时间的玩笑和差不多能维持两天吃喝的食品。尽管生活被偶尔推到不规则的状态，但有着一群情投意合的旅伴，旅途应该说充满了欢乐和温馨。大家平时相处在一座城市和单位，但工作的繁忙，也很少聚集一起，做一次心灵上的放逐。这趟旅行，在某种程度上说，未尝不是一种休息。然而，没有料到的是，这趟车要穿越很多的隧道，这就让人（起码是我）感觉到有些特殊。以前常听去新疆的朋友说，当列车一天天穿行在戈壁滩上，四处没有人烟，没有生命，有的人差不多都会急得疯狂起来，我想这绝不是夸张。就像我们现在不停地钻山洞、穿隧道，立即就把人的心绪弄得很坏。但，比如人生的路，一会儿晴天朗日，一会儿又将你推到无边无际的黑暗之中——这是生命无法回避的一种暗，是当年人们曾付出艰辛劳动找到的暗。暗此刻或许正是出路所在。

此时，夜已经很深了。人们安稳地睡在车厢里，即便有醒而起床的，也都没有下车的欲望。我伫立在窗前，听那一点儿也没有停止意思的青蛙叫唤声，用眼光打捞着如水的月光，便沉浸到一种久远的乡村气氛里，这种氛围也只有在乡间才会确切地体会出来。在这陌生的、莫名的大山里，一时断了城市的喧闹，我就仿佛看见炊烟正从山峦袅袅升腾，鸡叫狗吠声充盈于耳。记得在乡下，几乎每天我都能亲眼目睹太阳将村庄涂暗、月光将大地抹上清辉，那样的月色里，也总有三两个农人，荷锄扛锹，行色匆匆地往家赶……只是那时没到过城市，便以为人的生活都是这样，蛙鸣只是井底之蛙了。可没有想到，真正生活到大城市，却又常常被宁静的乡村生活感动得心旌摇动。退回去也就是一步之遥，但人已无法战胜自己，重新享受乡村的道德和良心了。

列车后来什么时候开动的，我不知道。我也不知道那列车停靠的地方有着什么样的名字——它不是车站。但我实在发现那一次陌生的停靠，让我的心灵获得了安详和欢愉，尽管就那么片刻。这就像有时我们坐在陌生的人群当中，由于疲惫而依靠在别人的肩膀上睡了一觉；像是在人生的关口，有谁在暗中扶持了你一把。当你醒来或渡过难关，转过身背，投寻感激的目光时，那人早已消失在茫茫的人海中一样，他们没有留下名字——只有那陌生的停靠给人一种温馨的回味。

罗丹思想起

　　天空中漂浮着一层晨曦的晖光。没有人，北京美术馆门前的广场就显得有些寂寞。广场中间裸露着一尊《思想者》的雕塑。这正是罗丹思想起的时候，罗丹一进入这泱泱大国就跌入了沉思。那思想的目光，越过那些为金钱和物质而忙碌的人群，停留在这聒噪和热闹的繁华处，罗丹就平静地发觉周围没有历史感了。没有人愿意与他对视，去倾听自己心中那绵厚的历史的回声了。我的惘然的目光一触摸到那思想的深邃，心里便战栗不已。

　　罗丹，艺术和思想是没有国界的。罗丹的雕塑从遥远的西半球走来，罗丹在东方这个宁静的早晨一睁开眼，思想的光辉倏然就洞明了这里的一切。岁月将流尽一个世纪的河，《思想者》的雕塑也开始布满斑驳的绿色铜锈，但那双永不生锈的目光穿过厚积的岩层，却永远不会在某一处断裂带作久久的滞留，他用那沉重的头颅以一种姿势永恒地冥想，让一个东方乡土的心真切地感受着，触及那个伟大罗丹的一颗跳动不已的良心！罗丹在这个世纪之初，那副痉挛而痛苦的面容浮了出来。他说："在现代生活中，追求的是功利，……然而，心灵、思想、美梦，再也没有人提了，艺术是死了！"

罗丹，《思想者》很落魄，也很寂寞。在东方这个美好的早晨，他很想有一支悠扬的竹叶笛或在青青草上走动的绵羊为伴。面前最终只有一线阳光是明媚的，而他的呼吸沉重且沙哑……思想者肯定很累，巴尔扎克是这样，雨果也是这样，人类的思想者都这样。他们喜欢自始至终站在人类历史的制高点，用他们博大的胸怀和深邃的思想关注芸芸众生，洞察着人生的种种欢乐和痛苦、诚实和罪恶……然后又满怀激情地去创造和革新着什么。思想者就一直坐在《地狱之门》，那一扇是感动、是爱、是希望、是战栗、是生活之门啊！罗丹用他那双粗糙而凝重的手，轻轻地推开了这扇黑色的大门。人类的痛苦、哀鸣、惊惧和斗争淋漓尽致地呈现出来……那《半人半马像》是人类从兽性的渊薮挣脱时的无言呐喊，那《加莱义民》是一曲无私无畏的献身精神的礼赞；那《永恒的春天》是一支洁白无瑕的爱情颂歌……罗丹溅射出巨大的艺术火光，因循守旧的"学院派"的聒噪就停息了。《思想者》《青铜时代》中那艺术家的"智慧、专心、真挚和意志"（罗丹语）立即焕发出一种更加强烈的思想的光芒，照耀在这种光芒里，耳边回荡着这人类最初也是永恒的精神呼唤，我觉得满身的尘嚣星星剥落，而终日盈耳、益发噪烈的摊贩的叫卖声，不规则的水泥钢筋混凝土的搅拌声和城市梦呓般的歌声，也渐渐远去。我将眼光停留在《伊克塞尔的田园诗》那幅雕塑上，那天使背后的翅膀和芳香四溢的玫瑰花，就似乎让人闻到天国的歌声了。循着这乐声，我仿佛看见每个彷徨的浪子，都能最真诚地幻想出自己的家园，抚摸到温馨的泥土……罗丹就这样教会我们用深邃的目光打量大地，用岩浆般喷发的激情抒发生命的磅礴吗？

罗丹无语。在东方这样一个实实在在的早晨，我曾努力与这位来自巴黎的思想者互相对视，试图用无言的密语和心灵感应交流。我发觉他是那样的苍老、深沉和豁达，又是那样的健壮、年轻和洒脱，阳光与他那思想的光芒一起在我的身边跳荡，让人感觉到脚下大地的真实，心因此而变得安宁和透明，人类需要思想，诚如人类离不开大地一样，《思想者》的高度是一种精神的辉煌，是人类精神永远的渴求，罗丹，这样的艺术会死吗？

我终于与这位巴黎思想的歌者匆匆而别，错过罗丹，在思想者默默地眼光中走进大街。猛然回首，那尊蜷曲的青铜雕塑莹洁无比，在阳光下灿然生光……

水　色

王勃的《滕王阁序》里有"落霞与孤鹜齐飞，秋水共长天一色"之句。说起"水色"如天——在碧空如洗的秋天，那水该是青蓝色的吧？若是在江南水乡，人们见到的水色大都是这样。那里的大河小溪或池塘里的水，终年都碧波荡漾，秀美清纯得如处子。轻轻地掬起一捧，水在指缝间流淌着，人们立即就能感觉到那水透明、多思的气质。那样的水色，潮湿的思想如芳草萋萋。

便以为所有的水色都是这样的青绿或青蓝。延伸到蔚蓝色的海洋，在我脑海里也充满了奇妙的幻想。及至后来站在长江、黄河的岸边，我见到那水，竟吃惊得一时说不出话来。那是怎样的水啊！浑黄色的水，浑浊、灾难深重的水，一个漩涡接一个漩涡地咆哮、汹涌，那种颜色如一把碎草塞进了我憧憬美好的心灵。"黄河之水天上来，奔流到海不复回""星垂平野阔，月涌大江流"……我莫名其妙地吟诵着有关长江、黄河的诗，心里所有关于水的颜色的记忆霎时却荡然无存了。

　　于是，就很是哲学地相信"水"是无色的。

　　不料，我的这种想法在川西北的藏族九寨沟一下子又放弃了。在九寨沟，在黄龙，在被藏民们称之为"海子"的地方，赤、橙、黄、绿、青、蓝、紫……我随便地驻足一望，水的生命的颜色竟是那么的丰富多彩！绿宝石般晶莹、玛瑙般玲珑剔透的水，流泻在茂密的茵茵森林里，似一位珠宝商人遗落或者挥洒下的珍珠。那些水重重叠叠，层层相染，相互辉映，就凝聚成了一个"水在树中流，树在水中长；鸟在林中飞，鱼在水中游"的奇特景观。一摊一摊，如宝石和玛瑙般的水，又像是被谁磨成了一块块宝镜：映照万古不化的巍峨雪山，便变成了晶莹的白色；涂抹着奇异的绿树，便作了葱郁的绿色；盛着碧蓝的天空，便成了蓝色；在火红的太阳的映照下，突然又变成了红色……移步易景，一景一色，致使我脑海里不断地出现了幻觉，不知自己是置身在天堂琼池，还是在人间仙境……幸好，不断从森林深处传出来的鸟鸣，才把我从梦境里拉回到活生生的现实。徜徉在黄龙，漫步在九寨沟，嗅着清新、洁净的森林气息，如同轻吻一个刚刚诞生的婴儿。眼前色彩变幻莫测的，当然都是水——水的色彩，水的风景。珍珠滩的飞珠泻玉，长海的碧波荡漾，五彩湖的彩波点点，树正海的湛蓝，芦苇海的安详；而火花海在阳光下干脆就像一把红色的火炬，呼啦啦地燃烧起来了……水，因周围色彩的变化，时而焕发出一种纯洁的神的光芒……我被它诱惑着、激动着，还是感觉自己置身在一个不真实的五彩斑斓的梦境里。终于，我忍不住了蹲下身子撩拨起"海子"来。但就在这时，突然，我发觉我一旦走近了它，那水或红或绿或蓝的颜色立即就在眼前消失殆尽——清澈见底的水，只静静地倒映着葱葱森林、悠悠蓝天和白皑皑的雪山……我看见一株千年古树倒卧在水里，如同一尊植物的化石。那化石般的树干，新生的枝丫却又让人感受到一种生命的神秘……

大地自有自己的地理。从当地的一本小册子上得知：九寨沟是由盘信寨、彭布寨、尖盘寨、故洼寨、盘亚那寨、荷叶寨、树上寨、则查洼寨、里角坝寨这九条寨组成的。它那独特而古老的自然地貌，是由于第四纪造山运动、地壳变化、冰川侵蚀、岩溶作用等演变而成。九寨沟的奇峰、冰川、飞瀑、森林和多姿多彩的"海子"是大自然的鬼斧神工，是它馈赠给大地的一份珍贵的礼物。但这海子的"水色"说穿了，就是由那些"钙"质显现而来——这就是九寨沟丰富水色的由来！真水无香，但这摄魂夺魄的水竟然一下子就漫漶进了我的生命，成为我看到的最美最好的水色了。这样的水色，无疑是来自于富有生命情调的大自然，来自于大自然的一尘不染。

梭罗在《湖滨散记》中说："一个湖，是美景中最美丽，最有表情的景色，望着它的人，可以量出自己的深浅。"他

说的"湖水"，当然是指那些有颜色的湖水——因为，只能是
有着颜色的水才会有灵魂，才会有眼睛，才会说话。它奔腾不
息，或静如处子或跌落有致，或幸福坦荡，或痛苦忧伤，它
都有着自己评估自然和生命的方法——诗人说："问渠哪得清
如许，为有源头活水来。"只有这染了色的水，才会用自己生
命的活力和颜色不断地掂量出，你是否真正地懂得自然，懂
得爱。

我与地坛

地坛仿佛是黑夜为人们精心设置的心灵栖地。大多数时间，我是在夜色降临时才进去——许多人都在夜的笼罩下悄悄走进这里。斑驳的红墙、古殿檐头上的琉璃瓦，因夜的濡染变得若隐若现，看不清晰。历史尽管在地坛无处不在，但人们已不习惯背这种包袱。地坛以外大家小心地呵护了一天，到这里需要裸呈自己的灵魂，卸下莫名其妙的精神枷锁。夜的地坛，就这样成了一块人们放包袱的所在。

有了人迹，偌大的园子便显得丰富而生动。相恋很久的情侣依偎在那白色的石凳上，尽可能地卿卿我我，缠绵爱河。但是不能太出格，否则哪个角落就会钻出个穿制服的家伙，冷不丁吆喝一声。带着孩子的母亲，当然喜欢坐在那曲池亭廊上，看浅浅水中的游鱼，快乐了的孩子心灵里便会伸出一支钓竿，用心钓……远处，一阵响遏行云般的吊嗓声，或是悠扬而高亢的二胡声，如泣如诉，那一阵低沉的旋律，显得格外地凄迷，使我们这些异乡人总会想起自己的家。

　　我在地坛里独自听到过一回布谷鸟的叫声。是春四月吧？那声音显得特别的悦耳和明亮，它脆脆的划过地坛，飞旋在都市的上空，像是一颗颗饱满的种子，在我心里倏而生根、发芽，茁壮成长着，许多日子许多声音随风而逝，唯独那声音留下来了……有一阵子，我最感兴趣的是两位老人，两人都穿着朴素，手持快板，走到人群密集处，放下手中的行装，没等人欢迎，就京腔京调说起相声或打起快板，周围就有稀里哗啦地掌声。干脆，有时候就咚咚锵锵，伴着一阵喧天的锣鼓声，摇红摆绿地，就钻出一溜打扮得古典而妖娆的女子，扭着秧歌舞，她们或银发飘动，或老态俨然，但个个身手矫健，步履欢快，洋溢着青春的活力。在明亮的灯光映照下，那场面宛如乡村里的社戏。大雅抑或大俗，至于她（他）们的身世、遭遇、人生的种种，没有人会深究。大家萍水相逢，随缘而来，随缘而散。将地坛视为精神家园的史铁生曾说："在人口密集的城市里，有这样一个宁静的去处，像是上帝的安排。"阿门！"上帝"为这个城市留下一块净地祭祀皇天后土，没想到，却还让后人们常常进入到一种历史，追怀到一种故园情结。残留的玉砌雕栏，异常苍幽挺拔的古柏，熏染过一代又一代浩浩荡荡庄严的香火……仪式散处，高古虚空，或许上帝就躲在那里发笑。月光游移着，那时，树木就变得古怪、阴森，有什么怪鸟喋喋地从园中树林里掠起，飞向高远。园中人们欢乐地蹦着、跳着，唱歌或者散步，他们毫无顾忌。心灵开放，灵魂轻松，没有什么比这真实的生命更有力量，更有震慑力。

经历了夏夜的喧嚣，地坛更多的季节归于荒寂。秋天，秋风刮落了树上一片片叶子。园中的甬道和草坪上就铺满了金黄和褐色。夜晚，月光幽幽地照着，红墙脚下草丛里的虫子吱吱叫唤，远处的灯光在园中漾起一层昏黄的雾状，一切都寂然无声。这时候，坚持到地坛来的人就稀少了。但我喜欢这样，静静地穿行在园子里，聆听虫鸣，耽于自己的遐想。到了冬天雪花飘飘的时节，地坛里的声音仿佛让那雪全部吸尽了，独自一人沉迷在地坛深处，心灵里真会浮上一些叫历史的东西，历史如美丽的白雪，悄悄洒落在地坛，金黄色的琉璃瓦和白色的殿台如白兽般蛰伏着，泛出洁白而冷峻的光芒。雪里的人像幽灵一般在地坛潜游着，转过身，再看看身后的脚印，竟会生出一份醒目的惊心。"我摇着车在这园子里慢慢走，常常有一种感觉，觉得我一个跑出来玩得很久了。"（史铁生语）在冬天的地坛里，我的这份感受真的非常强烈——有好几次，我想在这里会遇到坐在轮椅上的史铁生，但是，没有。

蒙古长调

　　这是一种奇特的情绪的跌宕与起伏。好多天了，在锡林郭勒的草原上行走，无论是蓝天白云的爽心，还是草色青青的悦目；也不管是坐看大漠孤烟的壮观，还是蹲在蒙古包里喝着飘香的美酒……只要听到那种歌声，似乎就有无数把马头琴在我心头撞击、撕咬，丝丝缕缕，我的情绪立即被撕扯得一塌糊涂，定格在草原如血的残阳里，如痴如醉，如梦如幻。

　　这就是长调，一种不是人间而是来自天堂的——蒙古长调。

　　就觉得这典雅的长调最适宜于那水草肥美的草原。只有"天苍苍，野茫茫，风吹草低见牛羊"的草原，才能盛得下那种辽阔和悠远……高亢、清冽的长调，在茂盛的草丛低低滑落、穿行，然后又如一只只孤鹤哀鸿，跃地而起，气冲霄汉——"风是草原的家"，长调就"挑"着它全部的家当，含着饱满的青草之汁，甘霖雨露般又"大珠小珠"急剧地坠落。望着面前浅浅青色，满目低草，我陡然疑心一定是那天意怜芳草，才使这长调平添了一丝忧郁。此时，我真想给草原吹口气，让草原的草儿倏然长深长高：一望无际的风吹草动，一望无涯的如浪如潮……通通透透地抽走长调中那一缕浸透骨髓的忧伤！

青海的"花儿"凄美了点，山西的"走西口"酸柔了点……打马草原，我总觉得长调是最适宜安顿那一颗颗疲惫的游子之心——"辽阔无际的草原，是哺育我的摇篮……"在"山西会馆"空旷的院落里，我仅仅就听见这句长调，就仿佛看见走南闯北的晋商们唱惯了辛酸俚曲的口儿缄默了。音色纯净，意境深远的长调撩拨着一群背井离乡的人怀乡，但很快又将这一腔愁绪慢慢地抚平。一座洁白的毡房就让一个民族得以生存和自由，腰缠万贯的商贾们，住着这么繁华的院落，搭起这么热闹的戏台，还有什么理由不能消融心头那份浓浓的乡愁？他们的心灵在被歌声震撼时，当然会觉察出这是一个游牧民族在用一种独有的方式慰藉一个个陌生的灵魂。也许，长调中那浑厚、刚毅与坚强的音色又把这些外乡人的热血浇灌得滚烫滚烫，让他们飞腾、大气，学会深深感恩……

站在元上都遗址，我更相信蒙古长调是随着庞大的元上都轰然坍塌的瞬间，从蒙古人的胸膛里迸发的。无垠的草原委实苍茫，但透过七八百年历史风雨的帷幕，我还感觉这里的河流、草原、遗址、废墟所包含的无奈。这里曾有的一百零八庙不仅仅是象征，它曾真切地包裹过一个民族的雄心，一个帝国的辉煌。纵横天下，征服一切的一个王朝的顷刻覆灭，存留一百多年的元上都，是多么适宜于生长那雄浑豪放的长调啊！是的，长调分明就诞生在这儿，分明还在那残垣断壁的隙缝，从那灰飞烟灭的气流里低低迂回，最后像无数只雄鹰拍翅而起，盘旋在浩瀚的大漠、辽阔的蓝天和无际的草原……未曾经过一场金戈铁马之后的繁华，未曾遭遇繁华之后的没落，长调都不会有这么内涵丰富的磅礴和苍凉。喋血草原，高哭当笑，长调就成了一种追念，一种英雄无归处的长叹。只是，这追念不是惋惜，不是颓废，而是擦干泪水后的一种沉静，是大泪风干后的无言……听那长调仿佛指向了虚空，我抬起头来，在那缥缈的太空，我却隐隐约约地听到一个侠骨柔肠的民族的"秘史"，藏在长调背后的一股民族的沉痛。

王朝的没落、商旅的孤寂、草原的肥美与流失，还有芬芳的马酒与奶茶……锡林郭勒，你就这样成了蒙古长调的发源地，成了茫茫草原那最令人销魂蚀魄、荡气回肠的部分——谁说长调仅仅只是牧人奶茶中的"盐"，蒙古人宴席中的"烈酒"？长调，是你这来自天堂的歌声无处不在，无时不有的激情抚摸，才将草原上一切细细照亮，把草原上的生命真实地洞穿与宣泄！

一只狼在仰天长啸，

一条腿被猎夹紧咬，

它最后咬断了自己的骨头，

带着三条腿继续寻找故乡……

蒙古长调，这一次我真切地听懂你时，我还是满面泪水，挥之不去的感伤！

大足无声

　　那应该是个烟岚缥缈的早晨，或者是一个宁静而美丽的黄昏。一位巨人静悄悄地驻足在这里，片刻，又静悄悄地走了。几缕云霞，几缕轻烟随山峦渐渐弥尽，留在这里的是一只深深的足迹，一个打印在这块土地上的民间传说。

　　这样的土地注定每一寸都是民间的，平民幸福的心灵栖地，百姓辉煌的精神庭园。民间的眼光一遍又一遍地打磨着这条神奇的山脉，虔诚的目光聚焦成一块散发着神秘气息的道场。

　　——佛教密宗道场。

　　那名叫柳本尊和赵智凤的僧人看上这叫马蹄湾的地方，踏破芒鞋，托钵而来。他们思想如一匹佛化了的神骏，嗒嗒地进入这宝顶之山。他们眼睛平和地注视着苍崖，睫毛早让烟雾打湿。闭目合掌，他们在许多的石头上看到超凡脱俗如佛的天堂圣境，便决定把思想定格在这里……面前，起伏的山岳、散落的村庄，乱飞的云烟，使他们闻到比香火更浓的东西。而在他们的身后，千里之外的西子湖畔，一股靡靡之音正拍打着那里的细柳和芭蕉。似是"山外青山楼外楼，西湖歌舞几时休，暖风熏得游人醉，直把杭州作汴州。"他们微微皱起眉头，他们似乎想和石头对话。

石头开花。他们渴望在石头里涅槃永生。他们的胞衣埋在这里，他们的脐带与这里无法割舍……石头记载他们的身世就是那么的具体和忠实。"唐宋年间，乃毗卢化身柳、赵二尊开建古道场。"柳本尊"学吴道子笔意，环岩数里，凿浮屠像，奇谲幽怪，古今未所有也。"关于赵智风说得更是活龙活现了。"年甫五岁，靡尚华饰，以所居近旧有古佛岩，遂落发剪爪为僧。……年十六，命工首建圣寿本尊殿。"他们平民的身世是肯定的。他们被自己的身世感动。他们便想为平民，也为自己做些什么。人间世的"出""入"思想，他们都想镌刻在面前的山崖上。他们心里隐藏的一种声音呼之即出："人就是苦，苦是与生俱来的。"

真的，在20世纪末这个烟雨蒙蒙的日子里，我们很偶然地站立在这片山崖造像下时，导游小姐煞有介事地为这句话做了天才的注脚："你看，我们的头发是草，我们的眉毛、眼睛就是一横，鼻子是一竖，只要你一张口，即是一个'苦'字，苦字就写在我们的脸上。"

或许这是马蹄湾给她的神示。但我分明感觉导游小姐对自己脚下氤氲着浓郁文化色彩的这片厚土，绝没有柳、赵二僧那么痴妄和专注。说这话时，她妩媚地笑了。我在她的脸上读不出苦来，读出的却是一脸的幸福和自豪。为游人，为自己那博得游人声声喝彩的解说。

但，柳本尊和赵智凤当然不会像她这样轻易动摇自己的信念，在山崖上殚心竭虑地刻下"六道轮回场"，是因为他们觉得人是苦海无边，慈航是渡。他们固执得就像石头，虔诚而执著地信仰"善有善报，恶有恶报"。他们坚不可摧的思想体现在摩崖石像上，甚至是那么的匠心独运，那么的细微和精心。当然，必须像许多高僧大德一样，把自己对佛的参悟和理解弘扬于世，他们将劝人为善的故事发挥到一种极致。摩崖上有幅《牧牛图》，人或挥鞭叱牛、牵牛徐行；或并肩私语，横笛独奏；或袒胸露怀，憨然憩睡；牛或舔蹄饮水、或惊慌失措、或跪地而眠……从"未牧"到"双忘"的修正成佛，很类似于禅宗渐修的公案。柳、赵二僧把佛融汇于乡村的朴素劳动之中，把人生的痛苦转化为一种平民智慧，平民精神在石刻中栩栩如生凸现，散发着浓郁的田园气息……

不像龙门石窟、云冈或者敦煌的那种石像，朴拙、大气得让人目光触及便会心灵大憾，悠然神往。这里，柳本尊和赵智凤追求的却是一种世俗化，细致和完整的佛教"浮世绘"。当然它给人的启发不是形而上的，而是民间故事式的。这是很珍贵的佛教民间化的别种版本……据说，许多的石刻都未留下造像者的姓名，但这里却留下了。柳本尊、赵智风义无反顾地留下了。他们都会是一位乡村的贤者，娓娓地向你叙述向善的愿望、佛的平易。柳、赵悲悯生灵，希望佛教在民间普及，他们把佛教哲学平民化，企图打通"出世"和"入世"的隔，他们需要众多的善男信女在人间，而不是在天上。木鱼阵阵，香火袅袅，他们面对的是蜂拥而至的一张张虔诚的脸……

柳本尊、赵智风终于都隐湮于迷离的烟霞、唐宋的风采之中了。石阶苔滑，檐雨滴落，濛濛细雨挟裹着历史的烟云，荡涤着这马蹄湾缕缕、袅袅的香火青烟。掸去浑扬的尘垢，马蹄湾的石像依然壁立在这青山绿水之间，裸呈着那只古老而沉重的大足……

大足无声。

逛了一回花溪

水，因这花溪的名，便唤作花溪水了。雾，就该叫花溪雾了。而笑嘻嘻的人呢，却是来自天南地北。仿佛真的是千年等一回，都相约租了船。数数，竟就是五只，五只船悠悠荡漾在花溪里，人的眼睛便倏然豁亮了。手里就捉住水，撩拨着，濯洗着，卸下尘心和病眼，心是舒畅而快乐极了，但却敛了声音……訇然作响的是两岸飞瀑流泉，擦肩而过的是青山修篁……

还是忍不住要叫，要唱起来。于是就叫，于是就唱。凑巧，坐在船上的就有因唱《矿山的女人》而刚刚捧回青年歌手电视大奖赛金杯的女歌手，自然放她不过，于是都怂恿着她唱。掌声哗哗地在水中响起来，歌手只好亭亭玉立地站起来。唱矿山的女人，山沟沟里的花；唱清凌凌的水，蓝莹莹的天；也唱妹妹你坐船头，哥哥在岸上走……当然要对歌的，粗壮的嗓子立马从水那边嘹亮过来。这边一声"情妹妹"，那边一声"情哥哥"，甜甜的声音丢在水里，水也浪叫着，也俗得雅致起来——浓酽酽的，水滞留不动，船便滞留不动，歌声或圆润，或宽宏，或粗犷，岸边横空飞溅的瀑布便愈是激动，愈是豪迈，似在青山绿水间比试着，刷刷地撕扯着花溪上的雾了。就有一对夫妇，听歌竟是听迷了，那摇着的小船竟撞上了我们的大船，一阵哄笑。惹得岸上的人都朝我们望着，拍着手，似是赶着船走，瀑布也调皮地朝我们扬洒着水珠。说是柔情似水，真的呢！

有人说着，就鼓动着唱"一条大河波浪宽"。船上的，岸上的，唱得来的，唱不来的，竟都亮开了嗓子，歌声感染得花溪的山和水都颤动了，感动得在船头摇船的汉子直哼哼："听我开言唱罗，伙计；唱一个姐探郎啰，伙计；小郎一个病啰，伙计"……唱的是四川民歌。便唱得绿色迷朦，烟雾迷朦了。朦朦胧胧中，船也依照各自的心性，无拘无束，自由自在地在花溪里散荡了开来。有人沉迷于飞瀑流泉，船便依傍在喷珠吐玉的瀑布前，欲扯那哗哗的"绸缎"有人要听那花溪奔雷，便就顾不上悬崖上"危险"两字，逗留在那里，侧耳倾听那滚涌的惊雷了。还有陶醉于花溪钓鱼台的，心里连忙就伸出了一支湿漉漉的钓鱼竿了。船和人似乎一下子都迷离在花溪的景色里。人各自静静地坐着，目不暇接而又心驰神动。静静地，花溪水在流，船在歌中走，走动的当然还有我们的灵魂。我陡然发觉，人们把心托付了花溪，托付了自然，人们的灵魂就变得圣洁、轻灵无比。灵魂在歌唱，唱得率真无障，了无挂碍，人也变得本真起来。不独是我，还有我身边长年累月生活在城市丛林中的人，他们享受的也不独是这片刻的欢娱，他们需要的是这心灵的净化，自由的桨橹。果然就有人要过船老大手中的木桨，摇划起来。桨声悠悠，船声悠悠；水悠悠，心悠悠，桨在他们手中那么胡乱地划过两下，竟都异常地合拍、娴熟……人与自然的接近原就这么简单，欸乃一声，心便绿了，绿得像一朵朵午荷，轻轻浮在花溪里，随着水，逐着缘……

水，是花溪里的水；缘，是千年修来的缘。人或身居塞北或生在江南，虽然分别在天涯海角，但彼此的心一下子贴近了……欢叫、唱歌、摇橹，灵魂裸露在花溪里，他们眼睛也变得愈加的明净了。渐渐的，五只船不知怎么又靠拢起来，面面相觑，人仿佛都被这花溪勾走了魂魄，脸上都作沉思状。终于上岸了，眼睛却都愣愣地盯着花溪，仍是恋恋不舍，仿佛都变得不会说话了，仿佛都想说："总算逛了一回花溪……"但都没有说出口来。于是一脸讷讷，都又各自想着各自的心事——花溪，只当是梦里会过的水了。

桂花的都江堰

　　谁都知道那水不是为我而流，那花也不是为我而开的。但偏偏，就在我生命里有那么几夜，我竟抱枕着轰鸣的涛声，嗅着浓浓的桂花香静静地入眠。因水白花花的流动和花的摇曳，在皎皎的月光下，我的心灵似乎飞翔在一个神秘洁白而又充满有声有色的梦境里，伫望到一个美丽且袅袅升腾的冰魂……

　　这一切是我在都江堰畔真切地感受到的。

　　我的所居是都江堰"川煤"的疗养院。这是一个依山傍水建造起来的院落，院里八月桂花扑鼻的芳香恣意地浮动着。桂花不是一株，而是一群地生长在院内甬道的两侧。水泥地上珍珠般地洒落着桂花的花粒，就似月光老人洒下的一地碎银。而院外，岷江的涛声阵阵入耳，又像是谁在急急地擂着一面战鼓，"咚咚"地永无止境地响。耳听着岷江湍急的水流声，鼻闻着桂花的馨香，我的心灵便变得格外轻盈和欣慰。睡不着觉，我索性就披衣到岷江那座悬桥上散起步来。

　　月是那轮新鲜而又皓邈旷古的月，岷江自然也还是那条流动了几千年的古老而年轻的江。月涌大江流，流不动是那千年未曾销声匿迹的生命和自然的勃勃生机——岷江的水就不必去说了。摆在面前的这浩瀚的都江堰工程，在月光下就凸现出了历史苍茫的斑痕。它如同历史老人在河流上钤印的一枚坚实而沉静的印章，毫不拖泥带水地就将岷江水的事情办妥了，显得是那么干净有力，稳实笃定，倏然改变了江河与自然的方向。皓月轮转，星光璀璨。我仿佛看到了历史老人，不！是蜀守李冰那正轻轻松开印章的大手和那一脸掩藏不住的粲然一笑：有人将印章盖在纸上，便成了予夺的权力；我将印章盖在江河，便有了江河行地、日月经天的功业……哈哈！你听到那鼓乐声了吗？天帝率众神接我来了，我可以走了——我是多么不愿离开岷江啊！

真的，就是刚才我还感觉到李冰高蹈在茫茫的云际，深情地凝望着岷江。从公元256年到现在，我们享受着岷江春水的清润，惊羡都江堰里这枚神奇的印章，但却永远无法弄清楚李冰到底是人还是"神"了——说是"神"，《史记》上又分明给他留下了扑朔迷离的一笔："蜀守冰凿离堆，辟沫水之害，穿二江成都之中。此渠皆可行舟，有余则用灌浸，百姓飨其利。"而且，他在都江堰上那一支神来之笔，也没有越"天地之轨"，反而是顺其自然，如挥舞一支朱笔，在岷江上就那么轻轻一点，"开凿宝瓶口，渠道分水鱼嘴"……因势利导就将

岷江一分为二，将闹灾之江驯服为一条美丽而奔腾着的巨龙
了。说是人，他怎么又会成天地守候在"二王庙"里，时而如
传说中的精灵一样，画符念咒，并雕刻留下五只犀牛镇压岷江
的河神水怪？他惠河山，河山惠他。冥想之中，忽然又一阵花
的馨香盈鼻而来。霎时，我恍然大悟：桂花别称"冰魂"，和
李冰竟是暗合了一个"冰"字！幽幽清香，袅袅冰魂。奇异的
桂花每年只绽开那么一次，而李冰的生命在都江堰也仅仅留下
那么一次辉煌的永恒——桂花，莫不就是都江堰对李冰创建的
那恩泽万世的治水功德最为真挚的怀念？我发觉自己的心跳加
快了。

从岷江岸畔轻轻地走过，皎洁的月亮拖着我的身子缓缓地
动。岷江的水声绵绵地尾随而来，而面前桂花的馨香也越发浓
烈。在一片淡淡素净的白光里，我仿佛就看到李冰那飘舞着的
须髯，深藏着智慧的炯炯眼神——也仿佛有人在小声地说：桂
花是平民的树，李冰也是平民的官，桂花点缀着日月，李冰改
守江河。难怪都江堰一边充溢着桂花的馨香，一边就是李冰
的神采飞扬了——生命只有一次，但就在这一次我竟偶然地闻
到了桂花的芳香。这就是桂花的神示了。比如，在冬天或春天
（那也是很美的），都江堰都不会让我想到一棵树与一个人沉
潜着这么深的关系。

这么吟哦着，我得真的感谢桂花的都江堰了。

感谢都江堰为我匆忙的生命剪辑了这样一段让我无限神思而清辉四射、温暖且夹杂着历史清香的黑白影像——尽管我只算是都江堰无数看客中平凡的一个。

访天台山不遇

　　本来是想上天台山的。天下叫天台的山很多，印象中的是在浙东。但这里的朋友说，神木的天台山群峰竞秀，气势雄伟，值得一游。于是驱车前往。车从大柳塔出发，遗憾的是车还未过神木县城，即被堵在路上。前后夹塞，轰隆隆的是巨大的运煤车的鸣叫声。这庞大的钢铁物件一辆接一辆的，就如一条巨龙趴在神木的路上，一动不动。两个小时的路程，竟用了3个多小时。

　　终于看见写有"天台山风景区"的游览指示牌。心中一阵窃喜，就随车子折进上山的路。这才发觉车原是沿窟野河走的。只是因堵车的缘故，一河两岸，黄土青山，红枣绿树，都看得不甚了了。这回看清窟野河了，河水潺潺湲湲，风从河滩的绿树丛中吹来，颇感凉爽惬意。一河，两山和那辨不清方向的风，使人想见天台山的欲望就更强烈。大口地呼吸着清新的空气，随车向前走着，突然，司机"啊"了一声，未来得及反应，他就停下车向前走去，顺着他的背影，我发觉上山的路被塌陷的落石流土堵塞了起来，一堆石块就像一只只拦路虎。

"路被堵了，河滩上又过不去了，咋办？"司机说。正说着，后面又来了几辆车，都是要去天台山的，下了车，碰到一起，脸上都露着失望。我心里凉凉的，简直一脸沮丧。"还是缘分未到天台山啊！"同来的朋友仿佛看出了我的心思，安慰着我，也宽慰着自己。

望望天色，时候还早。朋友说，那我们就去看看黄河吧！那里有西津寺和古镇。客随主便，心里无多犹豫，车也转头就走。这回，窟野河被远远地抛在身后，眼见的就是黄河滩和那一河的水了。黄河自然比窟野河辽阔得多，河水浑黄，浅浅湍急地流着，没有想象中的咆哮，或卷起的惊涛骇浪。河边甚至有嬉戏的孩童，有停泊的渔船……朋友说，这河里生长着黄河鲇鱼，以前这里人不当回事，现在却成了桌上的佳肴，捕鱼的人也多了起来。看看河里，果然有人还在捕鱼。河边的河滩枣树成林，高粱吐穗，瓜果绵延几十里，映得黄河一片青绿。很快，到了西津寺，寺庙建在黄河岸边的高崖上，沿陡峻的石坡而上，只见一古庙，说是始建年代不详，但在元、明、清却是香火鼎盛。一段石阶，踩脚而鸣，空谷回音，悠然悦耳。曰："佛音阶"。过了这阶，进得寺庙，庙里并无和尚，大雄宝殿等供菩萨的红庙静静的，院中有一古柏，仿佛经年，一对石狮，也饱含苍凉。寺庙背后，稀稀松松挺拔几株古柏，苍遒有力，郁郁苍苍，可见是这山水灵气氤氲之致。难怪寺庙门前书有"仰望十万古柏塞下秋来风景异，远眺九曲急峡黄河之水天上来"之句。

下得寺庙，朋友说到前面的古镇看看。司机二话没说，便又调头前行，约莫走了七八里路程，即到了一古镇，镇名"马镇镇"。一到这里，陪同我的朋友便兴致勃勃，口若悬河，滔滔不绝地介绍着。弃车步行，随他跳过一小溪，便进了镇里。迎头有一古槐，硕大粗壮，满树婆娑，树枝里绽出米粒簇拥的拳头大槐花。几位老人或皱纹满面，或胡须尺长，全蹲在镇的洞门前、槐树下交谈。见一古戏台，有"天宝梨园"的字样，问曰："戏台？"答曰："是咧！是咧！"全站起来应酬。古镇巷道长且弯窄，古时建筑与新建的房屋挤挨在一起，半新不旧，半旧不新，透出一种岁月的苍茫。镂空雕花的屋匾，"贡生员""耕读传家"的门额，还有废弃的铁锅、石磨……都显颓败而了无生机。及至走到写有"供销社"字样的旧址前，朋友一下子情绪高涨起来，说，他曾因公务来过这里，那天天热，他把衣服脱了丢在供销社里，就径自走到黄河里洗澡去了！一晃竟有20年了！说着，站在那旧址前就一阵嘘唏，令人疑心他在这里有一段浪漫的记忆。但朋友没说。只是路过一户人家，他就与女主人拉呱起来。那户人家邻居的房子镂花雕景的匾额虽被风尘腐蚀，却气派犹存。一打听，那女人说，这里原是我们村领导的家，只是他的两个儿子都做了官，搬到城里去住了。再看那房屋院落，果然是很久没有人迹，几成废墟，想这昔日气派与繁华，心里惘然。

七弯八绕的，发觉自己在镇子里竟流连了很久。出得镇口，见一人正坐在墙角吃饭。抬头望望，这才发觉夕阳西下，我也是饥肠辘辘，而马镇镇炊烟袅袅，果然是农家烧饭、吃饭的时分了。终于，走到镇边的水泥公路上，见公路两旁，一排崭新的电线杆耸立着，朋友好像意犹未尽，恋恋不舍，但终是离开了——回路再经天台山下，见那斜阳如血，涂染在那窟野河上，竟显一抹昏黄的山影，天台山这回是真的无法亲近了。

庐山雾

浓雾一团团滚涌上来，又一团团滚涌而去。空气里弥漫着潮湿的烟火气，罩在雾里的庐山混混沌沌，仿佛就不是一座山了。三叠泉、五老峰、东林寺、白鹿书院……庐山斑斓的风景也如传说般的扑朔迷离。脚步轻轻地轻叩在山路的石阶上，雾调皮地缠绕着你，忽左忽右，忽前忽后。这样局促着看风景，风景便似断臂的维纳斯，萦绕于心的是美丽的残缺和遗憾了……

庐山不应该是这样的。庐山应该是一座清明的山。李太白说："日照香炉生紫烟，遥看瀑布挂前川，飞流直下三千尺，疑是银河落九天。"好像唐代的庐山就没有面前这样的浓雾，那时青山朗朗，艳阳高照，只紫烟一袅，轻歌曼舞。否则，李白就不会有那"疑是银河落九天"的惊叹了。苏轼的"横看成岭侧成峰，远近高低各不同"虽然清晰，但诗里分明飘荡着宋代的烟雾。我就疑心他是在雾里上的庐山，"不识庐山真面目，只缘身在此山中"这两句诗很是可疑。他在雾中没看清庐山，于是便作哲人式的沉吟，然后就躲闪在历史的烟雾之中，一脸矜持。

愈近庐山，那雾愈是肆无忌惮地滚涌，看不到山，看到的只是庐山的雾。那雾铺天盖地在庐山的峰顶，混沌一团。与无边的天空严丝合缝地焊接在一起，浓得化不开，夹带着一股烟火气，郁结在人的身上，人心也混沌如雾，云天雾地的。果然就有许多善男信女翻山越岭，摩肩接踵地聚集在"仙人洞"里，手执香火，虔诚地跪拜在神像前，嘴里云天雾地的喃喃着。抬头望望面前燃起的那缕缕香火糅进浓浓的庐山雾里，糅进清新的山水……

一阵罡风吹过，庐山裸露出本来的清明之气，便以为那雾也会随之飘散，但是，没有。于是索性倚着一堆顽石坐下，细细地看那雾，慢慢地看雾妖娆地从山底荡起，忽而如排山倒海的海啸席卷而上，忽而如倒泻的黄河之水；忽而又如飘舞的纱巾……万千姿态，百般地缠绕着庐山。只是那峰峦上的浓雾永远撕扯不开，仍密密的团集着。突然，山腰露出澄明的一片，幻出海市蜃楼的仙宫道院，细看却不是，只是一片峰峦。"好一处人间仙境！"就欢呼着，雾却又如一只妖媚的狐女缠绵而上，眼前朦朦的什么也看不清了。候而，雾又调皮地撕露出一条山脉，层山层雾，复合复开，就感觉那雾后面不断涌动的是连绵的大山……十万大山排闼而来，又逶迤而去，与雾撕咬着、搏斗着，山是越发的清瘦，雾是越发的恣肆了……

"只疑云雾窟，犹有六朝僧。"沉迷在雾里的善男信女，仿佛都被这雾迷乱了心性，于是看到的只是香火。在这云雾中，保持清醒的似乎只有一代代文人：李白、白居易、苏东坡、陆游、陶渊明、朱熹……但他们上庐山，怀揣的却是一个世外桃源式的梦想，清醒片刻，他们却又很快地跌入了另一种云天雾罩的思考之中，他们没有能力掸扫历史的烟云，终究只能是陶醉在庐山的雾里。庐山雾，捎带着历史的烟痕，难怪总这样千古苍茫了。

雾里看庐山，庐山就这么似山非山；真实地走在庐山的山道上，却又疑惑自己走在庐山的梦境里。三叠泉、花径、秀峰、锦绣谷、仙人洞……庐山这一处处闪耀着灿烂文化光辉的风景到底在哪里？是真实地存在于庐山，还是庐山云天雾罩的一个巨大的诱惑？我竟也是说不清了。但我分明到了庐山，嗬嗬！我也让庐山的雾弄醉了！

秋雨残园

这是北国京都的秋雨。尽管我来北京已不止一回，但真正的领略到这里的秋风秋雨还是第一次，况且这秋雨滴落在这伤痕累累的圆明园里，凄风苦雨倏然暗合了我眼前的一切。风无情地吹拂我穿着单薄的身子，我显得很冷。圆明园里的废墟上，恣意生长的野草如鬼魅般狰狞，断壁残垣下的白色石头似乎在雨幕中跳着、叫着，更给我一种阴凉飕飕的感觉。

圆明园昔日的繁华和绮丽不仅只是记录在那些旅游性的小册子上的。皇家花园的豪华与奢侈肯定无与伦比。不必将它比做是古罗马的斗技场、希腊的帕特农神庙、埃及的金字塔，如果时间能够倒流到1860年以前的话，所有的假设在这份美丽面前都会变得苍白而无力。透过熊熊燃烧的烈火，法国大文豪雨果就已经由衷地描绘过："你只管去想象那是一座令人心想神往的，如同月亮的城堡一样的建筑，夏宫（指圆明园）就是这样的建筑。"

还用得着对圆明园的雄浑和秀美喋喋不休地描述吗？

在圆明园，历史是一段铁打火烤的历史。它是中华民族血汗和智慧凝成的历史，是八国联军蹂躏我们大好河山的见证！卑劣的英法联军一场大火就残忍地烧毁了一个美轮美奂，毁灭了我们封建时代灿烂的文化和差不多凝结着东西方人类的文明！如果没有历史铿然有力的声音，我自然会疑心走进《聊斋志异》，走进蒲松龄老夫子笔下那狐狸精野怪出没的所在，或走进中国民间常见的那种后花园，包括鲁迅笔下那长脚虫出没的百草园。"天下国家，本同一理"，偌大的圆明园的衰微如同一个家庭家道中落一样。在这个意义上说，是一种历史企求新生的必然。那一把大火宣告的自然是清王朝的覆灭，抖尽一个王朝的灰烬，我们的民族很快从废墟上站立起来了。我们不难发觉，那把大火烧烫的还有我们民族的心，灼热的石头灼伤着我们民族的灵魂，圆明园是我们民族无法愈合的一道巨大的伤口……

秋风在渐渐飘落的秋雨里呻吟，巨大的残园周围齐腰深的茅草，参差不齐散落着的大树，与废墟上横七竖八躺在那里的廊柱、栏杆、石狮、石龟，都显出一派苍茫古意，阴气逼人。秋雨消消停停，阴霾的天空混混沌沌，潮湿的野草纷纷低垂，残损却依然高大的巴洛克式的柱石和背后那一大片疏密有致的老松屹立着，点点雨水滴落，在亘卧的雕石上溅起一片烟雾，我的眼前呈现出的是一幅酷似古战场的凄凉意境……我知道，这里的草草木木，每寸泥土，每块白石，都凝聚而流淌着历史的一抹老泪。这泪水虽然洗刷不尽一个民族灾难深重的历史，但时时刻刻却在控诉着强盗们掠夺人类文明的野兽行径，倾诉着"落后就要挨打"的血与火的耻辱和教训……

"谁道江南风景佳，移天缩地在君怀"的清王朝，那"林瑟瑟，水冷冷，溪风群峰动，山鸟一声鸣"的美丽怎的就化为了乌有？那些价值连城的奇珍异宝哪里去了，那举世无双的园林杰作，中外罕见的艺术宝藏哪里去了？我问残园，残园无语，法国那位正直的老雨果愤怒的声音却一直回响在我耳旁。"有一天，两个强盗走进圆明园，一个抢了东西，一个放了火。仿佛战争得了胜利便可以从事抢劫了……在历史的面前，一个叫法兰西，一个叫英吉利。"这两个强盗跑进清王朝的后花园里，大清王朝剩下的仅是一副腐败无能，任人宰割的模样！在秋风秋雨中行走，我们的心头止不住一声声呐喊，心在凄风苦雨中发颤……

太阳从乌云中穿透出来，雨不知什么时候停住了。一抹残阳给在凄风苦雨中痉挛的圆明园镀上了一层亮色。半是阴晦半是明亮的天空，此时勾勒出的是圆明园坚挺的悲剧意味的轮廓。高大然而残损的巴洛克式的柱石上，雨水如泪般一遍又一遍地做着最后的洗刷。抹尽泪水，它坚强地高昂着头颅在这旷世的秋风秋雨里，仿佛与那沉重且庞大的乌云抗争着，驮负着我们被侮辱、被损害的灵魂，同时让我们看到了那古老的力量和雄心。"思想是无须援助的""好了伤疤莫忘痛"，民间这一条条朴素的谚语，倒是这座残园留给人类最为浅显的昭示。

秦淮河只说历史

不闻桨声，不见灯影，秦淮河繁华的风月似乎已让滔滔的江水丝丝缕缕抽尽了。很现代的建筑物虽然也很努力古典地矗立在秦淮河两岸，但那条凝粉的河水还是湮没了昔日的白舫青帘、楼台歌榭。繁华是异样的繁华，却真的寻觅不到朱自清、俞平伯笔下的那幽幽寂寂的美了。

幽寂的只能是秦淮河那"晃动着蔷薇色的历史"。

从文德桥穿过乌衣巷口，我独步西行，不知不觉就到了钞库街口18号——李香君宅院。从柱红檐绿的东墙，望着秦淮河，果然就见历史从蔷薇色的秦淮河浮面而出。我发觉在阳光下，有一朵硕大无朋的独舞的红莲，多少年了，凭栏倚望的浓妆佳人胭粉脱净，泪水流干，把栏杆抹遍了，"媚香楼"却依然散发着红莲的迷人清香。声声琵琶曲里，那名享秦淮的一代名妓李香君娉娉婷婷，袅袅而来，撩衣舒袖，她像是正在为下第的侯生送行，仿佛正在怒斥着田仰的霸权；似乎正在为大明江山的痛失裂肝断肠，依稀正在为不当大清顺民而削落青丝……"奴是薄命人，不愿入朱门"，是一道女儿声的呐喊；一腔鲜血溅红桃花扇，更是一个女儿身的忠贞。美人香草，侠骨红妆，留下的是一曲千秋艳说。李香君舞动那一纸桃花扇，舞成一朵硕大的红莲，就这样出淤泥而不染了……

十代古都、六朝金粉里流动着的十里秦淮河，不染的还有一片桃叶。那一片桃叶从晋代的秦淮渡口嫣红的漂来……"桃叶复桃叶，渡江不用楫，但渡无所苦，我自迎接汝。"一代书法家王献之迎接爱妾桃叶的野渡，附丽着才子佳人般的风流韵事真的就这样美丽地传说了。才子佳人，俱归杳渺，"渡口名因爱妾留，都夸子敬特风流。"连乾隆皇帝也忍不住青睐这江南野渡的风流了。桨声渐起，桃叶的渡船渐远。我奇异地发觉，站在这渡口上的还有郑板桥和曹雪芹这两位清代的大文豪。"究竟桃叶桃根，古令岂少，色艺称双绝。"郑板桥的一曲《念奴娇·桃叶渡》，曾惹得曹雪芹灵感勃发，挥笔就写下了"衰草闲花映浅池，桃枝桃叶总分离，六朝梁栋多如许，小照空悬壁上题"的扇诗。桃叶渡题诗填词，千载难逢的幸会，两位大文豪在桃叶渡留下一则艺坛佳话，给桃叶渡也蒙上了一层美丽。"当年桃叶归何处，渡口有人歌白苎。"秦淮河，这样的历史难道不婉媚艳丽？

漫步在三步一舫五步一亭的秦淮河，我看到的当然还有钱庄、书局、印社里的那些古玩首饰、文房四宝、字画、剪纸、刻刀、绣品、紫砂壶，一切都是古色古香，情趣盎然。置身这风情万种的秦淮河，就仿佛历史中人了。而面前，一个挤着一个的小吃摊，案上摆设的什锦包、油滋汤、烫干丝、葱油饼、麻油素鸡、翡翠烧卖、桂花糖芋艿、鸡鸭血汤，喷发的清香也似乎穿越椒兰粉红的烟花巷，破空而来，小商小贩一浪高一浪的叫卖声，焉能说叫唤的不是秦淮河，叫卖的不是历史？

我无法坐船，当然也就无法体会到桨声灯影里的秦淮河了。但此时此地，模模糊糊地感受着明末秦淮河的艳迹，我却突然想起了朱自清说的："于是，我的船便变成了历史的重载了。我们终于恍然秦淮河的船所以雅丽过于他处，而又有奇异吸引力的，实在是许多历史的影像使然了。"

朱自清是对的，秦淮河上只说历史。

——我就被秦淮河的历史之美感动得有些凄迷了。

双瀑记

远远地就听见巨大的声响，是水的声音，是瀑布的声浪。果然是天下闻名了。但没有看见瀑布，只看见一溜溜白烟，一团团水汽从沟壑里呵了出来。直扑向青青的山，绿色的树，踏着这巨大的声浪走，渐渐的，就看见那飞泻的瀑布了。只是视觉上有些遗憾，觉得这飞瀑并无传说中的恢宏、雄伟，只是脚还在走，走在瀑布的声里。像是不相信自己的眼睛，像瀑布是个大美人，是要绕着，转着，才能将她看得个通通透透，欣赏个美滋美味。

瀑布当然不理会人的心思，径直奔涌着，咆哮着，跌宕着。倒是人耐不住性子，有人兴奋得尖叫，有人感动得沉吟，有人争先恐后地照相，都恨不得把这美丽的瀑布揽在怀里。瀑布展开的是它宽大的胸怀，伸出的是它雄浑的双臂，袒露的是它纯净的心灵。感受到瀑布的灵性，就钻进那一缕缕白烟里，烟雨濛濛，头发上沾着，浑身染着，心里也溅满了烟雾，就抑制不住地看起这巨大的瀑布来：是那种白色的水的大，是那种轰鸣的水的大，是那种美丽自然的大。人一时都没有了声音，屏气凝神，当然不仅仅是恐惧山高路滑，恐惧自己会像那瀑布从高悬的空中向下摔个粉碎，还害怕自己视力不济，怕自己的心思不够用，不能将这美丽的瀑布欣赏得淋漓尽致，将瀑布的心情体会够。移动步子，左看右看，瀑布都是舒展的，肆意的，它想爱就爱，敢恨敢怒，就那么径自从空中飞流直下，敞亮着心思，溅起的是叫声，是轰鸣声，流泻的白云不及它的速度，抖落的白带不及它的绵长，倒像时间老人的白须，它自然地飘逸着，捋着，诉说时间的迅猛，强大，易逝，它同时还细细打量着面前的山，面前的天，笑得合不拢嘴。这样看，瀑布巨大的声浪就是它呵呵的笑声了。是那种爽朗、轻盈的，沉重且快乐的笑声。

钻进水帘洞，就钻进瀑布的肚子里了。仰着头，就见头顶上的瀑布像一团雾，一片云，从眼前飞掠而过。那是一种铺天盖地的生命的张扬。许多人就站在瀑布下，让瀑布包裹着，让瀑布在四周响着，暂时忘却郁闷，也没有了烦恼，挥着手，伸着臂，一个个都像个顽童，捋着时间老人的胡须，调皮得就像自然的精灵——若说这种比喻是苍白的，是不准确的，那么还可以想象，人到了这里都有一种"拥抱"的感觉。就有人想张开双臂，想随那飞瀑纵身一跃，跃入飞瀑的大自在中，紧紧抱住瀑布作一次生命的羽化。幸好瀑布是无邪的，是透明的，它没有吞噬生命的意思。相反，它以自己的流泻和智慧告诉人"堕落"的沉痛，告诉你绕开它的办法。这样，在它的怀抱里，人就变得敬畏了，小心了，还变得生机盎然。饶有风趣地就从它的胳膊、它的腋下钻了出去，回头恋恋不舍地再看飞腾的瀑布，作无数次坠落的粉碎，人就不停地唏嘘，叹息了。

瀑布的壮观，犹如生命的壮观。总是经受得住人的眼光的。它让你从前面看，从后面看，从高处看，再从低处看。钻出水帘洞，沿着石阶逶逶迤迤地下，缓缓地就告别瀑布，渐渐远离了喧闹。触目的是苍翠的山峦和树木，走着，走着，就走到瀑布的下面了。再看瀑布从高高的山崖，溅进河里的就如一河的珠玉，轰然作响的是生命的无畏。千米多高，几十米宽，在自然里恣意地抒写着什么，告诉人时间的源远流长，生命的生生不息，自然的苍劲豪迈。或许什么也没说，分明只让人屏气息声地思索。高处不胜寒，水往低处流。人会想起世俗的哲理。瀑布是雄伟、壮观的，却也是冷峻的。但它就是这样，叫人暂离它的热闹、喧嚣、激烈，让你得以片刻的宁静。也许还声响着，但那是一种提示，警醒生命的存在。瀑布是存在的，人也存在着，人和自然都能和谐地存在，多么美好！

我就坐在瀑布下，面对瀑布前的一座青山。坐对一岸青山，看那一岸青山如屹如立，刀砧斧削，满身枝柯交错，披满了绿叶，由于这绿叶，青山悬崖就有点平缓舒展的姿势了。忽然就让人感觉面前的山不是山，树也不是树，也是瀑布，是硕大的绿色瀑布了！看哪！那沾满水气的悬崖，那鱼鳞般交织的树叶的瀑布，也从高空中飞流直下，竟是与大瀑布的白色遥遥相对，相互呼应。一样的高度，一样的陡峭，一样的宽度。再细看那绿瀑，竟也是流动的，在风里流动，在水蒸气里流动，在白色的瀑布面前肆无忌惮地奔涌。"两瀑"相对，又相依相偎，相得益彰，相看两不厌。一白一绿，一动一静。白瀑让人激动，绿瀑让人宁静；动的让人心颤，静的让人心绿——也算是见过一些瀑布，但瀑布前面未曾见过这么高的青山对峙，也不见有这么高的绿岩相守。黄果树的瀑布有福了！

当然，有福的还是人。如我这样的匆匆过客。像我，观赏到这么著名的大瀑布，就又发现了这壮美的绿瀑！别人心里怎么想我不清楚。在我，我却是把这称作"双瀑"的。"双瀑"从此叠印在我的心间了。

邮票大的乡村

——周庄散记

一

福克纳说他美国南方的故乡是邮票大的乡村。仿佛，这话是对周庄说的。

四周是喷香的金黄色的油菜花。在春天温暖的阳光照耀下，那油菜花像是给周庄镶上了一层美丽的金边。澄湖、白蚬湖、淀山湖、南湖……那沟沟汊汊纵横交错的碧绿的湖水，把黑瓦白墙的周庄切割得真的宛如一枚精致的四方联邮票。

据说，最早与周庄结下情缘的就是曾以设计和创作西湖邮票小型张，而受到海内外艺术界和无数集邮爱好者喜爱的苏州画家杨明义。他绘制的《月夜古桥》让一代美国观众倾倒，并被美国前总统布什珍藏。是他，将艺术的眼光率先投向周庄，用他的水墨画使周庄走进了艺术的殿堂。

让周庄与邮票结缘的另一位画家是陈逸飞。他以双桥为素材，1984年创作出《故乡的回忆》油画。这幅画在美国西方石油公司董事长阿曼德·哈默画廊展出后，即被主人高价买下，并于当年作为礼物送给了邓小平同志。次年，陈逸飞将这幅油画经过加工，被世界联合国协会选为首日封……

花和水团团簇拥着。周庄在花中央、水中央，氤氲着淡淡的水汽，散发着浓浓的乡思，闪烁着东方艺术的光辉，就这样被艺术无国界地付邮了。

二

周庄像一枚精致的邮票，更是一个古老而年轻的梦，水灵灵的汪在那里：古老的明清建筑、秀丽的湖光山色、小巷风情、枕河人家、舟船欸乃……打捞起来，那湿漉漉的梦，大块大块洇润在杨明义、吴冠中、陈逸飞那洁白的宣纸和亚麻上，使人感觉周庄人的几分恬淡和几分宁静……

简约如画的周庄，在铺满石板的小街巷弄里随便走走，看到的便都是画店、都是画家。或水彩、水墨、油画，画的也全都是周庄……靠山吃山，靠水吃水，靠美而餐。这些画家或扶老携幼，或抛家弃舍，在这里随意租上一个门脸，便在这儿吃喝，在这儿画画。门脸敞开着的，画当街摆着；进来你可以随便看，随便买。主人一边跟你讨价还价、聊天，一边埋头作他的画。他们长年累月浸淫在周庄的美里，已弄不清楚画的是周庄，还是周庄是画。总之，周庄养活了他们，他们也用艺术滋润了周庄。那些画或许还嫌粗糙，甚至就是吴冠中、陈逸飞画的翻版，他们都全然不会在乎。他们相信总有一天会画出自己眼中的周庄。

三

在这邮票大的乡村，谁会想到竟出版过《日曜日报》《蜆声》《蜆锋报》等数几十种报刊和著作呢？还有因为"莼鲈之思"而蜚声儒林的张翰，被称为"江南第一富豪"的沈万三、国民党元老叶楚伧都出生于斯。刘禹锡、陆龟蒙以及一些让中国近代史也无法绕过的南社发起人，也曾在这里流连忘返……

史料记载，1920年12月，柳亚子邀请周庄南社社友陈去病、王大觉、费公直等聚集周庄。在这德记酒店的"迷楼"上，酣饮淋漓，且歌且吟。并效法前贤，赋以隐喻，直抨时局，抒发自己的爱国精神和忠贞气节。"元龙豪气有千秋，郁塞胸中结金丘，写恨迷楼题句在，旁人错道是风流。"……

斯人已逝，"小楼轰饮夜传怀"的情景如今不再。

现在，见到的只是茶楼……阿婆茶、讲吃茶、喜茶、春茶、满月茶。在小镇小巷里穿行，若感到口干舌燥，随便就可以找到茶楼坐坐。最为出名的就是与迷楼毗邻的"三毛茶楼"——这家主人叫张寄寒。名字好，茶楼也好。两层木楼，顺着木楼梯走上去，四周的板墙上琳琅满目挂的全是文章和照片。文章一看就是主人的手艺，那照片却是海峡对面的台湾作家三毛。三毛与主人有着一段笔墨缘……主人曾邀请三毛吃螃蟹，三毛感动得说："周庄有你在，真好。"寄寒掏出名片，后面果然有三毛的手迹。寄寒原在镇文化站做事，也写书，写的全是周庄。茶楼与三毛有关，寄寒竟把与三毛有关的王洛宾、贾平凹、顾城都爱上了……

"有人来喝茶吗？"要了一杯龙井，我坐下来品茗。

"嗳，不得了！"主人说了句口头禅，顺手指指楼上木柱上挂的茶客留言簿。那厚厚的几大本，一行行被茶泡出来的秀丽的文字，使主人总是激动。读着情真意切的留言，主人开始写着"三毛茶楼日记"。"三毛在九泉之下知道我为开这个三毛茶楼付出的一片心血，知道我为了三毛茶楼，丢了工资承包，知道我用全部精力扑在三毛茶楼上，知道我有一颗爱心献给每一个三毛茶楼的茶客。"他浅浅说着，自信中流露了一份伤感。

"三毛茶楼"似乎成了"迷楼"的一个补充，一座现代的迷楼。

四

周庄浓酽酽的是化不开的碧绿的湖水，周庄漫街满巷挥斥不去的永远是艺术的性灵……

莫非1989年，冒着毛毛细雨，匆匆而来又匆匆而去的三毛，站在这烟雨的江南，朦朦胧胧中就看到了她梦中的天堂，而决定将她的灵魂托付给"三毛茶楼"，邮给这油菜花盛开的江南？

我仿佛感觉美丽的水乡——周庄那静静的日子真的恰如小猫柔软的舌头，正轻轻舔着三毛那安静的梦眠……

夜读韩城

　　在寂静的夜晚，你如果一个人独坐在书房里，伴随着书的一股淡淡的馨香，或炽亮或昏黄的灯光下，你抬起头就能抚摸到你面前那一排排书。当你眼光定格般地停留在那部古老的《史记》上时，你心中荡起的也许会是一种悠久而深远的历史自豪感。你当然知道书的作者司马迁是西汉时期的史学家、文学家、思想家，你对他人生的遭遇充满了深深的同情和叹息……

　　他，司马迁，38岁继父职担任了太史令。但天汉二年（公元前99年），为大将李陵败匈奴辩护，却激怒了当朝皇帝汉武帝，于是株连下狱定为死罪。后又以酷刑免死，出狱后任中书令。他苟且偷生，忍辱负重地活了五十八年，竟是"究天人之际，通古今之变，成一家之言"——为了一部书。这记载着从传说中的轩辕帝到汉武帝太初元年，约3000年历史的洋洋数十万言，后来被人称作是中国第一部纪传体通史……现在，这部书就摆在你的面前，尽管它湮没在浩瀚的书的海洋，但你会经常仁望到它，你的眼睛还常常被这书里散发出来的巨大光芒所灼伤。

同样在这样寂静的夜晚。当你的双脚一踏上关中的韩城——司马迁生长与终老之地，你就会发觉韩城竟也是那么适宜于夜读。夹杂在老城里的文庙，那浓浓的朱漆大门虽然关闭，但只要你站在那红墙门外，依然可以感到那朗朗的读书声破壁而来。历史上，在这样的小城曾出了1300多名科举及第人士："两朝宰相""祖孙御史""一母三进士，一举一贡生"……那声音气宇轩昂，都是大大的。如果嫌吵你且走开，浸着如水的夜色，你到党家村去。那可是关中一个充满着梦幻般色彩的村落：高高的墙、看家楼、宝塔和节孝碑，方方正正的四合院，住下了1000多口人。但在这样的夜晚，竟宁静得也没有一丝的声响。理解这座村庄，你只要看看那高大气派的走马门楼上的牌匾："及第居""耕读居""太史第"……如果这还不够，在一家堂屋里你读到了"春山眉宇秋水精神"，就知道这是怎样的一个村子了……渐重的夜色，此时已将党家村剪落得如一幅版画，画面上一切悄无声息。太恬静、太美丽了吧？如果你真的心潮如水，你再折回身子踏上那条叫司马坡的路吧！

走进坐落在黄河岸边一座山冈上的司马迁祠，你心里一直充盈着的浓浓的书香和宁静的田园风味，立即就会被一种旷古的伤感剥落得一干二净。读到韩城这部书的高潮了，你唯有叹息。仿佛是一种提示，通向司马迁祠的路立时也变得凸凹不平起来，无边无际的苍凉感涌上来。月色里你也许会思忖，这石头铺就的路是人们有心设置的崎岖，还是风雨的磨砺与岁月的蹂躏？——都说回首历史之路充满了艰险和幽暗，谁掂量过一个忠实记载历史的人的人生之路，比历史本身更为痛苦和黑暗的程度呢？数千年历史的辉煌，无一不是手记历史的人用血泪铸成的。你陡然明白了历史和历史中人，看来更像一具肉体与灵魂的关系。谁能说得清谁活得更为长久与灿烂？

月色朦胧。即便走近司马迁那尊巨大的铜像前，你还是看不清他身着的衣袍是怎样的颜色，历史的风雨已将他的全身冷却得冰凉冰凉，但你还是感受到了他那潇洒的神志，你发觉他炯炯有神的双目，还在深情地凝视着脚下的土地，注视着飘忽在面前的那条浑长的黄河。石道的两旁，整整齐齐的松柏静静地耸立，松柏有着千万个苍劲与刚正的比喻。可此时你只觉得它是太史公攥在手中的一支支如椽大笔。"人固有一死，或重于泰山，或轻于鸿毛。"一个雷霆万钧、力透纸背的声音似乎在你耳边回荡，你直觉得那声音是从那坟茔的裂缝中发出的。坟茔上的五棵遒劲的松柏，在古城文庙里你也见过，由于出现过"一母三进士，一举一贡生"的盛举，当地称这叫作"五子登科"。媚俗就是这样的简易。但你想，这恰是太史公那张开且挥舞着的五指，在竭力地呼唤和呐喊着公正、自由吧？……直言敢谏，愤而著书，太史公用一生垒起一座"精神的泰山"，就是想用刚正不阿的忠实历史告诉后人，人类该怎样地创造历史！

天道人心，人心里的历史总是一杆公正的秤！

紧接着在司马迁祠那些摆置的碑石上，你又读到了一则神话般的故事：说是司马迁曾有过一位名叫随清娱的侍妾，那侍妾钟情司马迁，在司马迁遇害后闷闷不乐，忧愤而死。但她死后阴魂竟然久久未散，以至到了大唐年间，她还曾托梦于时在关中任刺史的唐代名臣、书法家褚遂良："乞一言铭墓，以垂不朽。"正走在人生下坡路上的褚遂良，于是大张其事，立马借她所托之梦，以为她作墓志铭的方式勒石传世了。故事有些浪漫和凄然，但何尝不是褚遂良对太史公的一种曲折的理解呢？

手植春花待宾客，他年凭吊知音多；
今日植花表心愿，后世自有爱花人。

你读到了这首诗。据说这诗还是两千年前太史公的夫人柳倩娘在埋葬好丈夫司马迁之后血泪交融地写的。史书记载，柳倩娘在丈夫司马迁遇难后，与儿子司马临、司马观，通过女婿杨敞、外孙杨恽买通官府，历尽艰辛将司马迁的骨骸运回到了家乡，掩埋在这片山冈。千秋太史公，遭遇的就是这样的悲切与凄惨！然而，柳倩娘没有屈服，她似乎在丈夫那里早就读懂了历史最终的真正的写法！她在此植柏为记，朝夕相守——她算是理解太史公的千古第一知音了！人生易满，知音难求。你叹息着，你把眼光投向茫茫的黄河大地，你陡然身心恍然。你看到此时韩城的新城老区灯光正明明灼灼，一抹新世纪的曙光似乎就出现在远方的天际下。但在皎皎的月色里，你还是觉得韩城像是一部渐渐打开的古书，一部厚重的史书那样陈旧且耐读。你就喜欢这样长久地读下去。只是，夜读韩城，书里那女人纤纤玉指划过的痕迹却突然让你触目惊心，胸怀怅然起来。

游抚仙湖记

流玉的溪，抚仙的湖，都是极美极好听的名字。所以一到玉溪，听说要去笔架山下的抚仙湖，便荡起了一脑子的碧波绿水——抚仙湖名也有典故：说是远古时有姓肖和姓石的两位神仙结伴神游，痴迷这万顷清波，于是搭手抚肩地看，看着看着，竟一时忘了归期，遂在湖畔陶醉化石，耸立成了两座石峰。天下湖泊叫"仙人湖""天仙湖"的怕不少，但都没有这一个"抚"字妙趣，让人心旌摇荡，如痴如醉。几天的劳顿，便也随抚仙湖的出现一扫而光。

下了车，沿着湖岸走，满目都是涌动的湖水，叠叠静静，波浪不兴。阳光照在上面，远处湖水幽蓝，果真宛若闪闪发光的蓝宝石；近处湖水清澈见底，也如一湖晃动的碎银。深邃透明的湖水，碧绿与蔚蓝次第展开而去，浩浩渺渺——奇妙的是转过大蛤蟆石，湖水突然起了变化，大风骤起。有风就有浪，作惊涛拍岸状。一湖之水，一动一静如此分明，这在别处也是少有的。退出风浪口，悄然看湖，湖还是一望无边，望到的是影影绰绰的逶迤的青山。时序虽是冬天，听说京城里还飘起了入冬的第四场雪，但这里却温暖如春。当地人说，要是天气好，这里还可以看到"青鱼弄月"的景象。想那必定是有月的晚上，明月天上，几条浑大的青鱼簇拥水里，轻弄月影，当然美妙。蹲下身子，掬一捧湖水含在嘴里，甜甜的，滑落在指尖的水像一匹绸缎。难怪人们称这湖水是清醇的美酒，是仙人浴后的琼浆了。

湖山幽静，人走在岸上无法转个来回。便看湖边沟沟岔岔，这沟汉当地人叫渔沟。凡是渔沟处，必有水车，还有一种叫"倒须笼"的竹笼，说是到了每年立春，这湖里就有一种叫"抗浪鱼"的从深水里浮出来，成群结队，浩浩荡荡涌到岸边沙滩、礁石，寻找流动的清泉，抢水产卵。那时渔民们踩动水车，湖水从渔沟涌向泉池，鱼也会顺着鱼沟游进沟中的竹笼，竹笼因有一排尖刺的"倒须"，鱼进了竹笼就再也游不回去。渔民将鱼取走，渔沟和竹笼里只留下鱼产下的鱼卵，渔民们又轻轻地将鱼卵放回湖中。百里湖边，那时节浮起一片银光，煞是壮观。节令不对，没有见到那些叫着怪怪名字的鱼儿，只是一时兴起，便车起水车嬉闹一番。主人介绍说，那鱼名字叫得古怪，却极爱干净，只要湖水稍一浑浊，鱼们便掉头而去。决绝如此，说鱼有洁癖，怕是不对，想来还是对人有提防之心？

到了湖边，自然要游湖。没有那种柴油的游艇，却有人力脚踏的。二十几人早已按捺不住，欢呼雀跃着就上了船。同行中有"大校"之称的作家沉石自称指挥，立在船头，名编名嘴李培禹自告奋勇的掌舵。作家凸凹和一友在前，我和名小说家刘庆邦居中，用脚就踩。只一会儿，船就不听使唤起来。船入湖中，湖水也变得狰狞起来，巨浪汹涌，水高船晃，船上很快就是一片惊呼。我踩了一会儿，感觉不妙，忙问培禹兄，知其死命将舵打得满满，一脸绿色。于是舍了踩踏，自个儿跑到舵边，舵也已被知其不妙的帅哥评论家陈福民接在手中。于是果敢传达指令，船这才听使唤起来……原以为坐船游湖，独享抚仙湖之水韵，却被自己弄出一船的惊吓。培禹兄后来说，他一怕船覆水中，二怕滨老突发心脏病。及至上岸休息时，培禹兄依然心有余悸——滨老者，著名漫画家、魔术家，八十有四。说笑间，再来湖边，只见湖水静若处子，刚才的慌乱已恍然如梦，让人弄不清楚是湖动，还是心动了。

美丽之处也有惊险。夜宿抚仙湖的"女若别墅"，越发品出湖的生动。偌大湖山，四处风景，有称为云南第一岛的孤山、有尖如竹笋的玉笋峰、有状若笔架的笔架山，水下还有一座旧城。我们夜宿的地方只不过是波息湾——波息湾，顾名思义就是波浪平息的地方。想起下午的游船，也惊出一身冷汗。要是在浪口，还不知道会弄出什么样的惊险呢？于是起身作文，题曰《游抚仙湖记》，给自己压惊。再静静枕着抚仙湖，随息波渐渐睡去。

走森林

　　没想到在短短的几天，就静静地转了一趟镜泊湖与伊春的原始森林。时序刚交八月，但八月的阳光在白日里依然灼热。猛然走进了森林，耳边远去喧闹的人声，面前也没有平常的嘈杂零落，高大的树木和遮天蔽日的树叶伴随着草木的清香，就像水一样漫过全身，浑身有一种说不出的轻灵和投怀入抱的爽朗，这样走在森林里，就仿佛走进了另一个世界。

　　一听到镜泊湖的地下森林，我脑海里就没来由地翻腾了一阵，但怎么想，也想象不出那是怎样的一片林海，树木应该是在洞里，还是地上、地下的疯长？及至从陡峭的林间台阶一级一级往下走，才发觉所谓地下森林，只是因为火山爆发而造成一片巨大的落差所致。森林当然还是长在地上的……红松、杉松，还有许多叫不出名字的高大的树木，一直在头顶上高高矗立着，一棵紧挨着一棵，生机勃勃，静享日月。外面是有阳光的，阳光从森林上空射来，只一抹亮，树叶完全遮蔽了日头。鸟声高远地传来，没有风，空气却在新鲜地呼吸，刚进森林时的满身臭汗一下子就被什么吸干了，只觉全身凉飕飕的，浑身奇妙无比。

沿着台阶慢慢地往下走，突然感觉身子仿佛被森林里的树叶托举着，在缓缓轻放。大多数的树木长得笔直，但也有摆各种姿势的，或抱成一团，或一树两干，一行人见到这种奇妙偶尔失声惊叫。更有声音从上或下面传来，只是这声音在森林里少了些乖戾之气，像一滴水珠从树叶上落下，显得朴素而自然。说这里火山爆发，山脉被切成了突兀的峰峦，火山过后，树木生长，林木填满了沟壑，便成就了这样一片森林。绿叶葱葱郁郁，很让人生出幻觉，感觉这片森林就是那火山爆发的火焰，由红变绿……只是那火焰绿得有些浓烈罢了。

与镜泊湖的地下森林相比，伊春的红松就显得有些彬彬有礼了。因了游览的需要，树林间铺就了一条木头的栈道，红松身子一律高挑着，百年抑或数十年的森林在头顶上苍翠着，若隐若现的红，如梦如幻地绿，尽现韶华之美。信步走在林间栈道上，耳畔传来隐约的涛声，面前时常有小松鼠匆匆溜过，横卧石溪的古松，丛丛簇簇的菇类，零星小雨时下时停，林子里罩了一层雾气，林深处显得有些清冷，就感觉林子的不远处就是大海，仿佛有一树妖在暗处灵光一闪。我独自走了一阵，后面的人就跟了上来。一路走，大家一路一棵棵数落着树——原来，这栈道旁的树都有人领养。导游说，某某大树是某大官人领养的，某某大树是某大商人领养的。我这才看清，原来这些树都是挂有牌牌的。

问：有一般老百姓领养吗？

答曰：有，不在路边，在里面。

于是，就信步走下栈道。果然是有，却是路人看不见的。树的领养也分有级别？心一动，突然就明白了什么叫达官贵人，什么叫一介草民了……回到栈道，见路边一棵大树醒目地倒伏在地，大家都没看清这供养人的名字。导游却开起了玩笑，说，这也是一个大官，因为贪污被抓，没空顾及这树了。惹得人们一阵唏嘘——人或有善恶，树却是有涵养的，但愿只是玩笑。

再在森林里走，脑海里受了那分级别领养树的影响，忽然就感觉那些树都是一些孤儿、养子，心里便不由得怪异了起来。这样，不知不觉脚步就愈加快了些。面前，当然还是葱绿的林木，只是太阳出来了，阳光如蝶般照在林间，林间发绿的溪水哗哗有声，如同森林的笑。又有鸟声叫起，鸟语松香，就觉得身上有什么东西宛如松子一般"噗"地滴落下来。身轻心静，犹如刚刚完成了一次森林之浴，顿有无限出尘之感。

杭州的绿

杭州的绿铺天盖地，是流淌着的。树木就像伸着无数的绿的舌头，一块块草坪就像空中飘落下的一片片绿云，水鲜活活的，一湖的灵动，就像跳跃着的绿的精灵……城市自有自己的颜色，杭州的绿，或像一匹硕大的绿绸缎扑闪着，或像一杯新沏的龙井茶，在透明的玻璃杯里缓缓舒展，沁出一缕缕的清香，嗞嗞地就布满了城市繁华的夹缝。杭州，因这流淌的绿色就宛若一块悦目爽心的玉了。

绿掩埋了杭州的一切，典型的例子就是西湖博物馆，不仔细看，谁也想不到那草坪下就有一座现代的博物馆。杭州的朋友告诉我，为了西湖，这博物馆最终建造在一片草坪与树木的林荫里，让巨大的绿色覆盖了起来……柳浪闻莺、曲苑风荷、苏堤春晓、六桥烟柳……西湖许多的地名，一听起来就有绿意，就有了江南的韵味，江南绿得能滴下一把青草的浆液；苏小小墓、白苏祠、西泠印社……许许多多杭州的名胜古迹，街道、古巷、溪流，也都在流淌的绿色里真实地存在着。当然，最大的绿就是西湖了——湖水是绿的，所谓碧波荡漾，倒映着湖边无数的杨柳依依，绿是益发的郁郁葱葱，如玉叠翠。荷花绿得胀了起来，就像一位孕妇，艳红的莲花仿佛孕妇的笑脸，在绿荷的映衬下，红红的惹人怜爱。苏东坡说"水光潋滟晴方好，山色空蒙雨亦奇，欲把西湖比西子，淡妆浓抹总相宜。"杭州的绿淡妆浓抹得总这样恰到好处。

与别的城市一样，杭州也在炫耀着现代都市的繁华，炫耀着绿。杭州的绿是安静、温软的，也是鲜活的。是翡翠，是玉，是丝绸，是湖水，是茶叶，是喧闹中泛的绿光，是安静里如春的温暖。城市是愈加的繁华，现代文明的繁华夹杂着南宋的凄婉，夹杂着古老的艳丽与传说，这艳丽漂泊在西湖的水里，在西湖两岸的茶坊酒肆里，在璀璨的灯光里，暖风照面，扑朔迷离。印度人婆罗多牟尼说"艳情是绿色"，杭州的绿真的充满了许多艳情的色彩。因了这绿，梁山伯与祝英台在杭州的绿色中迷失，同窗几载，十八里相送，留下的是凄艳的爱情悲剧；也是这绿，让修炼了千年的白蛇忍不住寻找到了许仙，留下一个白娘子迷离的传说……水漫金山、雷峰塔、断桥，都在杭州的绿中颂扬着传奇，千古缠绵，含翠欲滴……

说杭州是一片硕大的绿叶不算为过吧？首先是桑叶，那桑叶不知何时就生长在杭州的山水之间，一丛丛、一簇簇的，一望无际的绿。有了桑叶，就有了蚕，有了丝绸，有了旗袍，有了女人的温婉可人和亭亭玉立。那丝绸抖搂开来忽然就遮蔽了整个杭州，杭州裹在那丝绸里，一股华美之气便飘荡在杭州的上空。然后是茶叶，也是一丛丛、一簇簇的，一望无际的绿，让人总感觉那里有无数的绿衣少女在绿色中走动，鸟雀啁啾，蝉在鸣唱，她们摘着茶叶，身如舞蹈，然后揉着那一把把的清绿，揉出清香，泡在龙井的水里，透出的绿就泅润了杭州，泅润了一大片中国……再就是桂花的绿叶了，那一株株掩映在树丛中的桂花的绿叶，不知不觉地就结出喷香的米粒，馨香弥漫整个杭州，使白居易"山寺月中寻桂子"……

　　一片片绿叶喂养大了杭州，喂养大了一个城市……杭州就这样坐在一片片桑叶、茶叶和桂花的绿叶上，如一位入定的老僧，如灵隐寺的钟声，从从容容地活在绿色的时光里，传播着凄美，延续着古老、新生和美丽……都说："上有天堂，下有苏杭"，呵呵！原来"天堂"也是绿色的——绿得可爱、绿得明亮和发展。

又见桃花源

都说桃花源是一枚乡愁的邮票，绝版了。然而在这里，见到满目青翠，听到一山的鸟语，我们的心灵立即就变得绿意蒙蒙了。轻轻拂面的是甜<u>丝丝</u>的风，扇动鼻翼的是纯净得不含一<u>丝</u>杂质的空气……走着，走着，我们就觉得浑身舒坦，齿颊生香。冷不丁，我的心头悚然一惊：原来，我们深深隐藏在心底的那份对简单自然生活的向往，竟只不过是东晋那又古又老的陶渊明式的翻版。

树丛里叽叽啾啾，久违的鸟声如雨珠般滴落在我们心头，清脆而湿润。阳光如洗，把天空照得如宝石般湛蓝。有一片白色的云彩朝我们低低地依循，仿佛专门就是为了呵护它下面的那一条清溪。浓密的树叶在两岸流着绿、滴着翠，因此满溪涌动着的便就是那绿、那翠的流淌了。且浓酽酽的，稠得化不开，犹如乡村四月人们用观音楂揉成的绿色豆腐。有一条渔船在清溪里游荡着，大概是一对年轻的夫妻吧，俩人都高高地竖起了竹竿，溪水与阳光将他们浑身染得绿影幢幢……这时看溪，就如同看一匹打了皱的绿绸。两人像是轻轻地摆洗，又像是用心量裁着它——要剪那大块的绿，做一个抵挡风雨的屏风。只是那硕大的绿绸太结实、太有韧性了，怎么也剪不断……静静地看着，我心里就有些神动。真想做一尾快活的鱼游进清溪里，做一次千年万年清醒的呼吸……

朋友们也都激动着，终于忍不住大声叫唤起来。一个说，这就是陶渊明笔下的世外桃源；一个说，那打鱼人怕就是那东晋人的后代！……幽寂的清溪旁，那声音格外地响亮，且传得很高很远。可抬头看看那两位打鱼人，却依然波澜不惊，怡然自得。只一门心思地打鱼，连头也没有抬一下……"不知有汉，无论魏晋"，让我真的就疑心见到两位遥远而高蹈的"桃花源"人了——但，这分明不是桃花源，是那出过"红色娘子军"和"清清的河水清又甜"的地方，是隔着江，隔着海的五指山下的万泉河。而同时，我们也听说，远在海峡那边的所谓真正的桃花源，已经开辟成了一个旅游景点，那里纷至沓来的游人的脚步声，和一天到晚都在播放的流行音乐声，早已将那里吵得沸沸扬扬了……朋友若有所思，一脸苦笑地说，所谓桃花源，现在实际上已成为我们城市人心头上的一道素餐，是人们吃腻了十全大补膏之类的补品，喝惯了油杂荤腥，闻多了自己制造的混浊空气之后的一种移情别恋。要是让我们真的住在桃花源，怕是一天也不会习惯的。

　　朋友说的当然是对的。但伫立在这条清溪旁，我却忽然不想挪动自己的脚步了。我想陶渊明笔下的桃花源也无非这样：一曲清溪在绿树间蜿蜒，沿着绿树的山冈走，层峦叠嶂，泉鸣谷幽。开始路也极窄，但山重水复，柳暗花明，其内也必会"豁然开朗"；俨然屋舍，有良田，有美池，有桑竹，阡陌纵横，有鸡犬之声相闻；小桥流水，有万朵桃花灼灼……我不想再走，是害怕我们这一群俗世的足音，会突然玷污了"桃花源"人纯净的目光。我甚至屏住呼吸，不敢高声喧哗，是怕我这唐突的声音，扰乱了"桃花源"人的恬静——不管面前是不是真正的桃花源，只要我们看到那对打鱼人与这条清溪的衷心厮守，就是一个美的存在了。既然看到了这种存在，何必一定要用双脚去践踏自己心灵上经常浮现的那一份大美呢？

　　又见桃花源，又见打鱼人……我在心里说。

谷雨天仙庵

谷雨时节，总要到天仙庵去的。三两个朋友说去也就去了。这回结伴的是几位老人。拎着酒，袋里揣着钓鱼钩。看山已绿得发亮，空气清新得醉人。各种鸟儿的啁啾声像是从耳朵里飞出去的。边走边聊，往事也如陈年老酒般津津有味。走不动了，就说歇歇，给歇脚的地方就取些俚俗的名字："脱衣岗，一伙坡，二伙坪，三伙到了岭。"每年上天仙庵都要这样歇上几伙的。老人们自嘲地笑笑："将来就在这些个地方立块碑吧！"

就下岭，天仙庵就落在岭脚的山窝里。四面环山，几间简陋的屋子，却是手工茶坊——并不见庵堂。庵堂不知何年何月就废了。茶树一簇簇地从山上环绕到山下，一晕一圈的，像是一口大锅。坳里雾气蒸腾，茶香缥缈，似乎日日月月都炒着茶哩！主人知道我们来，早迎了出来："晓得你们今天到呢！"便忙着打水。水是山泉煮的，几位洗洗脸，就忙着四处转悠。说是每回来都这样转转，总是转不够。咦！清明要明，谷雨要雨，今年谷雨，天怎么就晴得发亮呢？谷雨看山，山跟平日也并无二致，谷雨只是历书上写着的。山该绿的地方依然是绿，只由于满山的茶树，那绿色就更深了。有几丛翠竹和泛着白花的棘楂，红杜鹃、紫杜鹃也开得漫山遍野。屋前有口水塘，一小片油菜花，黄黄的还未谢尽。天仙庵犹如"七彩谷"一般什么颜色都有了。那花草的香气、茶叶的清香缠绵在一起，七彩谷成天到晚香气弥漫，惹得人也浑身沾香的。

晴日无事就说钓鱼的钓鱼，摘茶的摘茶。钓鱼的老者说，我只钓中餐吃的鱼，摘茶的就该摘野茶了。野茶是鸟雀衔籽落种的。只年复一年无人剪枝，无人施肥，自生自长。多长在棘楂、石头缝里，摘起来可苦了我们。沿着沟涧往上走，遇到一株野茶，一惊一喜，便手忙脚乱地摘起来，芽头嫩嫩的，轻轻一掐，落在手心如一支绿色的玉簪了。这芽可做剑毫，那芽可做云雾，还有能做猴魁的，一边摘茶，一边评头品足，惹得一山摘茶的姑娘都朝我们哧哧地笑，情不自禁地指点哪里哪里有野茶，我们也就心甘情愿地攀岩石、钻刺窝，果然摘得不少。再看那摘茶的姑娘，一个个心灵手巧，采茶的动作如舞蹈一般，歌声和笑声溅得一山的清脆。挽着满满一篮子的茶香，转身哧溜下了山。都懒得洗掉手上的茶香，随随便便地围在桌子上。一桌摆的都是木耳、竹笋、蕨菜之类的山珍。果然只有一餐吃的鱼。钓鱼的老者说："我说仅够吃一餐就一餐，多的也放进了水塘……"说着大家嘿嘿的，都如神仙般地笑。

人走动在天仙庵里，抬头也只是碗大的天。几间房子都大门洞开，再珍贵的东西也都随便摆着，晚上睡觉当然更不用关门了。主人养的几十只绵羊，也如主人一般日出而出，日落而息，与人快快活活地生活在一起，毫无隔阂，人当是"无案牍之劳形，无丝竹之乱耳"。坐在屋前静静看山，竟发觉山有一隙缝：那里青山如黛，雾气缭绕，云蒸霞蔚，宛如人间仙境。天仙庵像是那神仙洞府的一扇门户！陶渊明笔下的世外桃源也不过如此罢。正说着，身边的几位老者便道起天仙庵主人开荒时的艰辛。说是做几间房子，连运一块砖也不容易，莫说开辟这几百亩茶园了。一片一片地开垦破荒、砌坝、整地、施肥……"老徐硬是造出了这方仙境哪！"想想也是。老徐大名礼智，性嗜酒，种茶、看羊、养鱼，快活似神仙。

晌午天转阴了，空气闷得憋人。凑着煤油灯搓一阵麻将。大家都兴味索然，靠在床上又天南天北地闲扯，都是老人们的一些红尘旧事。突然一阵雷鸣，天就下雨了。"我说清明要明，谷雨要雨，天道不错吧！"老人们经验老到地说。心想，果然是不错呢！房里却响起一片浓浓的鼾声了。

一庵一潭记

　　四面环山，是山都高，都有名字：或木鱼坳、或雨淋寨、或斗笠包。天星庵就坐落在那低低的坳里，抬头看天，天只巴掌大。头顶上太阳一轮就匆匆过去，月亮冷冷一笑便闪进峰峦。坳底雾岚蒸腾，寒气侵袭。只那漫天繁星，山坳里似乎才能盛着，也就那么几颗，我便疑心这是天星庵的来历了。问天星庵人，竟答曰不知道。

　　俗话说：天星庵上云雾多，三天两头雨中过。云里雾里就长茶叶，茶叶从山脚长到山岭，间或春有幽兰滋润，夏有金银花、栀子花熏染，坳里终年便绿色葱茏，馥香缭绕。白雾绿海，就有三五成群采茶的女子，身心沉浸在这香气弥漫的茶海里，天长日久，便灵气，便出脱得一个个楚楚动人。说话像是鸟语，悦耳动听；动作似是做戏，优雅自如。采茶时，手指都作兰花状，轻巧一掐，茶芽就如绿宝石般落在手心，拎起那满筐的碧绿，一晃就从山上咯咯地笑着下来，将那茶叶轻轻地倒成一堆香丘，香气陡生，袅袅撩人……

有菜叶作坊，就三两栋寮棚式房屋，黑瓦土墙，也极简陋。屋中置有几口大铁锅，几盆栗炭火。进进出出都是茶民，人脸均呈茶色。制茶时一边动作，嘴里一边快活地哼着山歌。满屋浓浓的馨香，只是熏得外来人心醉。屋里待不住，便沿着那土屋四处转悠，寻那天星庵遗址。庵堂据说是明清时香火极盛，民国时毁于兵燹。尚存有两块石碑，被茶坊主人小心地嵌在的墙壁里，石碑风化，字迹斑驳。据说某年某月有位茶客，趴在石碑上看，看了半天，也看不出个子午卯酉来，于是一脸惘然，呷口山茶，恍然大悟叫道："茶有仙味，天星庵怕是叫天仙庵吧？"果然叫开，并无人置疑。

从天仙庵往山外走，必经白马潭。山路极瘦，如蛇溜子隐于树丛荆棘间。路旁溪水潺潺，右有黄莺鸣啭，左有鹧鸪咕咕，愈叫山越是幽静。雾岚乍起，山峦迷蒙，一声人语响，惊得碧烟四合。有山雨来，如星稀落。山中有凉亭，有山棚，有古洞，可以急身躲过。雨住了便又走，不一会儿就望见白马潭了。烟岚浩渺，远山如眉，峰夹细水如带，又打结般生出一片沙洲。洲上人家，青瓦白楼，隐于绿树之间，澄明凝秀，真乃人间仙境。洲上人家说是由江西瓦窑坝为避战祸迁移而来，那时一河两岸，芦芒似雪，先人慕如此世外桃源，便开荒定居，以白芒潭名。河中舟筏，因而与江通，自宋至明清，山外的百货与这里盛产的茯苓、桐油、厚朴、茶叶、牛姜相互贸易，一时商行遍河岸，财源达三江，人称"小上海"。有年秋天，有商人驻足河边，见风吹白芒攒动，如白马嗬嗬奔涌，触景生情说："白芒潭，白芒潭，一年到头还是白芒（忙），不吉利，不如改成白马潭。"人都叹服。

白马潭傍山依水建有半爿街，房屋飞檐翘角，牛头马墙，古风尚存，依稀可见当年"小上海"的繁华。街上人家，什么都自给自足。合面街一律都是商店，山货琳琅满目，有木耳、香菇、粟谷粉、茶叶土产；也有小百货、盐、烟、酒、布匹，这与山外毫无二致。随便走走，就有人呼你坐坐喝茶。坐下来，看面前小桥流水，溪石累累；风吹杨柳，万缕妖娆。聊起往事，那人就说起街上永祥、永发、永昌商行钱庄的兴衰；说风水，那人就说山中出俊女，民国时期就有四大美人。说起茶叶，那人简直就喜形于色了。茶香飘千里，天仙庵、白马潭就是靠茶叶才声名远扬，富足一方哪！说着说着，便叫着泡茶，用当地产的紫砂壶。倒来一盏，轻轻呷上一口，果然舌底生津，香彻身骨……

"天仙庵上茶，白马潭中水。"那人摇头晃脑，拈须自道。俨然仙人遗风。

山心水目

天柱山美丽而充满阳刚之气的是石头。黛翠的峰峦因那铁青色石头的堆砌，才岩壑参差，洞穴幽深，峰峰嵯峨。苍郁的山脉因如禽如兽，形态各异的石头，才满眼嶙峋，显出一山怪态。在山中走着走着，望通体石骨在阳光下泛着冷峻的光，静静冥想，那心便也会想成了一颗颗石头。不觉痴痴就说出了声：那石头不就是这山玲珑的心吗？

山中当然有树有花草，还有雾。树和花草都长在险绝的山峰。松是如披似挂，苍翠遒劲的；花草也长得灵异，琼花瑶草一般，却蟠曲掩道，罩在乳白色的雾里若隐若现。人是眼花缭乱，又爽心悦目了。峰从来就很奇特，浓雾滚涌时，峰没雾海，满眼的白色迷离；淡雾片羽，峰便偶现峥嵘，如蓬莱仙境。到处都有水声，一路地在心里淋着，石头般的心便活泼泼的，便有一种湿淋淋、圆润润的感觉。天是晴正了的，面前平平坦坦，只一片葳蕤的树，雾绕着，忽而银海般奔涌，忽而又轻烟一缕，依依恋着树。这样走了一程又一程，便有一阵劲风吹过，雾鬼魅般销声匿迹。面前陡然一派澄明。爽爽秀秀的峰峦，竟然就挤压出一块偌大的碧玉般的湖来，粼粼的波光，含着酽酽的绿浪。朋友乐了："喏，炼丹湖，依你说，那湖就是山的眼睛了！"

　　眼睛里立即就有了水意，倏然对视着。想山有多高，水有多长，天柱山果然是因水而活着。到处可听瀑布轰鸣，溪流潺潺……天柱山真是一座让水浸秀泡灵的山哪！"炼丹湖"据说是因左慈炼丹而得名。朋友说，左慈曾在湖边那怪兀的大石洞里待过。他当是为了修道。《后汉书》称左慈"少有神道"，在天柱山中"精思学道，得石室中丹经"，叫《九丹金液》。左慈按此炼丹法，在石室里烧了七七四十九天真火，炼得金丹数枚，成了位点石成金的神仙。神仙当是仙去了，但那丹灶苍烟一下子从苍翠的山峦袅袅而起，千年不散，给渺无人迹的天柱山就添了几许神秘、几缕道家的风骨。古人就吟过："苍苍一缕烟，袅袅出薜萝，仙风四散吹，俱带金丹气。"左慈炼丹，求的是无欲自静，长生不老吧？而这人造的高山平湖，却让青山常新，绿水长流，看来丹灶苍烟的妙趣，远不比这炼丹湖的景致让人顾盼流连了。

　　远观炼丹湖似一块翡翠，让群峰吞衔着，明珠般熠熠生辉；近观炼丹湖清碧溢翠，时而波澜不惊，水声泪然；时而轻风折皱，涟漪层层。朋友说，在炼丹湖上看天柱山就如看一山盆景了。当然要泛舟湖中的。起风了，湖面上银光闪闪，玉湖倾泻似的，恍惚群峰攒动，苍绿迷离。若逢烟雨，则水波氤氲，群峰半隐，苍茫浩渺。天晴日朗，小舟轻颤，只低头看湖，也见水中峰冠林立，与蓝天白云倒映在湖里，就有风景油画般凝重了。眺目四望，指点峰峦，回狮峰耸于右，青龙背拱于左，登仙峰、打鼓峰立于东，麟角峰、覆盆峰峙其南，东西南北群列开来，峰峰隽秀："飞来"如帽，"宝月"如镰，"衔珠"欲吞，天柱似箭，直窜苍穹。静静观峰，就有了一些磅礴、伟岸和雄浑之类的字眼随着湖水在心头汩汩流涌。山的苍劲与水的温柔，峰的挺拔与湖的浩渺……既在眼前又在心里冲撞、叠印、排啸着，叫人感觉到湖水与峰峦间的宽容和谐，大自然吞吐力量的强悍和飘逸……山多有灵石，多有名湖，天柱山竟得而兼之，仁山智水，天柱该是一座大仁大智的山了。

独自在天柱山中走着。在郁郁苍翠间，心忽而因石头而迟缓，忽而又随水而灵秀……我说石头是山的心，炼丹湖果然就是山的眼睛了。山心水目，叫我知道什么叫厚重，什么叫玲珑剔透了吧？

天柱山冬云

在天柱山峰顶，原是要观日出的。然而，经过长时间的等待，那轮于想象中彤红的太阳，却像是一位失约的情人迟迟未来——冷硬的山风刮得浑身凉飕飕的，我们的心仿佛比风更冷。当许多人失望地转下山时，我与朋友索性就赖在一块岩石上，静静地看着日出的地方。记得哲人说过，有一种错误是美丽的。隐隐地，我们也预感到这一次观日的不同寻常。

这是一个冬天的早晨。准确地说，为了抢占这块观日的岩石，我们几乎半夜就起了床。开始，大家充满期盼地等待着，仿佛吃了一种兴奋剂，并没感觉出身上的寒意。但很快又都失望了——远处，那本该日出的地方尽管也现出了一丝光亮，但日头如同一只被敲碎的鸡蛋，蛋黄已无声地滑落到无涯的云海里，只剩下那滑腻的白了。天空低沉，大片的云彩斑驳着，如同一位画家正用心勾勒出的底色。天际之下，尘世的一切都被云海消弭。再近处，云海里青峰数点，恍惚孤帆远影，恍惚沉浮不定的岛屿，若隐若现着。面前的松树朵朵霜花，已凝聚成球状。我们从半夜就陪伴着它们，谁也未曾留意这些"花朵"的开放。一阵山风，在耳边迅疾地掠过，那白色的花朵微微地颤抖了几下，溅下些许的花瓣，然后又耸然地挺立，使面前显现出一种格外的凝重与肃穆，似乎有种"白云回合望，青霭入看无"的意境了。

记忆里也有过冬天观云的经历。那是在福建连城的石门湖。那里的冬天暖洋洋的，像是四月的小阳春。我们撑着一叶扁舟静静划在绿幽幽的湖面上，总也扯不断的乳白色的水汽在四围蒸腾、缭绕着，那样子似乎是在温泉里浑心无碍地沐浴。抬头望天，低首观湖，竟都是蓝天云彩，一朵朵白云锃亮地变幻和飘荡。苍狗浮云，犹如人与狗在湖面上嬉戏、追逐。手掬一捧清水，如同拧起小狗的耳朵；篙撑湖心，又像是打捞着一方仙人失落的纱巾……只是那狗在跑，纱巾在飞，一切都如雾里看灯，镜里观花。那种倚云难抓的妙趣却搅得心头痒痒的——虽然也曾有过生命流逝的惘然，可一份活泼泼的欣喜却留在心头了。

相比较而言，与天柱山冬云的邂逅，我此时的心境就显得苍凉、凝重了些。摩诘说："行到水穷处，坐看云起时。"看着面前的情状，倒是觉得只需将那"水"改成"日"字，凑巧，就暗合了眼前的这一切。只是这浮起的大块的云，在灰蒙蒙的天空中的黯淡，就让我们不知不觉，心里陡然就染上了一种颓废和沉重，以至体会到的竟是"不觉碧山暮，秋云暗几重"的意味了——无端地，我想起青莲的《听蜀僧浚弹琴》里的诗句，立即，心里很疑心他是错把"冬云"当"秋云"了。当然，青莲居士不仅听过蜀僧弹琴，也是吟过天柱山的，这有他的诗句为证："奇峰出奇云，秀水含秀气……待吾还丹成，投迹归此地。"说的就是天柱山。他一辈子终没归来，就只当他是"丹"未还成吧！……现在我们坐看云起，看着看着，心里倏而一亮，就有着"柳暗花明又一村"的欣然了：这冬云，虽然没有日出的磅礴和蔚为大观，但它在山峰间轻盈飘渺，它与山峰的亲吻，透出的竟是缠绵的爱意；它在树丛里走动，忽而又不见，就如衣袂飘飘的仙人。纵然，它那猛然间的云翻波涌，诡谲无常，我觉察到它透出的也还是生命的本相——在山风呼啸，云海滚涌的一刹那，我就有一种驾驶一叶扁舟行驶在江心的感觉：人生种种原就是自然种种，难怪连圣人也惊呼富贵"于我如浮云"！

"浮云游子意，落日故人情"——我想，面对永远的落日和浮云，古人的浮想联翩也许是对的。只不过，这日，这云却并不会仅仅是那"游子"和"故人"的情意所能说得清的。山重或水复，"日"穷即云起。细究起来，生命的真谛原早在这一"日"一"云"间就安歇好了的。

寂寞的菩提

一个作家的山水之缘总是奇特的。"江山也要文人捧"。其实，文人"捧"的不只是江山，而是他们心头上的那永劫不灭、难以释怀的一盏心灯。因为，对于真正的作家来说，山水正是滋养他们灵魂的一份甘露，是他们在寻找精神家园的过程中，迢迢心路历程中一处最为轻松和自然的驿站，是他们心灵婆娑的一树菩提。

在天柱山，我听作家邓友梅讲了一个真实得美丽感人的故事：多年以前，日本作家水上勉来到秀丽的天柱山，在他心怀崇敬的禅宗三祖寺悄悄拿走了一粒菩提籽，种植在家乡樱花、秀竹的院落。不想，这菩提籽竟然发芽、长大了……身居岛国，白发苍苍的水上勉面对这株从异域而来的菩提树，竟在心灵里摇曳出一份浓浓的感恩之情……也正是这情，成就了中国作家邓友梅与天柱山的缘分。为了却异国作家的心事，邓友梅不声不响来到三祖禅庭，代水上勉还了心愿，又悄悄地回去了……

尽管一切都是在悄悄中完成的，但邓友梅先生第二次来到天柱山，还是忍不住讲出了这段故事——这时我发觉天柱山实际上也已成为作家邓友梅心头上一个无法释怀的情结。

顺着邓友梅先生的话语，我脑海里立即闪现出水上勉与那株菩提寂寞相视的样子。而这，又使我奇怪地想到我所崇敬的天柱老人乌以风与天柱山寂寞相守、顾影自怜一生的情景。一个人游遍天下名山容易，而终生厮守一座山殊非易事。一生都为一座山修路、建亭、修志更是难上加难。可这一切乌以风先生都做到了——我无法知道人终其一生守着一座山是什么滋味，但我至今忘不掉，我在与晚年的乌以风相识时，他那平静得像一泓秋水般澄澈的嗓音与胸怀——他仿佛就是一株寂寞的菩提。以致寂寞得当作家余秋雨寻找寂寞的天柱山，竟然忽视了他的一生和他那本厚厚的《天柱山志》。应该说，余秋雨对天柱山灵性和沉重的寂寞的发问是准确的。寂寞就是这样的"擦肩而过"。

"天柱通神！"作家王蒙为天柱山喝彩。

"天倚此柱，地挺乃峰！"作家张贤亮深有感触。

"野性并诗心，原来俱在此。"这是作家邵燕祥的惊叹。

也许，现代的作家们已无法重回闲适的古典和浪漫了，但我还是惊异地发觉，他们对天柱山水的文化咀嚼和对这份山水的理解与认同竟是惊人的相似！

诚如陶渊明悠然见南山，是采摘那株精神的菊；李白纵情山水，是不愿摧眉折腰事权贵，梭罗结庐瓦尔登湖，就渗滤进湖水美妙的思想及人格……天柱山，作为人类人文精神中的一个驿站，成为文人心里能够点燃或辉煌或平淡或失意的人生灯盏由来已久了……李白、王安石、苏东坡、黄庭坚都曾在这里留下了一个个"万里归来卜筑居""待吾还丹成，投迹归此地"的精神慨叹。直至今天，我们也许还会责备他们留下空洞洞的豪言壮语而无法兑现，但又有谁能够否认，天柱山不是他们漫漫坎坷人生路上的一盏心灯呢？对于他们，我想无论是在宫廷深深的黄瓦红墙内的忧愁，还是身居自然，在满目繁花的喜悦中，天柱山肯定都在他们脑海里倏而闪亮过，且照亮过他们一段或失意灰暗或得意光明的人生之路。有时，山水就如水上勉悄悄拿走的那一粒"菩提籽"，是他们心灵生长的一株精神的菩提。

试想，当他们在怀想到天柱山时，天柱山那刚劲峻拔的山峰与脊梁尽管孤傲，但又该是何等的苍迈和有力？天柱山那份自然和恬静惟其寂寞，又是多么的平和与冲淡？汉武帝封岳是禅封，隋文帝废岳是禅废，当一个人经历过从生命的高台跌入荒凉的深谷，"寂寞开无主"，悄然独拔，未尝没有一副铮铮铁骨而凸现出的大彻大悟后的化境！

缘此，天柱山也是一株寂寞的菩提吧？！

寻找程长庚

　　这是中国乡村随处可见的那种普通的村庄。几丛疏疏的树林，散落着几间陈旧而斑驳的老屋、几幢簇新的青砖瓦房，清亮的池塘凫游着几只白鹅和鸭子，缕缕炊烟在屋顶上袅袅飘扬……好奇地打量着让人陌生而又熟悉的村庄，我的心里隐隐透出几分历史的荒凉，一个盘结在我眉宇间的问号越来越大了：程长庚，这位著名的京剧表演艺术家、戏剧活动家是在这里发出他人生的第一声啼唱，又是从这块黑土地上，大踏步走进京都繁华的戏曲舞台，抒写他人生的辉煌的吗？

　　我沉默无言。这片被人称为说话犹如"鸟儿歌唱"的戏曲之乡，一位被誉为"徽班领袖""京剧鼻祖"的戏曲大家的诞生地竟是这么枯寂和落寞。而我们这个喜欢崇尚名人故地的民族，为什么又独让这块土地冷落了一个多世纪？是成名后的程长庚对穷乡僻壤的忌讳，还是中国京剧艺术史的一个偶尔的疏忽？我浑然不解。但我清楚地知道，我沉重的脚步声，对这个酣睡的村落将意味什么。《程氏家谱》那一册册散发着霉烂气息的线装书，似乎在冥冥之中诱惑着我，将抖落开那历史的尘封，彻底揭开萦绕在这位戏剧大家身上的籍贯之谜——他的肉体生命消失毕竟才100多年呀！

村子叫程家井。紧紧毗邻村庄环绕的是三口清水塘，四周便是程氏家族那祖祖辈辈修生养息，耕作不已的田园。从家谱我得知，程氏先祖们"乐皖山皖水清涟秀丽……于是，耕田食，凿井饮。"程家井之名便由此而来。如今一个多世纪如流星去也，古井依然，程家井已繁衍成200多人口，四十几户人家了，除一户姓吴外，全部姓程。这一群老实巴交的农民，紧紧地牢记着祖训，除了田间垄上，几乎没有一个走出比县城更远的地方。面对我这位不速之客，他们更是显得茫然不知所措，但他们偏偏喊"北京"作"京里"，偏偏又知道祖上出过一个"唱戏不打脸（化装）"的戏子。听到这些乡下少见的口语和他们绘声绘色的传说，我发觉我寻找的线索越来越清晰了……在传说中穿行，我翻阅着《程氏家谱》，立即就神奇般地找到了有关程长庚的记载："祥湉子文橄，字长庚，嘉庆十六年（1811年）辛未七月十二日时生""卒于光绪五年（1879年）己卯十二月十三日，妻庄氏合葬于京都彰仪门外石道旁路北，父祥湉墓前另冢。""嗣子二人，养子章甫，从子章瑚。"家谱上线索时隐时现。对他的养子章甫，即后来"三庆班"的司鼓以及孙子、著名京剧小生程继仙，只有生卒年月的记载；但对步入仕途的章瑚和他那差不多都做过清末民初外交官的后代们，却记载得非常详细。望着站在我身后的那群神情漠然的程氏后裔们，我感到面前的家谱忽然散发出神秘的清香，让我触摸到程长庚这个戏曲才子孤独的灵魂……

"徽班昳丽，始自石牌。"程长庚家离享有"无石不成班"的徽剧发源地石牌不远。旧时石牌一带戏台每有演出，程长庚就嚷嚷地吵着父亲带他去看。耳濡目染，使他得到良好的徽剧艺术的熏陶，当然是可能的。程长庚从这里走出，在北京主演《文昭关》《战长沙》中的伍子胥和关公戏一举成名，进而成为"三庆班"主要演员。后来他不仅主持四大徽班之一的"三庆班"，还兼管四喜班、春台班，因而受到文宗皇帝的召见，封送他"五品顶戴"，赐任京都梨园会令、"精忠庙"会首达三十年。甚至连不可一世的慈禧、慈安太后也称他为"皖中人杰，京都名伶"……他的这些戏剧活动也能找到粗略的记载。但他到底是12岁时随父北上，经开封、太原、保定入北京，还是经过其他路径闯入京华，这又是笼罩在他身上的谜团了……

也许这样的寻找不是重要的。重要的是应该探索他怎样敢于创新，融徽调、京剧和昆腔为一炉，使唱腔、动作形成独特的风格，而创造出了蔚然一代的京剧艺术；探索他怎样在舞台上用他那娴熟的京腔，精湛的技艺，塑造出关羽、鲁肃、岳飞那些栩栩如生的艺术形象——而将艺术的光辉永恒地照耀了我们吧？

　　在程家井，程氏的后裔们还津津有味地向我渲染了他们祖上的一个传闻：说是程家井古时东厢富裕，西厢贫困。西厢人认为是坟山不好，于是，趁年夜用石磙抵住了东厢人家大门，在风水先生所勘定的鸭形宝地偷葬了一棺坟。第二天，风水先生大惊失色，说"你们该白天葬，夜里葬，只能出夜朝官（即舞台上官）哩！"——"怕就是出了程长庚这个老生吧？"他们腼腆着问我。我没有回答，想这也许是无数名人身上都很容易附会的一个迷信传说了。我倒是知道"戏子不上家谱"是中国古代乡村几乎所有姓氏的族规。程长庚在他的家谱上虽也只有生卒年的记载，但他的家族毕竟接纳了他——中国巨大的戏剧艺术的洪流推崇了他。这，恐怕是这位皮黄巨擘所没想到的吧？！

秋山响水

我对山水总有一种割舍不掉的情缘。所以，当朋友邀我到天柱山卧龙山庄住上一宿时，我就不假思索地同意了。及至到了卧龙山庄，闻着木屋散发出的杉木的清香，站在山庄的走廊上，眺望着那澄碧的天空，连绵、起伏不断的群山，一种好久不曾有过的和谐与宁静立即布满周围，心中陡然就有一种既熟悉又陌生的生命颤动。

是下午时分到达卧龙山庄的。其时，几抹红霞还灿烂地挂在西边的天际，天柱峰、飞来峰、蓬莱峰静默无语，在夕照里兀自泛着白光。特别是天柱山主峰，那被唐人白居易引以自豪的"一柱擎日月"的雄壮，在这个角度望去就平白地减去了几分。尽管我知道"横看成岭侧成峰"的道理，但我没见过天柱峰这个模样，心里忽然被生命的另一种可能挤兑、冲撞着。抬眼望去，面前的山峦一山逶迤，层层叠叠的树林交柯错叶，或绿，或黄，或红，或紫。有的澄碧透亮，犹如汹涌着的大海波涛，由浅渐深，由深而浅，向山脚下缓缓地推去，让我内心暂时获得稍许的安慰，只得诧异于天柱深秋的深深深几许了。

隐隐约约的，传来一种声音。我以为是谁在树林里弹筝抚琴，仔细一听，却是溪水的响声。顾不得休息，便唤来朋友循声找去。只见山庄右侧树木丛林，枝条轻扬，掩映着山间小道。沿小道有一条跌宕起伏的溪流蜿蜒着。于是，我们就沿着小溪的两旁走。山幽林密，泉隐其中，水声淙淙。溪岸两旁，繁密的枝叶虽已凋落有序，但枝条勾肩搭背，却在头顶上搭起了参差斑驳的穹顶。倏忽间，林木疏朗处突然闪过一泓澄澈，溪床细沙乱石，纤尘不染，水底的树叶纹脉，清晰可辨，那汩汩的水声好像响在别处。风过树林，树叶哗哗作响，茂密的枝叶丛里又显出一汪清泉，像一位羞涩的少女眨着眼睛，溪流异常清冽，奔突的水声也愈发地大了。

一路走着，一路就沉浸在溪水的声响里。忽然看见一块巨大的石头，袒胸露腹地平躺在溪间，上面刻有"观山听水"四个红漆大字。我立即跳跃着跑到那块石头上，双手合十。静坐了片刻，心里突然冒出了"秋山响水"的句子，于是对朋友认真地说，我觉得面对这一座秋山，这一条响水，不要刻意地去观听，心中便能感受到一种宁静。朋友点头称是，笑着说，你还真说对了，这条水就叫做"响水"！

响水，多么好听的名字啊！

于是再走一次响水——好客的当地朋友知道我们来，第二天特意赶了回来。先是开车陪我们走到响水溪的下游，然后从溪沟里溯源而上。秋天，溪水已瘦，看那一泓溪流依岩傍壁，或飞湍直下，或曲折逶迤，更多地在溪床岩石间盘旋不已。有一缕浅而明净的白练，从苍青的山间流淌而下，然后又从石褶皱里潺潺而出，遇顽石则回流成旋，咽咽地漫漶而流；过平坦舒缓处，则泠泠淙淙，发出美妙的音响……头一天所见的溪流，如果说还有点像柳宗元游过的小石潭，有苏轼游览承天寺的意味，那么此时的响水溪便是大开大阖，大起大落，跌落有致，有些春水澎湃的意思，让人觉得是地道的响水了。

抬头看天空，溪流两侧森林满岸，葱郁茂密，天空仅现一线。大峡谷刀砍斧削，直劈千仞，真有一种"一夫当关，万夫莫开"的雄关气魄。置身谷底，让人无端地生出感慨，一下子觉察到生命的渺小来。

一阵小心翼翼，一阵欢呼雀跃，我们在溪沟里走了一程又一程，终于，觉得面前的出口赫然在目，以为这就走了出来。但走上前去，一缕流泉叮咚有声，眼前却没有了路——只好等着朋友过来，逆着水流，在石头的洞隙里缩头勾背，如蛇状爬行而出。"山重水复疑无路，柳暗花明又一村"，念着现成的诗句，我们依次步入刚走过的石级，心中有些胆战心惊，还有些莫名其妙的感动，一种与大自然渐渐地融合在一起的欢愉。

山水总是有灵性的。

坐落在北回归线上的天柱山，因这一纬度的神秘，自有别样的灵性。这里峰幽林密，水源充沛，山高水长。山水有着天地的庇护，草木受了泉水的滋润，春绿夏凉，秋黄冬藏，一年四季都充满勃勃生机。回到卧龙山庄，远远再望一眼响水大峡谷，只觉天柱秋山巍巍，连绵起伏，不绝如脉——我知道，有一条响水溪被葱郁、壮观的林木覆盖着、遮蔽着，流水有声，那就有一种深邃、丰富的静谧了。

静静地凝望着天色、山影和森林，我浑身打了一个激灵。突然想，这么多年过去，天柱山让我魂牵梦绕的究竟是森林、峰峦、流泉，还是那糅杂在一起的浓浓的乡愁？

响水在溪

　　第一次夜宿卧龙山庄，我住的房间正对着响水河。一夜水声如雨，感觉天柱山在没完没了地下雨，心里被什么塞得满满。就有点光阴紧迫的惆怅。有了上一回的经验，这次我到山庄，就选择了离响水河稍远一点的房子。这样走进屋子，水声一下子被推得远远，感觉上也有些不同。比如什么大事发生在远处，自己只是一个旁观者，既没有当事者的嘈杂与纷乱，又因面前的葱郁的林木，周遭一下子变得寂静起来。

　　这正是现在我所需要的。我的窗外有着几株树，还有一丛绿竹。竹叶与树叶交织在一起，在我的窗前探头探脑的，像是春天里的一群访客。同来的朋友有的在午睡，有的在散步，有的夹着画板悄悄地出去写生画画了。一个人住在屋里静静地坐了一会，我也经不住响水河的诱惑，悄悄扣上房门，一脚就踏进了响水的河边。

　　先是沿着响水河走。一路都是水声，轰隆隆的，有一种天撒豆大雨点的感觉。走了一阵，干脆就坐在河边听。这样便听出那水声远近高低各个不同来：近的哗哗流淌，远的轰然作响……听了一阵，沿着小河走了个来回，边走边停，反反复复。水声也反反复复，或轰然，或哗哗，或潺潺，或叮当，有了水声，山间的鸟鸣声便被遮蔽去了。鸟语花香。没有遮蔽的便只有花香了。时序到了初夏，河边所能看得到的花只有金银花，金银花蓦然发出一阵香气。待我回过头来，发觉春花开过，一山全是绿的。浅绿、深绿；浓绿、淡绿……朦胧而有层次。这时，要想在绿色里找一点其他颜色便有些不易。夏天山的层次，远没有秋山和春山颜色的斑驳和丰富，且那层次仿佛只有与画家才有会心处，只是在他们的眼里才显得清晰与分明。于我，那满山都是绿的，面前偶尔有一株红叶李树，在庞大的绿色军团的覆盖下也变成了另类，醒目而孤独。

河边生长着许许多多的杂树。与这些杂树邂逅是一件很有意思的事。这些褐色的树干上，只显出或隐或显的绿，也有什么植物牵藤绕蔓的，爬在它们的身上。树叶当然全是绿色。细看这些树，却有着好听的名字：铁冬青、牛鼻拴、水马桑、黄檀、华中五味子、银叶柳、野株兰、山胡椒、中国绣球、水蜡、宁波溲疏、红脉钓樟、臭辣吴茱萸、橄榄槭……这些树都喜欢生长在山谷沟旁，如果不是山庄主人用心地标记，我原是一株也不认识的。在我的眼里，这些树与河流里大小不一、形态各异的溪石一样，也如溪石一样让人陌生。杂树生花，此时当然没有花，全是绿叶，在阳光的抚摸下，那些绿叶像绿色的小挂件挂满了一河。

离开了水声，鸟儿的声音就异常得尖锐、清脆。这让人感觉这里不仅有水声，还有鸟鸣。鸟鸣或婉转、悠然，或喃喃，或啾啾复啾啾，此起彼伏，响彻在响水河的上空。遇见山庄里的一个小姑娘，问鸟名，小姑娘也叫不出鸟的名字。那就只好一起傻傻地听着。听着听着，我感觉耳朵里这两种声音就像自然里的两个音符：一个贴近大地，婉转而悠长；一个贴近天空，空旷而明亮。这两种声音仿佛自然的物语，让人温暖贴心。在这种声音里，满耳都是清明澄澈。

当地人爱把这条河叫响水河，不知为什么，我总是爱叫它响水溪。一叫响水溪，我就感觉响水溪两岸的绿树猛然一下子围拢了过来。这种围拢起来的绿让我心生感动。

第 4 辑 · 零碎时间

民间的傲慢

　　最好的傲慢不是那种脑袋朝天、鼻孔出气的。那种傲慢大都有着"官"的架子支撑，官架子一抽，活脱脱的就是一条缺筋少骨的癞皮狗。这种狗多半在得意时，对上摇尾乞怜，对下狺狺直吠。傲慢无礼，是看你使出浑身解数也张罗不出一些"礼"来。最好的傲慢应该是在渭水河畔钓鱼、在辋川别墅里吟风弄月，或者就像诸葛亮那样在隆中草庐，纵使刘备"两顾"依然闭门不出——那最后的一"顾"一"出"，使那傲慢就大大打了折扣。

　　最好的傲慢大都是民间的。

　　民间的傲慢也需要一些"底气"——傲慢自有傲慢的资格。诸葛亮之所以能够傲慢，是因为他在"卧龙"时就胸怀韬略，心里盛装了恢复汉室帝业平天下的锦囊妙计，即著名的《隆中对》。否则，傲慢就变成了黄口小儿的狂妄无知了。寄情山水，放浪形骸的傲慢者们，莫过于不仅有酒名，更有文名的"竹林七贤"了。阮籍傲慢地拒绝司马昭为其子求亲，嵇康因傲慢写出《与山巨源绝交书》而高标千古，都有其傲慢的资格和理由。这理由可以分为三类：第一类是有感于对于城市统治者的不满、不屑，不愿意同流合污；第二类是对生命本质的体认，耽于文明进程的缓慢，害怕坠入"高处不胜寒"的境地；第三类傲慢有背景，也有资格，觉得自己就是一匹千里马，而缺少"伯乐"，于是归隐山林，落于散漫，以期守到愿意上钩的"鱼儿"，实现自己真正的政治抱负。这三类傲慢前两类大抵结局都很简单，第一类由于喜欢说三道四，不是被杀就是成为一个流亡者；第二类归隐山林也就终老山林，穷极一生。第三类就复杂了一些：或是出仕为官，果然英明，或是仕途受阻，转而隐居，再就是那种干干脆脆的沽名钓誉式的"傲慢"。如"翩翩一只云中鹤，飞来飞去宰相家"的假隐士陈眉公，他的傲慢就是一块幌子，只是想博得朝廷的青睐，可谓是以傲慢而"致远"。

中国的人文传统是一为文人，便无足观。所以真正的文人其实都是民间的。够得上文人的如曹雪芹、吴敬梓、吴承恩等，都是流落民间且穷困潦倒的文人。因此傲慢落到文人身上的便不胜枚举，比比皆是——就是那些做过官的文人，傲慢依然是民间深深烫烙在他们身上的烙印，其铮铮铁骨也是民间赋予他们的。曾称"天下才共一石，曹子建独得八斗，我得一斗，自古及今共用一斗"的南朝诗人谢灵运，据传少帝时，他就因与权贵不和被贬为永嘉太守，不久他就辞官移居会稽。文帝继位时命他修撰《晋书》，他竟没有完成，后又任临川内史，但他仍傲慢不睬，上司派人捉拿，他竟然起兵拒捕，落得个被杀的下场。这就全是骨子里的"傲慢"招来的。还有一位典型是唐代诗人李白，尽管他也写过"生不用封万户侯，但愿一识韩荆州"的表白诗，但傲慢的因子还是渗透在他的血液里了。于是冷不丁他就会冒出"我辈岂是蓬蒿人""天子呼来不上船""安能摧眉折腰事权贵"的句子，甚至在那个强盛的大唐，演出了一曲让高力士脱靴，杨国忠研墨的"傲慢无礼"的戏剧，最后落得个"梦游天姥吟留别"，流浪山水——实际上就是流亡去了。

"采菊东篱下，悠然见南山"是大彻大悟后，陶渊明式的民间傲慢。这种傲慢因为有着田园作背景，最能看出一种恬淡的生活态度，更多地透出一种对于生活与人生的傲慢。陶渊明出身于官宦之家，他一生只做过诸如参军、州祭酒、县令之类的小官，在做了80天的彭泽县令后，为洁身避祸就辞职归田了。后来虽然他身受火、旱等灾厄，甚而因饥饿而乞食，但他一生却隐居躬耕，在贫穷和傲慢中死去。这种傲慢的"代价"不小，却更趋向于民间——他与他同时代的农民恐怕没什么两样。最有意思的傲慢是那"好为淫冶讴歌之曲，传播四方"的柳三变。他也是一位傲慢中人，一旦傲慢起来是遇官不见，遇妓即狎，待"忍把浮名，换了浅斟低唱"时，仁宗皇帝也要他"且去浅斟低唱，何要浮名"，真正是成全了一位傲慢者。"十年一觉扬州梦，赢得青楼薄幸名"（杜牧诗）的路子，其真正的潜台词当然就是傲慢，官场上乱糟糟的，不如锦衣衾被裹在温柔梦乡舒服得多。正是"且去填词"的官场"傲慢"成就了"何要浮名"的民间傲慢，要不然"杨柳岸，晓风残月""衣带渐宽终不悔，为伊消得人憔悴"的脍炙人口的千古名句早成了官场上的残羹剩肴了，哪里会出现"凡有井栏处，即能歌柳词"的词坛佳话？柳三变付出的代价是"正史"无名，得到的回报却是"千古一柳"，摇曳多姿。这未尝不是一种不幸中的大"幸"。

纯粹的民间傲慢者应该是无声的，所谓"大音稀声"。比如面朝黄土背朝天的农民，见到田埂上走过来一群衣冠楚楚，却"四体不勤，五谷不分"的人，只会傲慢地细心侍弄面前的稻禾，对人们递过来的一支香烟也是不屑接的——他傲慢，但他不说。能表现出傲慢的都还是一些有民间倾向的文人。我读近代文学作家作品，就有两首有着傲慢意味的诗，一是周作人，诗云："半是儒家半释家，光头更不善袈裟。中年意趣窗前草，外道生涯洞时蛇。徒羡低头咬大蒜，未妨拍桌拾芝麻。谈狐说鬼寻常事，只欠功夫讲吃茶。"本也可以傲慢得下去，只可惜那只大蒜咬出了臭味，臭得一塌糊涂。而就不如另一位叫张恨水的了。张恨水也有一首诗："托迹华颠不计年，两三松树老疑仙。莫教堕入闲樵斧，一束柴薪值几钱？"他的这首诗是因友人要去当官时写的，傲慢得叫友人"莫教堕入闲樵斧"。当然他自己也这样做了。他写小说写得被张学良看中，请他当官，他毅然谢绝了，连一份闲职的薪水也不拿。他无党无派，连办报纸也取了个"中间"的路子，一生只"流自己的汗，吃自己的饭"，做平民的"代言人"，傲慢"傲"出了骨气，也让人体会到民间真正傲慢者的风骨。

什么样的鸟最爱惜羽毛

老舍先生曾称张恨水先生是一位"最爱惜羽毛的人！"冲着这话，我有一段时间就对"什么鸟儿最爱惜羽毛"发生了很大兴趣。但老舍先生显然是以"羽毛"比喻张恨水先生的操守、情操和人格的。"流自己的汗，吃自己的饭""卖文卖得头将白，不使人间造孽钱！"这都是张恨水先生的人生格言。格言并不重要，有人说得天花乱坠，但做起来却背道而驰，甚至"背"得有过之而无不及。问题是，张恨水先生能说到做到，他一生就是这样过来的。我和恨水先生是同乡，我敬重他，更多的是因为他是一个爱惜羽毛的人！我甚至认为，这是一个大师对另一个大师最为尊严的评价。

对于真正的鸟类，据科学考证，通常情况下，它们都会爱惜自己的羽毛，就像人类爱护自己的双腿一样。因为，羽毛和腿都是动物们能飞翔和奔跑的所在。为了飞翔和生存，鸟儿会让自己的羽毛永远保持整洁——不仅如此，对于鸟类，羽毛还有更多、更妙的功能。在飞禽动物里，据说，最爱惜羽毛的是孔雀——雄孔雀两岁时羽毛渐丰，到了三岁就会长出尾羽，因此它非常珍惜，不但经常加以修饰，在特殊情况下，比如涉水过河，它还会小心翼翼地翘起尾羽，生怕让水淋湿。孔雀不喜欢炎热天气。每年三至六月份的繁殖期间，雄鸟为了吸引雌鸟，就选择黄昏凉爽时，竖起它那比身体要长两倍的尾羽，成一个大扇形，或蓝绿色（蓝孔雀），或古铜加绿色（绿孔雀），灿烂耀眼，十分动人——我说羽毛还有其他功能，是指羽毛还有求偶的功能。这在大雁中，表现得更为充分：雄雁求偶时，就会倒竖羽毛，很神气地在雌雁面前走来走去，俨然一个绅士。接着，雄雁还会在雌雁旁近距离地飞上飞下，展示它飞行的本领。这种倒竖羽毛与近距离飞行，是相当消耗体力的。雄雁要不是为了求偶，绝对不会做这种费力的动作——羽毛与孔雀相似的火鸡们也用羽毛求偶。雄火鸡的求偶表演，我在动物园里亲眼目睹过。雄火鸡为逞妍斗丽，炫耀自己，就垂下翅膀亮开漂亮的尾羽成一个扇形，一边叫着，一边缩头迈步前进，向雌火鸡求爱。同时，雌火鸡也用翅膀保护它，不但用心给它喂食，还为它清理羽毛。从这点上说，鸟类爱惜羽毛，是把生命与爱情放到了统一的高度。所谓"生命诚可贵，爱情价更高"也。但最终都是为了飞翔，为了飞翔才珍惜翅膀。"若为自由故，两者皆可抛。"裴多菲这诗简直就是为它们写的。

羽毛为爱情而生的还有鸳鸯和鹦鹉。鸳鸯至今还被人们当作爱情的象征。民间的被子、枕头上还绣有它的形象。但据说，鸳鸯是最不坚贞的一对。鸳鸯羽毛呈淡褐色，到了交配期，雌的羽毛不变，而雄的则会变成绿额、白眉、红嘴、蓝腮，颈部好似披上了一条红铜色的围巾，翅膀像套了一件黄褐色的披风。五彩缤纷，艳丽动人。其目的就在于吸引雌鸳鸯。但一过了交配期，它艳丽的羽毛就纷纷褪色，回复到原来的样子。这仿佛像一个富家少年，一个玩弄女性的花花公子，一个风月场上的老手。现在想起来，动物们爱惜羽毛和古代中国女子保留"三寸金莲"也有异曲同工之妙！只是动物们展示羽毛是一种本能，而人们裹的"三寸金莲"则包含着某种动物性的欣赏、残忍和独裁。女性的"三寸金莲"是男权社会的特征和表现，这大约与鸳鸯的"变色龙"行为在某种意义上也如出一辙。还有，比如鹦鹉，它的羽毛鲜绿色，也有褐色，这就有它的自我保护、隐蔽，避开敌人攻击的作用。而雄孔雀在开屏之后，尾羽上所展现的一万多个艳丽的"斑眼"，也可用来迷惑敌人，当敌人出现在它身边时，将会被那斑眼所迷惑，从而逃之夭夭——动物们爱惜羽毛，可见也有很大的欺骗性。

那么，什么样的鸟儿，才是真正爱惜自己羽毛呢？我想，爱惜自己羽毛的鸟，应该是爱惜自己的鸟、爱惜飞翔的鸟。俗谚说："鸟儿翅膀系上了黄金，鸟儿也飞不动"。可见，爱惜羽毛的鸟，首先是不为黄金所动的鸟，是一种有气节的鸟、一

种有"鸟格"的鸟、一种追逐自由的鸟、一种飞翔的鸟！说人
爱惜"羽毛"，这人大抵也应该是有气节、有人格的吧？所谓
"威武不能屈，富贵不能淫"，大到对国家、对民族、对人类
有所爱惜，小到对得住自己的道德和良心。如此种种。那么，
什么样的人才算爱惜自己"羽毛"的人呢？

我不知道。但我知道，周作人肯定不是。他有那么好的文
字，本来这是他"飞翔"的翅膀。但他不知道珍惜，结果便成
了汉奸；胡兰成也不算是，他与张爱玲完全可以"执子之手，
与子偕老"，但他却背叛了张爱玲，胡搞起了女人。这还不
算，最后他竟当上了敌伪的宣传部长。再远一点，阮大铖肯定
不是，他可以像李香君那样，但他最终还是投清叛明了。再远
一点，李清照是，而她的丈夫赵明诚则不是，至于赵明诚后来
简直就不是爱惜羽毛的人，而是一个小人了！至于政治上，经
济上不爱惜"羽毛"的人就更多。但离家出走的"娜拉"是，
朱自清不领美国的"救济大米"是……

我们都是一只只鸟！我很想这世上有人说我也是一只很爱
惜羽毛的鸟！黎巴嫩作家纪伯伦说："艺术是一群在太空翱翔
的鸟，当它们随心所欲的降落在大地上的时候，这世界上就没
有人有力量把它们捕捉，并改变它们的本性。"冲着老纪的这
句话，我们就有理由说，一伙爱惜艺术的鸟，应该是最爱惜自
己的羽毛！

为了看看阳光，我来到世上

俄罗斯著名诗人巴尔蒙特写的一首关于阳光的诗。有人翻译为："我来到这个世上是为了看看阳光。"但同时，我读到了另一种的译法——"为了看看阳光，我来到世上。"就像阳光粒粒种进了我的心田，我突然喜欢上了这话。尽管，诗人还想看高高的蓝天、巍巍的群山、大海和谷地。但他说为了看看阳光，这就够了！

人，仿佛就是为了看阳光来到世上的。我们看到刚刚诞生的婴儿一睁眼，首先看到的正是那缕缕跳跃的，新鲜、活泼的阳光。婴儿睁开双眼就寻找阳光的努力令人惊讶。此时，阳光的温暖镀在他（她）稚嫩的脸上，触摸着那幼小而洁净的、铺着金黄色绒毛的躯体，立时使这个生命美丽和神圣起来。从此，他就与阳光一同成长，阳光照耀人的一生，如同照耀了一朵鲜花生长、开放与枯萎的全过程。一切都充满了神谕。

记忆里我被阳光深深地打动，是在一座寂静的大山里。那时，我正20啷当岁，孤身一人赶赴一个深山小镇去测绘规划图。穿过一条条河流，翻过一座座高山，突然，天空阴霾密布，乌云像一株倾倒的、高大粗壮而枝叶繁茂的参天大树，朝我头顶扑来。阴森森的群山，嶙峋的怪石，狂风在耳边呼啸，眼前的一切都狰狞可怖。我被恐怖击中，不敢动弹，绝望地倚靠在一处崖壁下。就在这时，乌云咔嚓嚓地发出一声崩裂的响声，接着，一道阳光从乌云的裂缝里直射而下。我心里一激灵，仿佛看到天启式的光芒。人一旦被阳光照亮，恐惧感随之消失。倏而，如豆的雨珠哗哗落下，"东边日出西边雨，道是无晴却有晴。"走在阳光雨里，我宁愿相信雨水也是为了看看阳光，才自天而降。

不仅仅是人、雨水，花花草草其实也是为了看到阳光来到世上的。花草的语言人不懂，但阳光懂得。因此人们可以看见花草在阳光里，颤动娇柔的身姿，低头沉思或挺胸昂头。忧郁的花朵明媚地绽放，蜷缩的草叶激动地舒展，它们在阳光里尽情歌唱或舞蹈……直到阳光消失，才悄然藏起自己的心思——在草本植物中，为看看阳光来到世上的莫过于向日葵了！这个开着黄花，圆盘状旋转的植物，有一个好听的名字竟叫"转日莲"。它遍布在我们的村庄和田野，一年到头，都朝太阳抬着自己高贵的头颅。仿佛一生的渴望就是为了太阳的喷薄一出。接着，它原始的生命就呼啦啦地燃起一股熊熊的火焰。这股灼热的火苗，后来竟然让一位名叫凡·高的荷兰画家心头一热，眼睛一亮，成就了他终身热爱的色彩。凡·高的《向日葵》，未尝不是他看看阳光，留给人世的千古绝响。

阳光的本质是诚挚、刚健、温暖和给予。在哲人们那里，阳光简直就是美的化身。古罗马的柏罗丁就说过："眼睛如果还没有变得像太阳，它就看不见太阳。心灵也是如此，本身如果不美，也就看不到美。"……灿烂的笑容是阳光。禾苗生长需要阳光，美丽的生命源自阳光，我们来到世上即是寻找美，追求美的。因此，我们没有理由不小心呵护深深沐浴着我们的阳光。

人像一根麦秸

"有人说人类将葬身于烈火，有人说世界会毁于坚冰。"

——美国诗人弗罗斯特《火与冰》

在稻畈区因盛产水稻，田叫水田，而麦子一般都生长在旱地上。收成很小，每年也就一茬。五月麦黄风时，稻子未熟，乡亲们正好腾出手来将麦子收割起来，送进磨坊磨成白花花的面粉，用以当作长年吃米岁月里一种调羹——制成面条或干脆做成小麦粑。稻子只有在煮成米饭时才散发出清香，而麦子在黄与乍黄、麦粒未脱下时，那金黄的麦秆就会飘溢出一种成熟的庄稼气息。乡亲们闻到这被风捎过来的诱人馨香，亲昵地说：刮麦黄风呢！

从乡亲们对于稻子和麦子的态度上，我后来回想，乡亲们似乎更倾向于麦子。这不知道是不是水稻区人民对别种庄稼的移情别恋，或者根本上就是南方人对北方人本质上的心仪。再简单地说，也是南方的麦子不像生长在广袤的北方土地那样一望无际而稀罕的缘故。在南方，水稻一经收割脱粒之后，那稻草立即就被乡亲们用铡刀铡碎、铡断，还原于稻田，或者在太阳下暴晒一番后烧成"火粪"。大抵是稻草易烂的缘故，归于稻田，没几天它就会腐烂为泥，化作肥料。而麦秸则不，我小时候割过麦子，那麦茬齐扎扎的，如剑刃一般，扎得小手和脚窝子叽里哇啦地乱叫。南方人一般不把麦茬留在地里。我们小时候早晨上学或下午放学，所要干的活儿就是挖麦茬，然后抖干净，晒干当柴烧锅煮饭。麦秸子性脆，在火炉里烧得噼噼啪啪地响，那声音犹如正月人家娶新娘子放爆竹，给人一种穿透幽静岁月的幸福感。

麦秸的用途还在于能够晒干、压扁，编织成金黄色的麦草帽和蝈蝈笼、鸟笼子，还可以制成各式各样的花虫鸟兽之类。夏天的时候，我们乡间孩子们唯一的游戏就是捉蟋蟀、捉蚂蚱，捉住两只放进麦秸编织的笼子里，然后挂到床头。那小东西就伴随我们过完一个"知了声声"的夏天。那时，我们村子里最会编织麦秸的是春旺叔，他祖上是学篾匠的，再孬的竹子到了他的手里也会修理得细如棉线、韧如铁针。所以编织麦秸是他的拿手好戏。农村时兴割资本主义尾巴的那阵子，他就曾偷偷地用麦秸编织过草帽、花鸟虫兽之类的走村串巷地卖过，因而也被当作资本主义尾巴割过。那些没有压扁的麦秸，可以两头除断，当作吸水用的卫生管。现在市场上流行的饮料管，我想就是人们受麦秸启发的。

"人哪！就像是一根麦秸！你看，折一下就断了，就碎了……"这是我祖母说过的话。祖母说这话时我还小，无法弄懂人和麦秸有什么本质的联系和区别。祖母现在已经90多岁了，她活得健健康康。但那时她说着这话，乡亲们都信，都点着头。他们深有感触的是因为这话直接与春旺叔有关——春旺叔那年由于卖麦秸编织的"玩意儿（乡亲们语）"，最后终于被当作"投机倒把分子"给公社抓起来了。这还不算什么，后来公社开"万人批斗大会"，一直低头的春旺叔在台上不知怎么抬了下头。这下，他看到与自己一同接受批斗的竟是强奸知青的强奸犯、杀人放火犯、偷盗抢劫犯……他心里的防线一下子崩溃了。批斗会结束，别人被判了刑，他虽然被释放了回来，但当天晚上他就找了根草绳吊死了——我和她的女儿是同班同学，她家里来人要她回家，我们才晓得这事。春旺叔胆子大，脸皮却薄。"人哪！就像一根麦秸！"乡亲们聚在麦场上，边打着麦边这样说，叹息声四处流传……

如果深究起来，稻子和麦子给予我们人类的还由于地理上的差别而带来的心理上的巨大差异。在南方，人们把米饭当作主食，那种精细、雪白、晶莹而柔和的香喷喷的米饭，赋予南方人的是一种精明、纤细、柔韧的性格。稻子离不开水，人也被水调养得滋滋润润，机智而又未免失之于油滑；而以小麦面粉为主食的整个北方，却也似麦子般的坚挺、粗糙，北方人胸怀涌动起来就如麦子般地波浪起伏，宽大、深沉，他们的性格也如易断易折的麦秸一样，"嘎嘣"干脆就是一下，绝不会像踩在南方水田里的拖泥带水——稻子和麦子简直就代表着南人或北相。民以食为天，庄稼天生的骨骼造就了人身体和心理上的区别，但人毕竟是有思想的，正由于这思想也让他们看出了自己与植物的殊途同归——人就像一根麦秸，一根有思想的麦秸！想想看，朴素的乡亲说的与洋人帕斯卡尔说的"人只是一根芦苇"有什么两样？

　　人类一旦深刻起来就以为自己很是哲学，而哲学又从未最终解决人类的千古浮躁。特别是世纪末（人类自知之明地将这叫做世纪末病）——据说不单20世纪末，19世纪末的人也很浮躁。但20世纪末由于一本讲"人类大劫难"的大预言，再加上宇宙中的星球要排列出个十字架来，人心于浮躁中又添了些恐惧。真的如此，我想人类应该出现的局面绝不会像面对稻子或麦子那样亲切，其结果可能是两种：一种是人类不断闹出及时行乐的荒唐事，另一种则是涌现出一批"朝闻道，夕死可矣"的英雄来。幸好人类的思想仍并不十分脆弱。脆弱的还是人的肉体——在历史中，我们已经不断"领略"到法西斯对人类的摧残，在电视上我们现在还看到硝烟弥漫的战争，看见正在进行的海湾、科索沃战争中那一具具倒下来的无辜平民的身躯……这时候我陡然想起祖母的这句话，也只有心怀悲愤和无奈。人或许真是一根麦秸，命贱于草或被草菅！

亲近农业

农业自古以来滋生的多重生产环境，使地道的农民正站在不断丰收的田园，等待一种收割。钢蓝的镰刀在他们手中垂落成永远的弯月。在田野的另一旁由坟茔堆立的丘陵上，先祖们超越了一切时空的限制，以各种不同的姿势站立在苍黄的宇际，默默呼吸着神采飞扬的稻粮气象。他们自己丰腴自己，又用自己的镰刀收割。搁置在这些到处散漫的农业村落，他们每个人甚至都是一颗稻子一粒麦子，他们思想的点滴正像稻芒和麦芒直刺农业的内核，光芒万丈。

地球上的村庄苍凉地溃退，望着满目疮痍的农业，我们内心不止一次地倾听到土地的呻吟。这声音不仅仅让我们感受到先祖们某种原始的呼唤，它还能使我们生存的时间悠远而旷长，让生活的意义更接近生命的核心。我们希望粮食和农业不能仅生长在思想纷繁的土地上，不能只长成一株株稗子或野草。我们已经觉察到农业已向广袤的苍穹翕动鼻翼，滴血般嘶叫着生存的恐慌，我们真理般痛苦地想到农业……粮食。

粮食。

在四季明显交替的炼狱里，身负农业革命的黎民百姓正以他们正常认知农业的方式顽强地劳作。太阳和月亮、雨水和冰雪在他们眼里无论如何都屹立不成艳丽的风景，二十四节气的喜悦曾使他们黝黑的脸庞流露出一两天的自豪，但他们眼光穿越那叫做土地叫做历史的地方，全部投向的还是农业！春耕、夏播、秋收，农业生产的工具和方式极其简单而粗陋，而看起来，对土地深深的顿叩和膜拜已成为他们生产劳动的所有程序中至高无上的尊贵动作。农业和土地紧密相连，他们深深顿悟干旱、洪涝、虫灾、老鼠……种种农业天敌袭击的结果是什么；他们不止一次地意识到丰收之后仓廪盈实，每一担粮食售不出去的滋味。那滋味犹如老鼠噬咀粮食一样咀嚼他们永远绷得很紧的神经……在乡下空寂而落寞的村庄，庄稼人咬牙切齿诅咒的都是粮食、粮食，广袤的田野上一堆堆稻草或麦垛在他们眼里挤出一两处可怜的所谓风景。

而在另一头，在城市有着大量人一样机灵精明的机器，正在加工制作进口的农业果实，面包什么的往往发酵成本土农业的霉菌，蓬勃生长如罂粟花般猩红地摇曳着，农业正满腹疑惑地看望，看望像是吞吐着鸦片一样地消瘦着自己的农业。正因为这样，我们就不难理解，稼穑之艰在他们实在不仅是抽象地在农田上劳作，而且更是铭心刻骨地为每一担粮食售不出去而忧心如焚；为七月的干旱泪雨纷飞；为四月洪涝心焦如火，因为只有他们自己才知道，农业的汪洋大海让他们的生命永无彼岸，而时时又让他们如鱼得水，游伏在农业的海藻里生生息息，繁衍不止……只有他们高呼农业，农业万岁！

　　有时候，我们走在让庄稼人收割殆尽的田野上凝望，见到几只雪白鸽子的红唇在田间辛勤啄食，我们心里就会泛起爱惜鸽子一样爱惜农业的怜心，我们一边会为粮食是麻袋里长出来的论断而哑然失笑，一边会为禽类寻找到自己最初的巢穴而惊喜万分。鸽子们也许正从它所绝对喜爱的粮食以及与粮食相类似的食物中觅取养料。禽类如此自觉和顿悟的非规则蔓延，已使人类惊羡禽类在颠扑不破的农业生存法则面前显示出的那独特而永久的魅力。感受这些，当土地慨叹着农业之花萎然凋谢的时候，我们就会由衷地亲近土地，亲近农业。

大地的心

黑黑的，油油的如渗出的汗珠，千年的煤炭怎么就会有了呢？

起始，相信它的燃烧才使人类的眼睛一亮。宿命的天火。从此使这黑色的物质立即变得诗意和生动。先是看见树叶遮体的先祖，看到郁郁葱葱、密不透风的荫荫森林。好像不久前还是一片浓绿，嫩嫩的叶片刚才还被阳光小心地呵护着，但森林的枯老、倒伐、腐烂和交媾，大地不可名状的损害、颠覆和永不规则的组合，或曰相亲相爱，转眼间光明就彻底背叛了它。琥珀、侏罗纪、乌金、白垩土……这些名词是以后才出现的。当时的一切都充满了黑暗，无垠无涯的黑，无边无际地延伸，它开始拼命地吮吸，积攒着，贪婪地蚕食着，光和热使它浑身蕴含着生命和力量。这时候看地球就像是一个未熟的瓜，在宇宙中逐渐成熟、发育，它需要的一颗心，温暖，使大地富于生气的心。

大地上的人类稳操胜券，先是很实用的称它为煤，然后又嫌弃它的黑。是的，在沉睡的时候，煤炭冰冷冷的，奇黑无比。它知道自己容颜的丑陋，它缄默、深沉、下降……以至躲到几百米的深处。当然也听不到它的任何抱怨和叹息声。有声音是后来的事。当一群人不再安分在大地上行走，而把眼光投向它的时候，它从此便非常渴望与人的对话。那些人用铁锹挖出一条隧道，铁锹便光灿无比。接着他们大刀阔斧地挖起来。在一些图书和老电影上出现的一个个骨瘦如柴，背弓如虾，嘴叼油灯，在它怀里爬来爬去的，差不多就是它所见到的最早的人类的形象。见到人们由于自己而被拖累的样子，它在黑夜中痉挛、呻吟……人类的汗水滋润着它，尽管也有希望和勇气，但他们漠然如藏于另一片土地中的秦始皇兵马俑——那里有舞蹈般的动作。相对于它们，他们却是灵动、飞跃式的，如岩石上雕刻的画，情绪飞扬，它知道他们的名字叫"矿工"。他们使它感染到生命的温馨和绵长。

大地上，士兵守卫和平；地层深处，人们又开采着光明。和平与光明是人类是永恒的主题。

另外的一种颜色是红色。这是煤炭生命最为酣畅淋漓的时候。红与黑其实就是煤炭的宿命，哲学的对立两极。一种物质的生命能够如此丰富，仿佛就是司汤达小说《红与黑》中于连的命运，只不过它远没有于连的心机。对于煤炭，红红的光焰耀动，洋溢着光明和温暖，人们需要它取暖，煮熟他们想吃的食物，还需要它开动机器、锻造钢铁……这红火苗照耀过的革命根据地，人民手中那系着红缨的梭镖和大刀就是由它锻造出来的，煤炭——这工业的粮食，与南瓜汤、红米饭一样喂养大了中国，焚烧了一个破旧的山河，漫漫黑暗的时代……煤炭被自己的本领弄得神采飞扬，到处传说，仿佛总看到自己红心的跃动，在每一座村庄，每一座城市，它都会显现自己光彩照人的影子。在父亲的铁炉里，我就见过它那抒情的样子，时而泛着苦难的暗红，沉闷如雷，绝望地燃烧着；时而狂躁不已，腾起一片冲天的火光，疯狂地咆哮着，只有遇到铁——当父亲将他要打的铁器伸入到它怀抱的时候，它才发出呵呵的笑声，并极有分寸地让冰冷的钢铁呈现出生命的姿态，使之锻打成形——燃烧自己，就让另一种生命更为亮丽。在风中，在火里，煤炭呼吸着，且歌且吟，那声音显得格外雄浑、深沉、具有不可抵挡的震撼人心的力量。"质本洁来还洁去"，燃烧，只有熊熊烈火的燃烧，才使它的思想得以升华，生命在抵达天堂中安息。

关于煤炭，现代的手法有些不一样了。文明、先进之类的科学技术种子一般撒进了黑土，生出了幸福和期冀。人类改造自然、改造工作环境的追求当然永无止境。但谁敢忘怀煤炭这种物质与生命的另外一种意义呢？如果知道阴谋常常是那个叫作"瓦斯"的东西制造的，人们就会真正理解矿工们为什么被人称为盗火的普罗米修斯了。身临大地的深处，实在，说开采"阳光"有些浪漫，太阳的称呼过于温暖；"乌金"的称呼有点闪光，普罗米修斯毕竟是舶来的神话。而瓦斯那古怪的名字才是矿工们真切而悲惨的感受。一切防不胜防，措手不及，当人们在这场战争中满怀胜利和成功喜悦时，它如战场上燃起的硝烟一般，让阴霾密布，当一条条活泼、粗壮、刚强的人类的身躯在瞬间化为乌有，销声匿迹的时候，它也被自己的行为吓坏了，乱石穿空，惊涛裂岸。它自己也揪心裂肺，过黑的黑色咳出殷红，咳出苦涩。和平的年代，牺牲最多的恐怕就是这些开采煤炭的人了……大地良心：和平需要牺牲者的捍卫，光明更需要牺牲者的奠基。我曾见过一幅油画，一位矿工在通红的、火光四溅的巷道，张开了双臂，那黑色的身躯扭曲、透明如凤凰涅槃、再生，在这幅画前，我睁大了眼睛，我甚至喘出了一口粗气。这不是一种心对心的怜悯。红色的、黑色的、黄色的、褐色的……皆是泥土，煤炭也只不过是别种泥土——生为黑色，活为红色，它在背叛黑色的路程中殉难，它在见到光明时让灵魂飞翔，让生命疼痛着隐退、消逝。这就不是其他的泥土所能承担的了。

煤炭是大地的心。

心有心的境界。

怀念时代

　　这真是一个怀念的时代：怀念老房子、怀念胡同、怀念老照片、怀念小人书、怀念布鞋……怀念像蜘蛛网一样飘荡在我们的心头，像霉菌一样铺天盖地充斥人们的言说。怀念这种隐遁在个体或群体生命中的亮点，在当时也许黯淡无光，并不神奇；也许曾倏而洞照着一个人的心灵，给了他以终生的光明。总之，在一个还很浮躁的年代，怀念是一种总结，如一泓清水似乎要涤洗着什么。

　　怀念这种暗涌的潜流，总喻示着某种东西。怀念小人书，是因为在电脑、卡通片泛滥的年代，旧的阅读期待心理的消失；怀念"知青生活"，原来却是城市人欲逃遁城市生活而不能的心灵无奈；怀念布鞋，是因为布鞋与泥土的关系清纯无比，最是滋养生命。穿皮鞋的足与大地的隔阂，也许正是人与人之间的隔膜。穿布鞋最有一种踏实的感觉。爱读唐宋清官秘史，并不仅是因为人们对封建贵族生活的好奇，其中更暗藏人们对"死水"般生活的厌恶和调侃；怀念同桌，怀念老照片，怀念与自己生活相关联的物事，甚至隐私，表明在如此烦躁喧嚣的社会里，在商品金钱交易的时候，人们的心灵已退守到最后一块领地。"君子之交淡如水""老吾老以及人之老，幼吾幼以及人之幼""仁者爱人"，人们在被铜臭熏染的时候，怀念传统、怀念一种简单，不仅仅是再沉迷一种昔日的辉煌……

或许是一种现代化造作的情怀，或许本就是世纪末的情绪，在日益矗立的商厦大楼里生活，我们多么地有理由怀念老房子啊！那种泥土的气息曾养育了我们的祖先，喂养了我们的民族，相比于玻璃、水泥的平面和变形，泥土真的养人。而怀念小巷胡同，更多的是对自己脚下古城的真爱和良知的呼唤。智慧时代、知识经济……许多新的名词都会制造出来，制造一个钢筋混凝土的现代化大都市也并不困难，但那胡同的消失，将是消解一个朝代甚至几个朝代历史的特征和先民的智慧与辛勤血汗。那见证过无数历史，庇护过芸芸众生的老胡同的湮没，就意味着一种文化的消亡，因为任何复制都是轻薄的，就像电脑的写作，再漂亮也缺乏了"手稿"的意蕴。

有时候怀念是一种情感与理智的觉醒。比如怀念长者，因为这正是失去长者的年代，国学大师、大政治家、大艺术家、大哲学家、经济学家……这些可敬的长者都曾经以自己瘦弱的脊梁支撑了一个民族的文化、政治和经济的铮铮江山。而民族的多灾多难又曾丧了失代代相传、后学紧承密继的机会。曾有的青黄不接的历史，使我们称那些大家们为"国宝"、为"古董"……现在蓦然回首，那人却在灯火阑珊处，这种怀念，的确使人们猛省：西风打不开中国这本古老而又年轻的书。这种怀念是一种对历史负责任的怀念。

陀思妥耶夫斯基借他的小说《白夜》中的"梦幻者"曾说，他是一位没有历史的中性生物，美丽而奇异的幻想也没有使他的生活充实。只有在与纯洁的娜斯金卡相处的那几个白夜才是他一生最为美丽和温暖的怀念。他深怀感触地试图告诉人们，没有怀念的人生，就会使人生失去应有的意义……

因此，相信怀念是一种美丽的心情，一种良知的复苏和心灵的修补，人生自我完善的过程——可在街头巷尾看到许多如我这般怀念的文字像泡沫一样泛滥，恐怕又让人想到，怀念又是多么困难的一件事啊！

但愿，后人能怀念一个值得永远怀念的时代。

大师与孩子

　　"这条小鱼在乎！"——和平年代一则美丽而又动人的故事：在暴风雨过后的海边，一位小男孩捡着被暴风雨卷上岸，困在沙滩水洼里的小鱼，并把它们重新扔回大海。一条、两条、三条……小孩不停地捡着。在海边散步的一个男人忍不住惊奇了："这么多的小鱼，你捡得过来吗？而又有谁会在乎呢？"小男孩头也不抬地说："这条小鱼在乎！"一边继续将鱼捡起扔进大海，他一边自豪地回答道："这条在乎，这条也在乎！还有这一条，这一条，这一条……"

　　这是一个男孩浪漫而又充满理趣的纯真行为。它令人惊羡和怀想，里面好像还有本质上接近和具有大师般意味的东西……而其他孩子们都在干些什么呢？在《古拉格群岛》上，我读到了索尔仁尼琴，这位20世纪俄罗斯伟大的作家之一、俄罗斯伟大的良心。我发觉，他就远没有在海滩上那位优雅的散步者幸运——

　　差不多也在海边，在黑暗的古拉格群岛上。索尔仁尼琴，这位背着石料的俄罗斯著名犯人，看到的却是一群手里"拿着冲锋枪的孩子们"。其实不独他们，在我们自己做孩子或者现在正娇生惯养的下一代，大多数的启蒙教育也都是一把枪或一把刀什么的。但这些枪终究还是玩具，如果索尔仁尼琴看到，恐怕也只偶尔思想一下而已。可这回不，这次索尔仁尼琴看到"守卫"他的是一杆杆真正的枪，一颗颗直奔"杀戮"主题的异化者的心灵。

在古拉格群岛这个比真正的传统意义上的监狱还要阴暗、还要可怕的地方，索尔仁尼琴，就这样日日夜夜被一群充当着"杀人机器"的孩子们持枪监视着：孩子们敢于朝倒仆在地的逃跑者踢上几脚；敢于从戴着手铐的白发人嘴里踢掉面包；敢于像在动物园里观看动物一样，无动于衷地围观逃跑者在满是荆棘的车厢里被迫滚来滚去，甚至干脆就端起冲锋枪朝着正回营门的囚犯开上一梭子……他们相信政治指导员"手中紧握的是体现祖国力量的惩罚之剑"的训导。他们像是被奴化成为一群低级动物，盲从而丧失人性。在极权统治的黑暗年代，人性的尊严荡然无存。孩子们的天真、幼稚一旦被政治利用，其心灵异化、戕害就远比大人厉害、残酷得多。在这种环境下成长起来的孩子，试想，会像海边拾鱼的那位小男孩那样，知道拯救生命意味着什么，知道比大海宽阔的是心灵吗？

索尔仁尼琴同情地说道："每天早晚两次，我们和他们拖着沉重的步子走路：每天早晨，我们都无精打采地走向我们和他们都不要去的地方，我们走在路中央，他们走在路的两旁，每天傍晚，我们打起精神往回赶路，我们奔向自己的畜圈，他们也奔向自己的畜圈。双方都没有自己的真正的家，所以这些畜圈也就等于人家的家了。"

他无法如海边那位优雅的男人那样接近孩子，与孩子对话，他的痛苦无处诉说。但他在心头流血，灵魂受着煎熬的时候，他却以博大的胸怀宽容着、思索着，挖掘着这些被扭曲、被损害的孩子们身上的悲剧灵魂。

"这些孩子们的全部力量就在于无知！"他痛心疾首地告诉我们。

大师之所以被称为大师——大师对人类与人性的深刻体认和悲悯，首先就应该包括对孩子们境遇的不同于一般意义上的理解和教化。索尔仁尼琴对孩子的态度，当然只是一位大师对孩子们所应有的态度。索尔仁尼琴做到了——而同样是在俄罗斯，同样也被人们称为大师的高尔基与孩子们发生的关系却与他迥然不同：

20世纪20年代，俄国作家别松诺夫逃亡到英国，出版了《我的二十六座监狱和我的索洛维茨岛的逃亡》一书，揭露监狱群岛地狱般的生活。有关当局闻讯后，为了驳斥这本书的"无耻谰言"，便请文学大师高尔基视察索洛维茨岛。岛上尽管弄虚作假蒙骗大师，但在一所所谓的儿童教养院，高尔基还是知道了真相。一位14岁的孩子告诉他："你听着，高尔基，你看到的都是假的！"岛上成灾的蚊子，以人代马的奴役，雪地过夜的残暴……孩子把他所知道的一切都告诉了他，愤怒和吃惊使高尔基老泪纵横。但大师回去后，却仍发表文章大肆鼓吹索洛维茨岛上的生活天堂般的美好……

更为残忍的是，就在高尔基离开那个岛时，那个小男孩就被枪毙了！

索尔仁尼琴很快知道了这件事的真相。他又一次陷入了更大的无可奈何的悲哀之中。他辛酸不已，几乎捶胸顿足地说："唉！你这孩子，为什么要破坏文学祖师爷刚刚建立的仆人成群的宫殿和花园般的生活！啊，阐释人心，精通人学的专家，他怎么没有把这孩子带走？"这令人震颤的发问，酣畅淋漓。不正是类似于大师的"救救孩子！"那一声深沉的呐喊！不正是一位大师对另一位大师缺乏起码的人性和道德，感到深深的悲哀和耻辱而发出的痛苦的呻吟？"这条小鱼在乎！"所谓大师，有时竟不如那个捡鱼的孩子。

还是回到开头叙述的那个故事上来——那故事让人想到在碧绿色的、波涛汹涌的无边无际的大海上，几只海鸥在飞翔着、尖叫着。头顶上是高高的蓝天和白云，一切都充满着和平和宁静，散发着自由与新鲜的空气。那画面甚至还让人联想到人类的爱心和善意。在世人的眼里，那小男孩简直不是出自人间，而是从天堂下来的一位美丽天使。他拯救的也不仅仅是那一条条小鱼的生命，他心灵和动作凝聚着坚硬的、古铜色的穿透人心的力量，已经闪耀着一束人性的光辉，绽放着人道主义的鲜花。

从这个意义上说，索尔仁尼琴是大师。那位小男孩，也是。

零碎时间

　　像一把钢锯挥舞在头顶，我甚至听到它尖锐而悠扬的锯声，看到铁或木的碎屑在纷纷扬扬地飞舞。钢铁在现实的锯声中一般是尖锐的，有些迟钝的感觉。而锯树木就简单多了。它轻松、愉快，在熟练的木工手中，简直还有一种优雅的姿势。木匠微微低头，全部的力量都放在手上。他的肩胛、屁股沾满午后的阳光，阳光照着他的头发，将木屑的尘粒映衬得一片金黄。有时，两双粗糙的手相互拉扯钢锯，滚圆的树木在他们的眼皮底下一寸一寸地断开——不像锯钢铁，那里充满着时间的对抗和断裂。

　　在乡下，我有的是机会看木工们这种"成人的游戏"。当然，我不能用一整天时间来观看，虽然木工们利用的是系统的日子或几个劳动日进行这种活动。一棵树从砍伐、劈枝到码成整整齐齐的圆木堆，置放一段时间，然后到剥皮、打线，切割成木工们需要组合的农具、家具，门槛和什么的，等待的时间是漫长的，其中有着漫不经心的精心算计和设计。结果所出现的一件完美的家具或豪华的门框，好像就是木工们将那零碎的时间拼凑成的。这一件完整和有益的东西，甚至一件工艺品，在时间里得以无限延长。最后，木工脸上洋溢着成功的自豪和满足，主人家也充满喜悦和舒心。事实上，这就是一个零碎时间拼凑起来的完整的时间轮廓，并及时地显示出了时间的强大。与此同时，木工们在这零碎且乱的时间，靠自己的技术、力量、想象，赢得了人们的尊重和爱戴，并由零碎时间拼凑出了起码的生存需要，收获着时间消逝所赋予的生命果实。我不能忘记少年时看到的木匠在阳光下劳动的身姿，这就是零碎时间留给我的。

零碎时间不被利用之前一般都是无用的。比如一堆零乱的木头，没有整合仅仅就是木头，它随时都有腐烂和丢弃的可能；比如纷纷扬扬的木屑，如果不收扫起来，断然是不能作为燃烧的原料的。漫长的时间，充斥着无数的零碎，整块的时间因而让人们得以遐想。遗憾的是，享用时间的幸福感却使人们丧失掌握它的警惕性，大到利用漫长的岁月进行无义的战争、疯狂的游戏，小到"一杯茶，一支烟，一张报纸看半天"的无谓消耗。倒是很多珍惜时间的人，往往更珍惜零余的时间。马上、枕上、厕上之谓"三上"；"冬者，岁之余，夜者，日之余；阴雨者，时之余也"的"三余"，都是这种珍惜时间的古典例子，它有着健康、向上、积极的味道。而更多的，时间都被我们无情地零碎的肢解了。在早晨的菜市场里，时间被零碎成一堆堆萝卜、一撮撮青菜、一块块羊肉和一斤斤小葱，小商小贩们与顾客讨价还价的争吵时，时间被切割、整合成一桩桩"生意"。商贩们得到一笔时间的经济，顾客们整合一桌子的佳肴。这也可以做零碎时间被运用成功的例子。由此可见，零碎时间的运用就是做一桩灵魂的"生意"。

　　非典时期的北京，渐渐弄得有点风声鹤唳的味道了。城市在一夜之间仿佛变成了一座空城。人们在恐惧中坚守，由于不敢串门和互相走动，最大的好处就是拥有了系统的时间。对于平时缺乏时间的人，这是唯一的。但我吃惊地发现，这系统的时间由于非典的残酷事实，尽管有了时间和空间意义上的完整，但仍然残缺。一种介入时间之中的灵魂的残缺、理性的残缺。恐惧、担心、憎恨、期盼种种时间之外的东西破门而入，拥挤在时间的河道，同样将那时间切割得支离破碎，甚至混乱不堪。"非典时期好读书"是那时的流行语，但真正能这样做的人仍然不能安心，因为时间同时在被非时间的概念侵扰的浪费更大。可见，时间不仅仅是一个时间的概念，它还是一个心灵的概念、思想的概念，甚至是一个生命的概念。纯粹的、完整的在使用系统时间的人，那也必须在一片澄明、轻松的和有目的生活中得以实现。一个心无旁骛的人能将零碎时间缀成一块完整；一个无所事事的人会将所有美好时光，敲打成碎片然后虚掷一空，形成时间的"黑洞"。主宰时间，归根到底还是要有韧性、智慧和良好的目的与心态。

　　我经常有一把钢锯挥舞在头顶的感觉，有一天，我突然发现那锯的竟是时间之树——我自己的时间之树。我很少的闲暇，就像那纷纷扬扬的木屑无法收拢。这情形使我像置身在大雾的天气里，雾久久不散，阳光铆足了劲却穿透不了，驱散不开。我大块大块的时间，已被所谓的工作完全占用，而又由于生存环境的局限，我确实找不到一个整块时间：它常常是工作与休息、上班与下班无法分开。这样，也使我的精神状态一直是工作着。而工作，也一直是为了起码的生计。生计、工作、生计的循环，当然会穿插一种强烈的责任感。某些时刻，我感觉，我的时间之树就是一棵钢铁之树，锯与钢铁在尖锐地对抗、断裂，然后零碎——我利用这零碎时间，就有拾起几两零碎银子的满足。

作家还是梦吗？

　　对于一位作家来说，如果真的有沈括那样一条"梦溪"在心灵流淌，那该能编织出多少神奇美丽的故事？那样的梦，肯定就会有庄周梦蝶般的浪漫，有《牡丹亭》中杜丽娘和柳梦梅那样爱情的绮丽。即便是淳于芬在古槐之下的"南柯一梦"，也会赋予人生以更多的意义——认识到这些是很久以后的事了。其实，作家的梦很少开始就会肩负着这种"意义"的。比如我，那时做的仅仅就是一个想当作家的梦，尽管简单幼稚，显得虚无缥缈，却有一种扑朔迷离的美好。

　　我生于20世纪60年代。那时候社会上除了"八个样板戏"和《金光大道》《艳阳天》《虹南作战史》等几本小说之外，我最早接触的文学名著就是当作批判教材的《水浒传》了。有一年，村里来了几位"知青"，在他们那里我倒是读到了《钢铁是怎样炼成的》《牛虻》——这些书他们回城时嫌重，就一股脑儿丢给了我。记得我读小学时非常酷爱小人书，也喜欢"打仗"，碰到一位收藏了很多小人书的同学喜爱枪，两者取其重，我咬咬牙就用我的那把"驳壳枪"换回了他的四十本小人书。从此，我就成天陶醉在那小人书里。看了不算，还喜欢写写画画的。有次看电影《渡江侦察记》，我看了不过瘾，自己动手编起故事，这就需要自己想象的介入，所幸的是当时我竟专心致志、心无旁骛地将这件事做完了。

老师在班上很少讲到文学——讲的都是课文、中心思想、段落大意、修辞语法……然而就在我们小学毕业那年，班主任老师不知怎么心血来潮，找到了一本名为《追穷寇》的书，每天放学后在课堂上念上一段。那是一个剿匪的故事，老师的行径类似于一个"说书人"，抑扬顿挫的，念到紧要处就戛然而止，卖个关子，说："且听下回分解。"这样就把我的胃口吊得高高的，脑海里充满了许多神奇的联想，似乎踏进了一个崭新的境地。到了初中，语文老师似乎也感觉到课文的枯燥无味，上课上得高兴时，就丢开课文，摇头晃脑地教我们一些唐诗宋词。很快，我就被老师引入了一个非常美丽的语言世界，被那些陌生而神奇的东西迷住了。于是，我每天跑到老师那里抄上几首。这样积累下来，我就有了自己的《唐诗宋词选》。我煞有介事地装成个线装本，在书的前面画了李白、杜甫、屈原的像作为插图……这本书至今还在，我每每看到它，心里还会产生一种莫名的亲切感。

在现在的青少年人眼里，我们最早接受的文学艺术的熏陶就是这样让他们感到可怜、悲哀而难以理解。但有一点是显而易见的——那就是我从此喜欢上了文艺。学校一有文艺演出，我就被老师抽去作小演员。这样下来导致的最终结果，就是我逐渐由"班长"变成了学习委员、组长、语文课代表，一直到高中二年级时，我还担任着语文课代表。那时我的作文经常被老师当作范文在班上宣读，或是贴在教室的黑板报上。偷懒的老师让我站在讲台上给同学们讲解《鸿门宴》，他自己在一旁竟沾沾自喜……也差不多就在这时，发生了一件更为重要的事：同村的一个高中生，写了篇文章在报纸上发表了。他因此经常被召去参加什么小说学习班和文学座谈会。学校的老师和同学们对他都佩服有加，他自己也趾高气扬，常常来我们学校吃三喝四，呼朋唤友地去喝酒。这深深地刺激了我——我想：他能写，我这个"语文课代表"还不能写吗？于是，私下里我也写一些叫作散文、诗歌之类的东西，投寄到县文化馆办的一张文学小报，居然很快就发表了一篇——只是文章不敢署自己的名字，用的是我表弟的名字。即便这样我也已经很满足了。记得那天看到我的作品，我的心怦怦地跳着，激动了好一阵子……接着，就到了一个文学创作热情异常高涨的年代。一本书可以成名，一首小诗能成为格言，一篇小说可以引起轰动，社会上、校园里，各种文学社团如雨后春笋般涌现，各种油印的文学报刊如雪片般漫天飞舞……家乡的一位差不多已被人们遗忘了的叫作张恨水的作家，也像出土文物般地被人发掘了出来。茶余饭后，也就有人津津有味地谈论着他的故事，说他一生创作了三千万言的文字，等等。当然，谈不上有一种什么样的激励，但在那时我心里分明对文学就更加地热衷了起来。我订阅了《人民文学》《十月》《青春》《青年作家》等杂志，又弄到了一本《世界文学名著目录》，按图索骥，节衣缩食地去买那些名著，然后又废寝忘食地认真读着……就这样，不停地读读写写，写写读读，我犹如一只被"缪斯"之箭射中的小鹿，懵懵懂懂，不顾一切地跑上了文学这条充满艰辛和痛苦的崎岖小路——再后来，随着作品不断地在报刊上发表和介绍，当自己又成了一名文学刊物编辑时，我才真切地意识到，我曾经做的竟是一个绵长、幼稚而又艰辛的"作家梦"。

时代真的是变了。不要说文学早已经被边缘化，单说现在的纸质媒体、网络写作业已铺天盖地，写作出版成了一件简单而轻而易举的事。这时，我就想问"作家还是梦吗"？——一般说来，人的童年、少年和青年就是一个浪漫而多梦的年华。我不知道现在的少年会不会有一个想当作家的梦，但我分明是有过的，如果说，我那时做的就是这样一个轻狂的文学梦的话，那么现在我也没有感到懊悔。相反，我庆幸自己赶上了那个幸运而真诚的文学年代，使我萌生的所谓"作家梦"不至于在半途中破碎和夭折。就是今天，每当我在语言的阅读和表达

之中穿行，一种接近和正在接近体验生命的幸福感，还总是那
么轻盈地充溢在我的周围，使我倍加珍惜和依恋。我知道，这
是我的一种真实的人生与艺术的梦在延续——是梦在呼吸、梦
在飞扬。

作家与足球

上帝创造夏娃与亚当，当然没有想到他们会在伊甸园里偷食禁果。被称为"足球上帝"的雷米特先生在创造世界杯足球赛的那个午后，恐怕也没料到他从此会弄得夏娃与亚当们魂不守舍。这回有点不同，当1998法兰西世界杯足球赛精彩的表演让男人们看得云遮雾罩时，据说地球上的许多女人不幸大都做了一回足球寡妇——这是个该上魔鬼辞典的词语。

中国男人的浪漫总有典故。《红楼梦》里"万艳同杯，千红一窟"，便被足球看客们演绎成"万人同悲，千球一哭"的名句而广泛流传。人们守着球场或是电视荧屏就能大欢且大喜，悲怆且凄凉……虽没有如鲁迅先生说看《红楼梦》，才子看见缠绵，道学家看见淫荡，革命者看见排满那样的智慧和苍茫，但见仁见智的足球看客们也不乏"看相"纷呈：勇者看见对抗，善良看见残酷，平凡看见英雄，英雄看见力量……至于这场鏖战法兰西的球赛上，伊朗与美国赛前，克林顿总统发出的"小球旋大球"的中国式外交微笑，还使人看出和平与机巧……足球是门艺术，相比较而言，作家们看球算是就最有门道的了。

中国时下的球迷，叽叽喳喳的声音不少，但那声音总如大师般"述而不作"，因此很难形成文字。报端屡见不鲜的也有作家们的"侃球"。回首法兰西，中国作家协会主办的《文艺报》就有"作家看世界杯"的栏目；《中国作家》更辟有"我们的足球"专栏。对于作家，仿佛除了他们那文弱气质格外需要绿茵场上强烈的运动填补与刺激外，便仿佛在足球运动中看到了自己："如何把这球踢好？"作家和球员们面对的也真没什么两样。试想，若把足球队员的刻苦训练看成是作家创作前的人格修养，知识准备，那么踢球、射门，就如同作家一件件作品诞生的宿命。一场球赛的谋篇布局、自我与对象、位置与角度、心智和气力、一张一弛，文武之道，其中暗藏的玄机与运气，也正是作家在写作一部作品时同样煞费苦心的。一个人的身体、才情、灵感、智慧、韧性、机遇种种同样需要。球员们不断操练与作家对自己作品的不断打磨，其中也不断反映着人各自的审美价值和生活阅历，个人实力……所有的成功与失败、希望与幻想、欢喜与悲悯、激情与悬念，更是球员和作家都回避不了的问题，甚至足球场上的队形与阵容，也是作家们在塑造人物形象时，孜孜追求的创造性活动——怎么踢与怎么写？

作家们看足球，或许其中还暗藏着一个小小的玄机，这就是当代中国作家差不多与足球一样在世界上处于同样尴尬的位置。四年一度哨声起的世界杯赛，如果说是天下球客众目睽睽的蟾宫折桂时，那么诺贝尔文学奖就可以说是中国作家们大跌眼镜的话题了，否则那"诺贝尔文学奖情结"就不会像梦魇一样纠缠着某些人。尽管，这奖与世界杯冠军一样"猫腻"不少。这回获得世界杯冠军的法国，在文学上就有普吕多姆（1901年）、米斯特拉尔（1903年）、罗曼·罗兰（1915年）、法朗士（1921年）、柏格森（1927年）、杜伽尔（1937年）、纪德（1947年）、莫里亚克（1952年）、加缪（1957年）、琼·佩斯（1967年）、萨特（1964年）、西蒙（1985年）12位诺贝尔文学奖获得者，他们文学艺术与足球的艺术一样耀眼明亮，仅这一点就使人们不得不对这个盛产香水的民族服气……

爱因斯坦说："我们所能体会的最美妙的事情，就是叩开神秘莫测的未知之门。"中国诗经、楚辞、唐诗宋词元曲的艺术芳香四溢，据说还是发明"蹴鞠"（古式足球）的民族，对人类的艺术和文明的贡献说起来无与伦比。"为足球而生，为足球而死"，回首1998法兰西，足球明星对足球的信仰，难道不会激发作家们对创作的深刻体认？这种思想的动作和实践，相信会有理由爆发出一次精彩的射门！

被猫感动

在一个寒冷的冬天，我被猫感动。猫说："在动物中，人毕竟是最优秀的。"这只名叫莱奥涅的猫，住在美丽的丹斯坦森林里，那里有着属于它自己的温暖的小巢，清澈的河流和茂密的森林。应该说，它和它的主人斯特法诺魔法师也相处得很好，它快乐得像是一位森林王子，无拘无束，自由自在。但是，它宁愿放弃固有的位置，它渴望人世间的一切生活和风情。它想变成人。

这是音乐剧《想变成人的猫》告诉我们的。又一个神话故事。但在中央戏剧学院的舞台上，看到这部移自日本的音乐剧，我还是深深地被猫对人类崇高的向往精神感动了。我甚至还想到了回到天庭，未再下凡的七仙女，以及至今还被压在杭州雷峰塔下的白娘子。她们渴望人世间的"男耕女织"的爱情生活，义无反顾地奔向凡尘，却又"舍不得来也得舍，分不开来也得分"地离开了人世，在人世生活的艰辛、痛苦，或许她们都深有体会。在这一点上，斯特法诺魔法师是对的。他说：

"人，比这片森林里的野狗还要贪婪，是相互残杀，冷酷无情的动物。"魔法师对人类的蔑视的声音触及人的灵魂，给津津有味观赏的人类不啻当头一棒。人啊人，究竟怎么啦？

像七仙女遇到的土财主，白娘子遇到的法海和尚一样，莱奥涅，这只猫在通往人世的生命的旅程中饱受了人间难以想象的苦难的折磨。贪得无厌、胡作非为的史瓦戈德长官的敲诈勒索、戏弄和欺诈、圈套和阴谋……作为戏剧形象，他身上几乎集中地展示了人世恶之大成。现实和艺术的真实，叫我们没有理由不相信。人之善恶，几乎是连人类一开始就没有争执清楚的永恒的话题。"人之初，性本善。"东方古老的哲人曾下过著名的论断。但他面临着战争、阴谋、杀戮、欺骗，他还能说什么呢？纯朴的莱奥涅在变成人的仅仅两天时间里，就看到史瓦戈德恼羞成怒地拔出尖刀，把他关进囚车，用火烧毁姬莉安的"天鹅皇后"饭馆……而美丽的七仙女在躲避威严的玉皇大帝，与董永"树上的鸟儿成双对"的时候，土财主百般地刁难；至于那条白蛇与法海和尚那场旷日持久，千古流传的"水漫金山"的大战，我们都习惯地延伸说是与封建主义思想的斗争，谁会认真地寻找我们人性本来的劣根性呢？自私、卑鄙、无耻……种种恶性，像是一条条毒蛇，无时无刻不在伤害别人的同时，也伤害了我们自己。这是一把带毒的双刃剑。

诚如莱奥涅这只猫所说的："人是伟大的。"人类的希望就在于七仙女遇到了董郎，白娘子碰上了许仙，从而使我们的生活充满了阳光。在通往人间的路上，莱奥涅毕竟也结识到了心地善良的医学博士塔多贝里和性格爽快，见义勇为的多里娃大婶以及美丽可爱的姬莉安小姐，正是人世间这种真诚的友谊和纯洁高尚的品德，使莱奥涅从未放弃过想变成人的信念，而最终"用自己的力量成了真正的人"，从此与姬莉安相互信赖地生活在一个人世的小镇上，共同寻找幸福的未来。莱奥涅说："人无论善恶，都是热爱生命的，因为生命是最宝贵的。"这段猫论，难道不是我们人类早就形成的共识？如果说，七仙女撇下董永而回天庭带给我们几分惆怅，白娘子被法海和尚镇压在雷峰塔下给我们带来一种愤怒和遗憾，那么，莱奥涅这只猫在人间的生活，却让我们感受到人世的温暖和幸福。因此，我们可以说，无论白猫、黑猫，捉到老鼠都是好猫。好猫一生平安。

在这个寒冷的冬天里，我就这样被这只想变成人的猫所感动。说我被猫感动，不如说我是被人类本身所感动。因为正是人类这种不断向往善良、自由、和谐与平等的理想才会诞生出这部优秀的音乐剧，才会有七仙女、牛郎和织女、白娘子等艺术形象。艺术真正的源泉是人民，人类面对自身的生存环境，从未停止过向善的追求。从这个意义上说，人确实有别于其他动物，是最优秀的。

舞蹈精神

从没有集中地观看过这么多舞蹈名家的表演。那群舞者在秋天的夜晚，像是一片片蹀躞飞翔的艺术的精灵，腾地就燃烧出一股生命的烈焰，让人倾听到生命的霞光悠然穿过时光隧道的"嘎嚓"之声，仿佛看到艺术天使驻足在青草的河边，吮吸着香甜的甘露。戴爱莲、贾作光、崔美善、刀美兰、白淑湘、陈爱莲……随随便便说出一个名字，都会使人想到中国舞蹈的长江、黄河，沐浴在中国舞蹈的满天星光下，徘徊在这圣洁而高雅的艺术宫殿里，那个秋夜幸运的观众，哪一位心灵里没有洒满鲜花和泪水？

那是场带有"秋"韵的舞蹈晚会。那些歌者和舞者也都正处于人生的晚秋季节。生活中，她（他）们都已是为人祖母和祖父的年龄，但在舞台上，人们全然看不出人生应有的暮秋之气。整个晚会所洋溢出来的舞蹈艺术的大美，也是迪斯科、霹雳舞……以及名目繁多的城市时尚舞蹈，或者干脆躺在家中舒适的沙发上，在电视上"欣赏"到的快餐文化所无法比拟的：

维吾尔族阿依吐拉的《库车姑娘》、海力倩姆·斯迪克的《林帕塔》；蒙古族莫德格玛的《蓝蓝的天》、斯琴塔汉哈的《筷子舞》；朝鲜族崔美善的《思念》、崔善玉的《长鼓舞》；满族贾作光的《牧歌》；傣族刀美兰的《水》；藏族欧米加参的《热巴鼓舞》……一会儿是草原湛蓝的天空，一会儿是高原的悠远雄浑，一会儿是边疆清澈的泉水，那一个个民族舞蹈家们所渲染的人世间的纯美，张扬出来的浓浓的舞之气息，让人不知不觉地在领略到地域的风光、民族的团结、艺术的思考，得到审美享受的同时，心灵陡然得到一次精神上的升华，体会到舞蹈家们创造性的幻想和超前的艺术劳动的宝贵……

舞蹈家邓肯曾说："生命中的每一部分，不仅是爱情，都应当成为艺术。因为我们现在不再是生活在野蛮状态中，所以我们的全部生活内容都应该通过文化，通过直觉和本能的改造而成为艺术"（《邓肯论舞蹈艺术》）。这是一个大舞蹈家艺术生命的体验和期望。的确，相对于其他艺术来说，舞蹈最是具备将一切生活内容改造成为艺术的可能。因为人首先是人体，而人体直接就可以舞之蹈之。在舞台上，我们看到了中国舞蹈家们在这方面的努力。如果说，被称之为"中国第一只白天鹅"的白淑香表演的《白天鹅》，给我们展示出的是柴可夫斯基音乐被舞蹈艺术浸淫之后，准确、传神地表达了经典音乐作品的深刻内容——以及陈爱莲的《鱼美人》等还反映出中国舞蹈由于借鉴，而毫不逊色地融汇在世界舞蹈艺术的洪流之中的话，那么戴爱莲的《来啊来，来跳舞》则印证了邓肯的话，让人看出了中国民间舞蹈的魅力，她的这种"人人跳"据说是她自编自导的一种自娱自乐、易学易跳的集体舞。它博采了民间舞蹈的精髓，在轻松、欢快和洒脱的打跳动作中，融民族性、生活化、"集体主义"于一身，气氛和谐，载歌载舞，贴近生活，它使人们看到了舞蹈从贵族重新回到民间的曙光……

舞蹈越有民族性越有特色，愈原始愈是可贵。被称为"沟通中西方舞蹈文化的大师"的戴爱莲，难怪对民间舞蹈总是那么情有独钟了。她曾说过："我们国家的民族民间舞蹈是世界上最丰富多彩的，我要到兄弟民族地区去学习民间舞蹈。"实在，舞蹈也只有从贵族化下解放出来，获取生活的原汁原味，才能在充分的写意，自由的抒情的基础上饱满其艺术精神，从而展翅飞翔。因为一个舞蹈家和他舞蹈所呈现出来的美，不应该仅仅是一个歌者和舞者本人的理智和灵魂的美，而应该是一个民族的美。是她（他）那本民族无声的音乐，美丽的散文和诗，与生他养他的民族的其他艺术也应该相通。它可以是一幅版画、一幅水彩或者油画；可以是来自小提琴和大提琴、竖琴，也可以来自二胡、古筝和竹笛……

舞蹈是青春的艺术、肢体的艺术。夸张、变形、甚至荒诞……自然而然的动作，舞蹈中所特有的、无所不在的技术等等，其中所焕发出的一股青春的神采，蓬勃的年轻人的朝气，当然是舞蹈真正生命的动力和源泉，也是她（他）们曾经自豪和成功的所在。她（他）们都已将自己的灵魂早早归依于艺术，青春交给了舞蹈，现在，对于她（他）们来说，再也无法拥有那稚嫩的容颜，少男少女的腰肢，更不能以旋转的高难度动作给人带来种种意外的艺术感官刺激，可她（他）们舞之歌之，一丝不苟，兢兢业业，把老舞蹈家们所具有的春天的激情、夏天的火热、冬日的沉稳、金秋的成熟……几乎凝聚了一辈子的对于舞蹈的理解、智慧和内在的生命之美宣泄得淋漓尽致，如痴如醉。那种生命和艺术的高度难道不是年轻的舞蹈家们所终生企及的？它使人还相信，艺术不仅与生俱来，也是与生俱去的。当一位舞蹈艺术家真正把自己与艺术融为一体的时候，艺术不仅会创造了她（他）们自己独特的舞蹈王国，独特的艺术世界，更重要的是创造了一种生生不息的舞蹈精神——愈久弥香，永不泯灭、令人缅怀的艺术精神！这是她（他）们真正永远的成功。

秧歌舞

朋友在一个春天的傍晚路过京城的街头，突然被秧歌舞久久迷住了。朋友说，现代都市，魔方似的水泥方块干涸着人们的心灵。猛然听到这粗犷的秧歌锣鼓声，真的觉得一股沁人肺腑的清风吹进了心田。嗅着这淳厚的乡土气息，他身心整个的变得湿润而轻松起来。

这是件很有趣味的事。因为秧歌舞这种历史久远而又普通的舞蹈，纯粹是一种朴素的民间的艺术行为。据记载：在清朝康熙年间，京城到处就有"秧歌小队闹阳春"了，而围观者"毂击肩摩不暇狂。"诗云"画鼓秧歌不绝声，金钗撒下迷归路"，也极是渲染了古人跳秧歌舞的滑稽场面。为争看秧歌舞，女人连头上的金钗都给挤掉了，并且迷了路。这情形很类似于黄梅戏《夫妻观灯》所揶揄的南方元宵节观灯的情景，煞是逗人——但这古老的乡土之舞毕竟跟不上时代节拍，难攀大雅了。

其实，我对秧歌舞的认识非常有限。除京城之外，我也曾听说舞蹈动作丰富，狂放豪迈的东北秧歌舞，小"饭儿"特浓的河北地秧歌舞；有伞有鼓有花有棒，且雄壮有力的山东秧歌舞，都颇具地域乡土的色彩。但这些都没有像我在电影、电视里看过的陕北秧歌舞那样过目不忘。那种出龙摆尾、九连环、双过街……呼啦啦就能摆出上百种图案的秧歌舞，跳得淋漓酣畅，舞得色彩斑斓。特别在通红的火把映照的夜空，领袖们舞之蹈之的情形更使我感慨良多。那一幕幕革命中国的著名秧歌舞，眼花缭乱中很使人想到乡土中国，想到鱼和水的关系。惜乎那秧歌舞红红火火地从黄土地跳到京城，却湮没在一种宗教般的"忠字舞"的浪潮里去了。紧接着，靡音渐起，杂舞纷呈，人们抛弃自然，走进豪华舞厅，迪斯科、探戈、伦巴之类舶来的交谊舞旋转成风。村庄渐渐消失，城市越来越是现代，在繁华的京城，猛然有那么一群人穿红戴绿，打起锣来敲起鼓，扭起秧歌，不能不说是20世纪末文明东方的一大文化奇观。

秧是绿的，而歌声粗犷且嘹亮。秧歌舞应该还有一种水的味道，一种浓郁的青草乡土气息。因为秧歌舞是我们祖先在劳动中自然创造的一种舞蹈。农民在一块块水田里插秧，或耐不住劳作时的寂寞，或洋溢着对播种的热忱希望，或充满着对春天和劳动的礼赞，禁不住引吭高歌起来。那成群的扭秧歌的人们，舞之蹈之，潇洒自如，柔美有力，简直就是农民在田间娴熟的插秧动作！在春天的京城，我也有幸在街头看过一场规范的秧歌舞，目睹舞姿，听那声声锣鼓，我真的亦如朋友那样，疑心自己置身某个乡村，又在水田里劳作了——秧歌舞，很能使失去原乡的人找到隐藏在孤独灵魂深处的那份殷切的田园生活。秧歌舞，是久居"鸽子笼"里的城市人呼唤乡土自然的心曲，是城市人为自己背离的乡村所奉唱的一支挽歌！

北京秧歌扭起来，红红火火，风靡一时。但很快，就听说由于秧歌狂放的锣鼓引起的噪音，严重影响了市民休息，聪明的北京人灌起了秧歌舞录音带的消息——现代的文明到底挤兑了自然的锣鼓声，这是创造秧歌舞的先民们始料不及的。但，这秧歌舞还叫秧歌舞吗？

读书与读人

一

读书比如与人打交道。

人有好坏、善恶，书有优劣、真伪。读优秀的书如同和一位高尚的人打交道。这比选择与人的交往要容易得多。

二

读当代人写的书，有时挺尴尬。

"文如其人"。但偏偏有时候不是。一位朋友告诉我，他崇拜一位作家，作家的书也写得不错。但那作家人格"次"到家了。红的可以说成黑的，黑的可以说成白的。平时对领导极尽献媚之态，可领导一下台，他立马一脚踹了过去。

读这样人的书，如同在美味佳肴里看到一只死苍蝇。

所以读书，尽量不与写书的人见面为好。这等于只与他最美好的一面相处。世人都劝读名著，恐怕也是这个道理。

三

开始读书时，一位朋友告诉我：读书必得读名著，读经典。因为那些书好比山之"泉水"。而一般的书都是"流水"，最等而下之的书就是一潭死水了。

斯言不虚。

泉水是大地深处孕育出来的，是真正的大地的杰作；流水尽管也不乏流动和清灵的时候，但毕竟不像泉水那样直接接近生命的内核——别人嚼过的馍馍不香。

流水大都由于泉水而来，也可能鲜活得接近泉水。但为什么我们不直接濒临生命之泉，取一瓢饮呢？

四

与好书相交如同和一个高智商的人交友。

五

二十几岁时，有三五个爱读书的朋友。有喜欢的，有不喜欢的。喜欢的，就常常厮守一起，谈些书里书外的话；不喜欢的常常就敬而远之。有朋友看出来，说："你害怕与高智商的人打交道"。说得我不胜汗颜。想想，也是。有的朋友智商太"高"，只好退避三舍。

好书不是这样，越好的书越能让人感到亲切。无论是竹简、线装书、活字印刷，还是激光照排，书的基本品质总摆在那儿，愈久弥香。也许我的智商不高，一时还不能领会，但越读却越能明白。而人则不然，那智商高的人一旦变坏，越叫人隔膜、害怕。

六

好书是智商高的人写的，但智商高的人不一定都能写出好书。

七

优秀的书似乎是天生的，是人生命中与生俱来的东西。仿佛不是用笔写的。

这样的书是人类所有的智慧。有文字以来，书从未停止过出版，千淘万漉，千百年、千万人的眼睛才从那繁若星辰，多如沙粒的书籍中选择那么一两本赤金般的东西。

现在的作家们很在乎从名著中汲取营养。但《浮士德》《神曲》《红楼梦》《水浒传》以及唐诗宋词……在经典之前呢？托尔斯泰、博尔赫斯、巴尔扎克之类的外国作家读过中国古典名著了吗？

这当然是很幼稚的问题，但肯定与读书有关，与人的智慧关系更大。

八

在一个文化多元的年代，人们不仅读书，还读电视、读电脑……电子出版物挤进了人类的空间，让人读得眼花缭乱。"红泥火炉，白雪拥被"而读书，"红袖添香夜读书"以及"半床明月半床书"……的古典情怀，要不了多长时间就会一去不复返了。读书渐渐变成一件很奢侈的事情。古人云：饥读之以当肉，寒读之以当裘，孤寂而读之当友朋，幽忧而读之当以金石琴瑟。可机器人、克隆人们当不饥、不寒、不孤、不忧，书还会有人读吗？——这算不算一个读书人杞人忧天的想法呢？

九

王小波说：人就像一本书，你要挑一本好看的书来读。

是的，人的生命极其有限，赖活世间，为什么不能在有限的生命里挑上几本好书与好人来读？在一个空间选择较大的年代，这还是一件幸福的事啊！

读书笔记：《爱情》

不是一遍遍播放埃·西格尔的《爱情故事》插曲而倾听到的。有时候音乐的光芒无法接近。但是同一天，我竟然读到了两篇关于爱情的小说，莫泊桑的《爱情：某猎人笔记上的三页》——斯图尔特的干脆就叫《爱情》。两位艺术大师纤细、敏感观察生活和事物的能力，使他们能够成功地回忆与叙述他们感受到的爱情本质。他们富于善良的心灵让我们看到了艺术家对土地、动物的深刻关怀及至对人类的巨大悲悯。

其实，围绕在我们身边的爱情故事像鲜花一样，每天都在眼前怒放，我们自顾不暇。爱情的岩浆容易灼伤我们的灵魂。我们注意到许多人的内心像一只只被爱情击中的小鸟，受伤的翅膀掠过蓝色的天空，爱情隐遁而去。莫泊桑竟然在乡村打猎时看到"爱神就像天空中的十字架向早期基督徒显圣"。尽管这仅仅显现一次，而我们却一次也没有体会到。爱情的花朵大多在我们身边悄悄凋了又开，开了又凋，不过，人们已习惯充耳不闻花开花落间那神秘的提示。

莫泊桑和斯图尔特这两篇关于爱情的小说，语言非常干净，而内容几近相似：莫泊桑应表弟卡尔·德·厄维勒之邀去沼泽地打野鸭。他先击中了一只，是雌野鸭。结果那只雄野鸭哀鸣着盘旋而来，表弟迅速击下了它。"我们把它俩——它已经冰凉——一起装进了猎物袋"。而斯图尔特的《爱情》写的是"我"与父亲带着一条名叫鲍勃的狗在玉米地里拾掇，看见一条雌黑蛇，父亲唤鲍勃狠狠地咬死了它。第二天，我们到玉米地，看见那条雄黑蛇依偎在死去的雌黑蛇身边。当然，"父亲叫我用一根粗枝把雄蛇扔过堤岸，扔到山崖上那挂着露珠的嫩苗丛里去了！"

对于艺术，任何概括的叙述有时候就这样显得糟糕，失去意义和旨趣。不停地播听埃·西格尔的《爱情故事》，我们当然可以感受到一种正在体验过程的欢乐和忧郁，人们会说起浮想联翩。莫泊桑和斯图尔特在用语言叙述，当然不比音乐来得更为直接。但我们会接受两位巨匠对毁灭一种爱情的不动声色的叙述。尽管感受也各不相同。莫泊桑的爱情有一种美的毁灭的凄婉，而斯图尔特由于写了我们心理上很讨厌的黑蛇，于感情上我们或许会冷漠一些。可透过这美和丑的爱情故事，我们却同样感受到一种使心灵震撼的人性力量。毁灭大美是最容易不过的事，但重新建构和聊补缺憾实在无法。莫泊桑从报纸琐事趣闻栏里读到一则爱情悲剧：一个男的杀了女的，然后自杀了——这很有点像诗人顾城不久前的故事，莫泊桑说："这样看来他肯定还爱她。无论是他还是她，与我又有什么关系？我注意到的只是他们之间的爱情，而这爱情又不能使我发生兴趣：因为它使我意志消沉，使我惊恐，使我思绪万千，或者使我苦于冥想。"从技术上，也许莫泊桑的爱情故事更具有追逝大美的企图，但斯图尔特同样使我们心怀忧伤，无论是美的野鸭还是丑的黑蛇，我们都可以看作仅仅是叙述上的一个符号，同样不很浅薄地传播着爱情和性的奥秘、生命的实质，使人们感受到一切都像海明威说的"他死了，再也看不到像他这样的人了！"心怀博爱的艺术家常常泪流满面。

淬 火

我中学毕业后，有一段时间里在家里无所事事，茫然不知所措。左邻右舍、四乡八村的乡亲们见了我，心里很是瞧不起，就在背后议论纷纷的。父亲听了，心里很是着急，就对我说："皇天饿不死手艺人，你就跟我学打铁吧！"

父亲是一位铁匠，在离家不远的镇上，他开了一家铁匠铺。铁匠铺的房子很矮，经年的煤烟熏染，使铺子显得异常破旧、黑暗。可这间不足20平方米的铺子，就是父亲为了养家糊口而一辈子拼命劳作的地方。铺子里，烟熏火燎，说得好听一点，是终日充满了力与火的拼搏。事实上，浓黑的煤烟呛人肺腑的，父亲的脸仿佛长年让这烟熏火烤，变得很黑、很沉。打铁的时候，父亲很少说话，一会儿锤着烧得通红的铁，一会儿又拉起风箱——繁忙的铁匠活，总这样让他没有片刻的闲暇。

走进那间铁匠铺，我就如鸟儿关进了鸟笼子里，成天只能围着炉火、风箱、铁砧子转悠。开始，父亲只叫我拉拉风箱。拉风箱的活儿就像推磨的驴子，手脚并用，只是在原地不停地打转。父亲叫停，我就停；叫拉，我就拉，风箱呼啦啦地叫着，扇出熊熊的炉火。看到自己弄出来的通红的东西，我开始有些兴奋，便发狠地拉起风箱。父亲见了，不觉皱皱眉头，搭上手，让风箱的节奏慢下来。不断地重复着这个动作，我一会儿就头晕脑涨，手酸背痛，风箱也拉不起劲来了。这时，父亲又伸出手，帮我迅疾地拉起来。一张一弛，亦慢亦快，似乎都在一念之间。我被这单调乏味的活计弄得索然无味。父亲看看我，说："风箱也要拉出节奏的。你悠着点，慢慢就会掌握节奏了！"然后，拎起铁锤，埋头径自锤那通红的铁。

　　除了拉风箱，我另外的事情就是做父亲的下手，挥舞大铁锤打铁。打铁这营生除了要有一副孔武有力的手臂，还要有着很好的判断力。刹那间能随着父亲小锤的指引，锻打到需要锻打的着力点上。起始，驮着那杆沉重的铁锤，我感觉就像扛了一座大山，走起路来趔趔趄趄的，铁锤每每落空，铁锤在铁砧上"哐当"一响，震得自己的虎口都发麻。红铁没有打上事小，糟糕的是，往往由于我没掌握好火候，那铁却冷却了，这时父亲只好将那冷了的铁放进炉火里重烧——这叫回炉。回炉是铁匠之大忌，一件铁器往往因此就无法锻成。一旦出现这种情况，我心里总是歉歉地，汪汪的泪水噙在眼眶里，伤心地望着父亲。父亲无暇责备，只是聚精会神地处理那回炉的铁器。待那铁器锻造成了，这才长长地嘘口气，从火炉里取出另一块赤身通红的铁，唤着我："来——再来！用心一点，你慢慢就会把握住了！"

现在回想起来，我十分奇异父亲每锻造一件铁器，为什么如同锻造一件工艺品那样的虔诚和专注。父亲确实是一个天才的铁匠，一位优秀的手艺人。跟在他后面学打铁，我不断地发觉，父亲对每一块铁，每一铲煤，都有一种不同一般人的敏感。只要他的眼睛微微一瞥，他就能知道那铁能锻造成什么样的器具，分辨得出那煤是产自何地。对铁，他简直吝啬到了守财奴的程度。那时，最好的铁是一种被锻压成块状儿，被称作"豆腐铁"的，父亲就托人买了许多，但他只是节约着用，用的都是从废品收购站廉价买来的废铁。废铁，奇形怪状的，往往为锻造一种铁器，他就要费出很大的劲。但父亲却常常乐此不疲。跟他学打铁时，往往是屋角的一堆废铁，被他锻成了一件漂亮的器具，我长长地松了一口气，他却默默地，不失时机将那锻造成功的铁器从容地插进冰冷的水中，进行最后的"淬火"。转身，慢吞吞地告诉我："……你莫小看这些废铁，只要用功，什么东西都能打成！"

"悠着一点，慢慢就会掌握节奏了！"

"用心一点，你慢慢就会把握住了！"

"只要用功，什么东西都能打成！"

这都是父亲经意或不经意间说的。后来，由于我的天生体弱，也因为我的移情别恋，我没有继续跟父亲学打铁，也没有成为父亲这门手艺的继承人，而是告别他和他的铁匠铺，跑到异地他乡谋生去了。如今，父亲离开人世就有十多年了。但身居异乡，每每在生活、事业和工作中有不顺心的时候，我便想起跟父亲学打铁的那段时光。我恍然明白，父亲给我说的那些朴素而质朴的话，实际上就是在给我人生进行一次又一次的"淬火"——我想念我的父亲。

生命的吆喝声

那声音既不是江河上纤夫雄浑的号子，也不是土地上响彻云霄的击壤之歌，那只是平凡生活中的一种吆喝声，苍茫岁月中的一种回音。但那种声音似乎总是伴随着我，在寂寞的时候，它仿佛就从我生命的深处悠然久远地响起，让我陡然一阵激动。

那是一种生命的吆喝声。

第一次被这种吆喝声感动，是在山城重庆的时候。因筹拍一部电视片，我一个人浪迹到了那里。走在街上，那"买花啵？卖花喽！"脆亮而甜润的吆喝声，淹没了嘈杂的市声，倏而如花香一般浓浓地裹住了我。循声望去，就看到三五成群活泼、俊俏的卖花姑娘，兜售着白玉兰或栀子花。她们将花用细铁丝串起，成排地挂在胸襟或是套在无名指上，花炫目得像是一支支碧玉簪。卖花的姑娘旁若无人地大声吆喝，清灵的声音灌注着生命的暖意，深深地打动着匆忙的行人，使人忍不住上前买上一朵，插在袋口，独领一份生活的情趣和花的芬芳。

在故乡的小城，我也渐渐地喜欢上我曾熟视无睹的吆喝声——卖早点的吆喝声。在黎明的时候，居住所在的院内就准时响起"卖豆腐脑咧！卖豆腐脑呐！"或是"吃米粑啵！吃米粑吧！"的叫唤声，那声音由远及近，隐隐传来，就如一支亲切、急促的生命的晨曲，翠鸟般滴落在我的枕边，催促着我从梦中醒来，不好意思不早起床。然后走到她们面前，舀上一碗豆腐脑或是买几个热气腾腾的米粑……慢慢地，那吆喝声就布满了我的整个早晨，以至要有几天早上没听到这种声音，心里整天就有一种失落落的感觉……逗留京都，我发觉这种小商小贩的吆喝声竟是无处不在，且在北国的旷风中显得别有情调。春天的葡萄、夏天的西瓜、秋天的糖炒栗子、冬天的烤白薯，还有开锅的馄饨、腥人的羊肉串……经过他们洪亮而圆润的嗓子，简直就是一首美妙的四季之歌。比如老北京人吆喝的"冰淇淋，雪花酪；桂花糖搁的得；又甜又凉又解渴。"干脆就是一首童谣了。而每天的下午，那"晚报喽！晚报喽！"的吆喝声响彻大街小巷，京腔京调的，更给这座古都增添了几分文明，给现代化的大都市注入了一股古老而富于人情味的生活意趣……有一段时间，我就独自坐在空屋里，聆听着窗外那阵阵的吆喝声，那声音隔着墙，隔着玻璃，悠然地传来，像是荒凉中的一只风铃，悠悠的敲打着我的心灵，让我感到特别的惆怅和凄凉。

　　还有个寒风刺骨的傍晚，我匆匆走在回宿舍的路上，枯寂的胡同里，冷不丁响起"收啤酒瓶、废报纸呐！"的吆喝声，随着那坚硬而悦耳的声音，我看到一位中年汉子独自蹬着一辆堆满废物的三轮车，在呼啸的北风中艰难地行走着。用力地蹬一下车子，他便不失几分优美地吆喝一声。听着，我心里陡然一阵激灵，竟长久地站在那里，望着他那强壮的身影渐渐消失在胡同的尽头。我被感动了，被他那真正的生命的吆喝……

　　随风而来，随风飘逝。我发觉，这生命的吆喝声像风一般灌注了整个胡同，也深深地灌注在我生命的体内……斑驳而苍茫。

生命是一张票

生命是一张票。

在台湾诗人余光中那里，生命，首先是一张邮票。"小时候，乡愁是一枚邮票，我在这头，母亲在那头。"这份乡愁深深浸淫在诗人生命的血脉里，故生命就幻化出那轻盈且沉重的邮票。是的，有些时候，我们身边没有亲人，缺乏挚友，唯有将情托付给一纸素笺，才会排遣掉心灵中的那份孤独和寂寞。绵绵情思付了邮票，便也邮走了生命的无奈和惆怅。至于像美国作家福克纳干脆就将生命的全部献给"邮票大的乡村"，让自己的生命放射出万丈光华。

妩媚的山水淡淡地说：生命是一张门票。是一张通向美丽风景的通行证。在城市钢筋混凝土砌成的天地里，我们的生活日感沉重，呼吸愈感局促；我们的眼睛渴望新的惊喜，我们的情操需要大自然的爱抚和陶冶。可自然风景区都设有人为的"关卡"，踏遍湖山，首先就得买到一张门票。拥有那张门票，才可以拥抱那迷人的山光水色，享受心旷神怡和生命的本真。

　　成长在青春花季的少男少女们告诉我：生命是一张舞票。舞池才是他（她）们释放生命能量的地方。持有这张舞票，他们自由自在，风流倜傥，他们的生命才像鲜花一样常开不败；他们青春的热血才会沸腾，笑声也格外脆亮。迪斯科、伦巴、探戈，他们旋转，他们歌唱或者恋爱，舞票往往成为他们爱情或友情的请柬；他们抽烟、喝咖啡或者酗酒，有时候舞票也是他们堕落地狱的钥匙。一些年轻人整天紧紧攥着这张舞票，结果荒废了学业和青春。

　　在路上。大多数时间，我们是在路上。生命实际上就是一张车船票。"废旧的船票总是搭不上远去的客船。"具体地说，乘飞机、坐车和船都得购票——因为这些地方都是认票不认人。我对这种感受就特别深刻。一年春节，我欲从千里之遥的外地赶回家乡，求了许多人都没有购上票。赶到车站买票时，车站上人群熙熙攘攘，人队排成了一条"长龙"。我整整排了一天的队，看许多人都将生命系在这张票上而浪费一天、甚至几天几夜的时光，我心里就隐隐发痛。时间在一分一秒的流走，而我们却在做生命的一次无谓而巨大的消耗——可是，我们经常得这样。

　　对于许多单身贵族来说，生命还是一张饭票。他们长年累月在食堂吃饭，全得首先得到这张票，然后有序无序地站在食堂的窗口，递上饭碗和饭票，购取生命必需的食粮和营养……
戏票、电影票、音乐票，生活的票无处不在，无处不与人的生
命紧密相连。当然，这种娱乐性的票，会让我们享受到艺术的
辉光，让我们的生命变得闲适和多彩。这只能是生命的一个小
小的美丽点缀。生命就是这样，一张票一张票地包裹着我们，
又一张张地用尽、撕毁，然后消失到寂静无声的尘埃。

用雨水点燃心灯

好多年没有人会这样对我说了。虽然，35岁以后的生命是一片尘土，但请你，请你点燃一盏心灵的灯，照你回家的路……在色彩斑斓、电报式问候的贺年片中，猛然读到这样的祝福，我心中自然而然涌起了一份温情，一种失而复得的温情。

很相信30岁的人生是一道门槛。一脚迈进去就踩到了生命的虚空、沉重和无奈，周围晃动着形形色色、忙忙碌碌的同类们，喧嚣而烦躁，心灵是一盏耗尽了油的枯灯。青春不再，激情不再，对事物的看法也发生了改变。于是当有一天，我读到雪迪"三十五岁以后，生命中到处布满了尘土"的诗句，就觉得特别的合心、投缘。便牢牢记住了。那天不经意地说出来，是原以为雪迪的这份心情从此会长久地寄在我的心底，永不会邮走。

自认为太多的坎坷使心灵早已跨越了万水千山，真的就有了曾经沧海难为水的感觉。可是，这位朋友却在她自己平坦的道路上制造了传奇。舍弃一份安逸的工作，她远离家乡，读完研究生，却又流浪京都。她只为寻找自己心灵的一份自由。她无拘无束，开心得像是小鸟一般穿行在大都市里，手提的便是一盏心灵的长明之灯。从飘摇的风雨中走来，她的身影尽管显得有些疲惫，但那活泼、旺盛的生命力却十分洋溢。望着她那湿漉漉的身子，我唯有叹息。此时，她递给我这张精制贺卡，窗外雨声正淅淅沥沥。

都说北京无雨，无雨之城，因此非常地渴望下雨。然而也就在那几天里，天空不仅飘了雪，还真的下起了雨。雨中的大都市更显得深不可测的圣洁和美丽。雨里，想起千里之遥梅雨飘洒的故乡。故乡雨量充沛，雨最含情。"江南人留客不说话，只有小雨悄悄下"，唱的就是故乡。然而缠绵在淅沥的雨中，心却越发地发霉，滑腻不堪。思绪如红蜻蜓折翅在蜘蛛网上，欲罢不得，竟十分讨厌那里的雨天。可在茫茫京都的屋檐下，渴望雨的心情，却从来没有像那天那样的迫切。我站在明亮的玻璃窗前，看雨垂直地从天宇坠落，溅在窗台上的弧线，有力而又干脆。哗啦啦，雨忽然就大了起来，地上铜钱般灿烂着雨的花朵。嘿！雨这种透明而圣洁的物质——布满尘土的生命，原只有雨水的洗涤。

生命的雨水，原也可以点燃心灵的灯。

美国诗人朗费罗说："有些雨一定要滴进每个人的人生

里。"与雨邂逅，没料到，这样的一滴雨水倏而就滴进了我的
人生。我温情涌动，便是想让雨水点燃一盏心灯，照亮我生命
的路程。

我们都是木头人

我试图叙述的是我们这一代——20世纪60年代人——当然，无论什么年代，人的童年的眼光都是非常稚嫩的。尤其像我这样有浓厚乡土背景的人，那眼光稚嫩得更像早晨青草上的一颗露珠，听音惊坠，见光融化——别人我不清楚，我开始用眼光打量这个世界时仿佛就是。记得有年，我在一家商店里见到一个木头娃娃玩具，那简直就是一种惊慌失措！我根本想象不出那和人一模一样的东西与人有关，或者说人可以成为那样。我一直感觉在很长一段时间，我在对世界的了解过程中，有一种情绪在里面蔓延，或者说它凝结出了一个叫做"张皇"的词——这个词久远地隐藏在我的生活经验里。

物质匮乏时代给人带来的精神贫困是非常宽泛的。首当其冲的就是认知的有限。以我为例：我那时觉得世间的衣服除了白、蓝、黑三色，大概就是令人眼馋的"国防绿"了。我们喝的茶，是自己山上长出的树叶，酒是几毛钱一斤的老白干。而吃的也仅是米饭、红薯，还有菜叶子熬成的菜汤。我说我

20岁左右才知道苹果、西瓜一点都不会有假。我们乡村里，倒是生长些毛桃、李子、枣子，但很少。唯一给我留下很深印象的是差点吃过一个柿子。那时，我的祖父还在世，他不知从哪儿弄来一个给我，可当我正想吃时，他竟开玩笑说："这是鸡屎！"吓得我在他话音未落时就扔了。我在整个童年时代从不知道什么叫玩具。倒是做过一些游戏，典型的就是跳房子、踢毽子、丢手帕。还有，就是两人用两只手互相拍着，然后说："我们都是木头人——木头人，不准说话不准动——不准动！"仿佛这就是一种戒律。但我们做这种游戏时的幸福感却溢于言表。因为当时报刊上成天在说，世界上还有四分之三的人生活在水深火热之中。我们要学各种革命本领去解放他们呢！前几年，我们几位同龄人去拜访一位长者，当他听说我们都生于60年代，而又集中在1963年以后，慨叹着说，难怪你们这么集中，你们可知道，1960年后是三年自然灾害，你们生在灾难之后，也算幸福呢！我们听了，竟不知说什么才好！

乡下有句俗话叫做"从小看到老"。不承想，我们从小玩的游戏——"木头人"差不多就成了我们这一代人的宿命——所谓"木头"，大家都知道是从大地上锯下来，脱离了泥土和森林的那种。既然是木头，也就没有了小苗的苗壮和森林的高大，是那"上不见天，下不着地"的情形。这就是我们"先天"的素质。我们都是木头人，显然，我们在生命成长的过程中正如贺拉斯所说："我们都是木偶，听任强劲的手的操纵和摆布！"真是。那时我们不怎么说话，倒是很听话：听老师话、听家长话、听领袖话。叫学雷锋，我们就拾金不昧；叫学黄帅，就贴大字报；叫进宣传队，就唱样板戏；叫"停课闹革命"，就不上课。言必称"大好形势下""生在红旗下，长在红旗下"……有这么多的"下"，我们能抬得起头来吗？记得小时候，我看一场电影里有人穿白色运动鞋，就十分向往。但母亲说："不能穿！这是不正经的人穿的！"后来，在母亲的箱子里我翻到了这双鞋。但这双鞋硬是被母亲压了一辈子"箱底"，多年后已不再时髦了。我们课本的第一课，就是《我爱北京天安门》。而同时，我们的学习就不如劳动更让老师们称道——前几年，人们大谈"老三届""老高中""老初中"。他们的确生不逢时，但他们由于生在20世纪50年代，多多少少还由于拥有俄罗斯（苏联老大哥）的白桦林、暴风雪，他们的青春还曾经历了一种宁静的"绿"，虽然岁月让他们由"绿"而进入"灰色"，但他们却实实在在为新中国的建设而发狠地读了几天书。而生于70年代的人，尽管不久也哼着"我是一棵无人知道的小草"，但即是"小草"，呈现的也是绿色，有着沾着露珠，水灵灵的样子。唯有我们60年代的人一出生，就生活在一种灰色的环境之中。"理论是灰色的"正是我们那个时代"批判稿"常套用的词语——这几乎成了一种"暗喻"。我们没有像大哥哥、大姐姐那样四处串联、上山下乡，积攒一些"资本"；也没有像70年代的小弟弟、小妹妹那样追"星"捧"月"，迪斯科，摇滚般的摆，我们时代的偶像是雷锋、蔡永祥、焦裕禄……

乡下人把那种笨笨的、脑袋瓜不开窍的人，都叫做"木头人"，或者直接就喊"死木头"——"我们在不同的主意之间游移不定。我们对什么都不愿意自由地、绝对地、有恒心地做出决定。"（蒙田语）多少年后，当我在读到蒙田这句话时，我发觉，这正是我们60年代出生的人在相当长的时间内的一种生存状态。因为，我们缺少了很多必要的物质和精神上的准备，所以，我们反映出来的情绪就如"死木头"状——我们忽左忽右，忽上忽下，都是听任一阵风把我们吹向哪儿就是哪儿！

"一个男人要跋涉多少路，在他成为一个男人之前？一只白鸽飞过多少海，它才能在沙丘里安眠？……"有些歌词，注定会萦绕在我们的胸间。但这些轻浮缠绵的歌，大都就像这样能够道出一些情绪，却无法说出更为深刻的道理。男人成为男人必定有许多正确的理由。一只白鸽飞过许多海，为什么一定要在沙丘安眠？在大海中安眠不也十分美丽而诗意吗？对于60年代出生的人，我想，我也说不出什么大的道理。但我们都会有"木头人"的这种思想的恍惚。生命转瞬即逝，但那一粒瘰瘪的思想的种子，早已根深蒂固地种在我们的心田——当然也有例外，枯木还会逢春呢！

上午，我听了一场报告。报告人反反复复地说到"强调"：我强调一点，再强调一点……让我听了耳朵都起了茧。但这里我还是愿意借用他的"强调"强调一下：我们都是木头人！

想象一株梅

有些树只能静静地观瞻，而不能浪荡地接近，比如一株梅。著名的杂文家林放先生说："郑逸梅本身就是一部活的文学史。你们是可以见见面的。"但是我没有。读他的散文小品，倒让他那清新隽永、自然天成的小品风范感染得心驰神动。想象一株梅瓣瓣梅花缤纷，俯身拾起一地的琳琅，珍藏起来便会沉浸到弥漫久远的清香里，香彻到心里。

那株梅是百年老梅。那梅根植在出徽墨歙砚宣纸宣笔出文章的地方，长在苏州园林那该植梅的所在，那最初的清香便淡淡地弥散在南社的园林里，香透在柳亚子、沈尹默、苏曼殊的胸里了……梅是有许多别名的。他也有。"冷香"是写梅风骨的清傲了；"疏景"是崇尚梅景致的迷离了；"双梅庵主"那正如钱钟书先生所说的：二三个素心人商量培养学问的"荒江野老屋"了。还有纸账铜瓶之类，也断是双梅庵主人少不了的，苦相厮守，拈花而微笑。他娓娓而谈藏在心中的人物掌故，也必从侧面入手，以动态取势，琐碎事物，细微动作，经过他的笔墨，便不同凡响地跃然纸上："邓怀农晚年以画菊著称。其人颇落拓，其岁严寒，拥炉取暖，不慎灼伤死。"寥寥数语，不动声色，钩沉一生，耐人寻味；他写名胜古迹、遗闻轶事、花木欣赏、书画鉴定等小品也都是这样的浑然清言霏玉。这不枝不蔓，雪泥鸿爪式的"书林散叶""艺海点滴"是宜作报刊补白的。他也做了，因而人称"郑补白"。擅刻的朋友还为他刻一方"风流郑补白"的朱文印。雪里梅花朵朵，笔走龙蛇万千。他自是要写梅的，他出版的第一本书就名曰《梅瓣》，梅花点点，汇集起来，竟有著作《人物品藻录》《近代野乘》《味灯漫笔》60余种，一千多万言，殁前他曾写有《近代艺术百家传》，写张大千、张恨水、叶公超、严声鄂等一代作家传略，不想却蔚然填补了一个时代文学史的空白。"补白大王"补了一大片白。

　　想象那株梅伴着庭院深深的古宅，古宅里透出的该是浓浓的翰墨之香。听说画有十三科，唯独梅不曰画而曰写，曰为梅修史，但他不该是仅仅能诗作文，作翰林式"梅修史"的，他还应该以书画名世，以写梅闻名，用他故乡的那笔墨纸砚，画那千姿百态，风姿绰约的梅。没见过他的墨梅图，倒是听说他极通晓书学画理，酷爱书法和收藏名家翰墨，几十年积存的墨宝不下千百，且几经失而复得，得而复失。即便是一鳞半爪的获得，他也很投入地研考和撰介。"一滩复一滩，一滩高十丈，三百六十滩，新安在天上。"他题款识曰："此诗以白描出之，节短韵长，饶有民歌风味，而当轩中佳作也。"这推崇的怕也是他心中的艺术圭臬。天道浑成，师法自然。友人称他书法沉着自如，俊逸典雅，无有半点拗气。老梅临风，枝横影瘦，披离而且烂漫，览人间何倔犟，近百年更著花，他以他的人生大写了一株梅。

想象那株梅静静地长在幽静的一隅，遗世而独立。自古梅与兰竹菊并称四君子，与松竹合称岁寒三友，他既然于梅移情而生，也一定是尊梅风骨，赏梅高洁的。他由爱梅的心性，宽容地将全身尘俗的劳累和烦躁剔除掉，还自己同梅一样格调的淡泊和宁静。因此"不与富交我不贪，不与贵交我不贱"。他恪守自己的信条："世上无金窟，有之在勤山劳水间"，也如梅，无论依篱倚石，还是傍水临岩，也必不与百花争妍。他不趋炎附势，宁愿独傲寒霜，高标亮节；他邀梅共修，用全部的生命铸一身天地无私的清气，而星星点点茁壮着自己的花，最后凋谢在双梅庵里。

想象一株梅，立于勤山劳水间，清香到永远。

忍冬花

据说有一种花，叫忍冬花。我没见过这花，想很可能是极耐寒的一种。寒冬到了，南方人称之为"过冬"，北方人称之为"忍冬"。这过也好，忍也好，南人北人对于天寒地冻的冬天，身子骨里都透出了一种冰凉的无可奈何的感觉。常言说"人非草木，孰能无情。"其实草木颇是冷暖自知的。许多草木于寒风凛冽、冰霜雪地的冬天销声匿迹，其情可悲夫多矣。人这高级动物到底比草木有办法，但在冬天也只能缩着身子，咬咬牙关挺过去啦！京人之所谓"忍冬"，趣味也就出来了。

"涮庐主人"陈建功以为北京人的"忍冬"自冬至开始。对于旧时的京人来说，他认为这是件很有情致的事情。"旧京人家，有的人喜欢描'消寒图'，一幅八十一瓣的梅花枝，每天描上一瓣。有的人则描双勾的'亭前垂柳珍重待春风'。每天描上两笔，九九八十一笔描完，已是'九九加一九，耕牛遍地走'的日子了。"由此看，京人忍冬倒真的是一件颇有雅趣的事。还有，就是北京人家生的煤炉，我想这也是北京人"忍

冬"的一件乐事。初来京都，我对四合院里的人家屋角都安放
一只煤炉挺奇怪，觉得有碍观瞻。直至在北京过上第一个冬
天才明白。倒觉得北京人实在不该称过冬天为"忍冬"的。想
想即使穿着厚厚的棉袄从外面进屋也得脱下，而成天待在置有
暖气的房里，面前一应都是现代化的设施：电话、传真机、电
视机，优雅地拨弄一下，天南海北的什么都知道。屋里窗台上
的水仙花、仙人掌、菊花等，旺盛地透泄着生机；鱼缸里的金
鱼悠悠游着……还有意思的是站在窗前看风景，看外面雪花飘
飘，洁白的雪将街道、楼房织得玉宇琼楼一般，不是很有意思
很舒服的吗？在这样的冬天，至于"涮庐主人"所说的："亲
朋好友围坐于炭火熊熊火星飞进的紫铜火锅旁，将切得薄如纸
片的羊肉放入滚沸的汤中，随即夹出，蘸佐料而食之。"朵颐
大快，更是现代北京人"忍冬"时最惬意不过的事了。而最富
于传统而又现代情味十足的应该是三两个朋友，伴个如花似玉
的美人来一段流行歌曲或京剧清唱，一边嘴里说着"北方天气
真干燥！"削着东北的梨，吃着南方的橘柑，在火炉上再烤两
块红薯，剥着烤红薯，做着乡土的梦想，让屋里弥漫着一股撩
人的清香，那真是美妙之至，简直就使人感到北京人"忍冬"
实在太矫情了！你想，这"忍冬"有"心"字头上插上一把
"刀"那么残酷吗？"忍冬"该叫作"暖冬"了。

　　由于这暖冬，人们待在热乎乎的房里都不想出来，惰性意

识便极强。即便出门，也裹头巾，穿皮衣，将自己紧紧地"武装"一番。冷不丁的还染上感冒，就更不愿出门了。想这人真是贱命，抗拒冬天却受到了自然的惩罚——这一点就比不上忍冬花，在自然的环境里能独守一份自然的生命本色了。

"下午茶"与"向日葵"

读《董桥小品》，无端地想起凡·高的《向日葵》——须得声明的是，我至今未看到过真正的凡·高《向日葵》油画。但我毕竟与大多数看过《向日葵》印刷品的人一样，也算较为了解凡·高那激烈的情感和强烈的个性。我说"向日葵"只是一种符号，一种指向大师的符号。这里把董桥与凡·高相比，也只是想说一种文人情怀和艺术家创造性活动之间的某种差异。

说董桥是文人，大概不会有人反对。他的文字，就如他印在书的扉页上的照片：瘦瘦的身材，可掬的笑容，一副温文尔雅形象。就是他喝"下午茶"的行为和他谈吐的幽默智慧，体现出的也都是"文人"和"才子"式的。比如他说："中年是危险的年龄，不是脑子太忙，精子太闲，就是精子太忙，脑子太闲。中年是一次毫无期待的约会：你来了也好，最好你不来！中年的故事是那只扑空的精子的故事：那只精子日夜在精囊里蹦蹦跳跳锻炼身体，说是将来好抢先结成健康的胖娃娃；有一天，精囊里一阵滚热，千万只精子争先恐后往闸口奔过去，突然间，抢在前头的那只壮精子转身往回跑，大家莫名其妙问他干嘛不抢着去投胎？那只精子喘着气说'抢个屁！他在自渎！'"我很是喜欢他的文人情怀，"数卷残书，半窗寒烛，冷落荒斋里"算是中国文人一贯向往而又倍感凄凉的人生境界。

曾煞有介事写过一篇谈艺录。说作家如裁缝、铁匠、瓦匠，当作家不难，当艺术家难，云云。其实，文人与艺术家只隔着一层窗纸，但其各自的思维、行径却有着霄壤之别。安静的书斋生活可以说是中国读书人梦寐以求的事。"坐拥书城百十万"，富可敌国；"红袖添香夜读书"，情可补天；冬天围炉拥衾读书，其状快乐无比。与人谈红楼、水浒、《聊斋志异》以及吟诗、看仕女画可以都说是文人情怀。而从结果上看，艺术家大都不浸淫书斋，而极其靠向自然，梭罗结庐瓦尔登湖，有人说，他的本质主要还不在于他对"返归自然"的倡导，而在于对"人的完整性"的崇尚。梭罗到瓦尔登湖，当然并非想去做永久返归自然的隐士，而是他推崇人的完整性的表现之一。而凡·高喜欢法国南部小镇阿尔，他的创作一开始就把目光投向山野，他坚信只有在真实的自然，风吹着拾穗者破落麦草帽的自然，才是他唯一安身立命的所在，他不爱安宁。在高雅舒适的环境中，他就会感到害怕和不自在。他倾向于向日葵的明快、强烈、饱和与辉煌，就是把自己顽强的生命体证人生和艺术的高度与亮度。这也的确与中国陶渊明"采菊东篱下，悠然见南山"沉湎自然的文人情怀不同，陶渊明更多地在追求一种隐逸和失意的人生情感的移位。

尽管文人和艺术家都存在着一个思想表达的问题，但为文人者是以叙述原有的和一点想象出现的事物、情绪为潜意识的，心态平和或愤懑，都维系着一个较为稳健和儒雅的精神坐标。而艺术家们对人类、对大自然天生的就有一种深刻的悲悯和反叛精神，破坏的欲望和建设的欲望都同样强烈到一种极致。他们的潜意识里涌动的就是发现和创造者冲动的血液，没有无病呻吟和矫揉造作，也没有哗众取宠的世俗相，一切出自本真。这也不像文人那样易于安守现状，逆来顺受，用语言表达简单的思想、情绪或者人云亦云。而从性格上看，艺术家最是无所顾忌的。所谓"文人无行"其实指的就是这个。比如凡·高会割下自己的耳朵送给妓女，卡夫卡期望终生孤独地躲在地窖里，高更离家弃世跑到塔希提岛上画画，等等。

我以为，文人往往为一种情趣而活着，艺术家往往执偏于思想和精神。当然，作为现代人来说，既需要文人情怀，也需要艺术家的创造，并行不悖的文人和艺术家的艰辛劳动才使人们看到智慧的满天星斗。

经济、典型而美丽的文字（代跋）

蝴蝶般的轻盈、自由和独立，能拧出青草之汁的鲜活、饱满和质感……无疑，这种文字使人痴迷。然而，"经典"远非如此简单，经典应该是深厚而清澈的一口甘泉，让人在它奔涌的流动中吮吸到丰腴且持续的营养，应该是大浪淘沙后，黄金呈现的恒久而坚硬的光芒。只有经历时间与流水的淘洗，我们才有可能把那流水之源，把千万层沙粒深埋的金黄，小心地放进人类思想的宝匣。

经典可遇而不可求。但我们的确需要阅读：一种焚香浴手、正襟危坐的膜拜式的仰望星空，用自己的灵魂与先哲们默默对话；一种阳光正好，闲坐紫藤萝架下，与书屏气凝神地厮守；一种缱绻在自家的客厅，泡一壶浓茶或咖啡，懒散地在沙发上的阅读……纷繁的人寰、喧嚣的世界、疲惫的生命，阅读才是我们建构自己精神家园的最好方式。虽然，我们不能缺少"砖头般厚，能作枕头"的大书，但蝴蝶般的蹁跹起舞，青草的饱满之汁，依然会给我们苍白和灰色的生命注入一抹清凉，使我们沉重的人生静享幸福的时光……心灵的慰藉，灵魂的沉思，我们也不能缺少这样的文字——飞翔是一种姿态，沉淀也是一种姿态，这里面都有奔向天空和大地的力量——这样的文字，我们或可叫它经济、典型而美丽的文字？

图书在版编目（CIP）数据

响水在溪 / 徐迅著 . —北京：民主与建设出版社，2017.12
  （名家散文自选集）
  ISBN 978-7-5139-1815-2

  Ⅰ．①响… Ⅱ．①徐… Ⅲ．①散文集—中国—当代
Ⅳ．① I267

中国版本图书馆 CIP 数据核字（2017）第 283212 号

响水在溪
XIANGSHUI ZAIXI

出 版 人	许久文	
总 策 划	李继勇	
著 者	徐 迅	
责任编辑	刘树民	
封面设计	宋双成	
出版发行	民主与建设出版社有限责任公司	
电 话	（010）59417747 59419778	
社 址	北京市海淀区西三环中路 10 号望海楼 E 座 7 层	
邮 编	100142	
印 刷	三河市腾飞印务有限公司	
版 次	2018 年 1 月第 1 版 2018 年 2 月第 2 次印刷	
开 本	787mm×960mm 1/16	
印 张	23 印张	
字 数	210 千字	
书 号	ISBN 978-7-5139-1815-2	
定 价	39.80 元	

注：如有印、装质量问题，请与出版社联系。